Avant la fuite

Éditions Kiwi
16, rue de Lancry, 75010 Paris

Direction : Édouard Frison-Roche
Direction éditoriale : Katia Kaloun
Édition : Alix Putavy et Axelle Quéré
Direction artistique et mise en pages : Charlotte Thomas

ISBN : 978-2-492534-28-7

Jean-Marc Segati

Avant la fuite

kiwi
romans

Chapitre 1

Février.

Il pleut. Comment on s'y prend, pour détruire une Flying Spur ? Antoine s'enfonce dans un sous-bois, défonce le chemin jusqu'à ce que les roues de la Bentley s'embourbent. Il est seul. Il a amené de l'essence, un jerry-can de 20 litres, et a acheté un allume-gaz. Il n'a pas réfléchi. Il voulait que la voiture brûle. Après, il verrait. Que faire ?

La Flying Spur est la plus belle des Bentley. Elle est massive mais, quand on la conduit, elle paraît plus légère que le stylo qui l'a dessinée. On appuie sur l'accélérateur et elle s'ébroue tel un cheval de course. Ses lignes sont majestueuses. Certains diront qu'elles sont moins fluides que celles de la Continental GT. Qu'importe.

Antoine l'adorait. À présent, il la hait. Il doit la détruire. La pluie ne cesse pas. Il attend. Il cogite. S'il oubliait le feu puisque, de toute façon, il n'a pas le choix ? Quelles sont les autres options ? La pousser dans un fleuve, la jeter du haut d'une falaise, la cogner jusqu'à ce qu'elle tombe en morceaux…

L'important, c'est de retourner à l'hôpital. Vite. Marie meurt. Les médecins ont dit : « Pronostic vital engagé. » Il ne pouvait pas rester près d'elle. Pas en soins intensifs. « Seule sa famille »… Sa famille ? Il est parti désorienté, il s'est perdu dans les allées du parking. Quand il a retrouvé sa Bentley, il ne pensait plus qu'à passer sa rage dessus.

Ses chaussures sont couvertes de boue. Il les essuie sur le tapis de sol en se réinstallant au volant. Le GPS ne sera pas d'un grand secours.

Il scrute Google Maps. Il lui semble se souvenir que… Oui, c'est ça. Une roche, un étang profond. Six kilomètres. Une route y mène. Autour ? Des champs, des arbres. Parfait !

Il démarre, passe la première vitesse, les roues patinent, la voiture bouge. 635 chevaux. Ce n'est pas un marécage qui l'arrêtera. La terre vole dans tous les sens lorsqu'il s'échappe enfin du piège. Le beau vert métallisé British Racing ressemble à un camouflage des Navy Seals.

Il traverse un village au nom coquet, regarde la ville s'éloigner dans son rétroviseur, tourne près d'un cimetière qui lui fait froid dans le dos et traverse une forêt qu'il ne connaissait que de nom. Voici sa destination. Le sommet de la roche. Il y a un point de vue goudronné et aucune clôture.

Il se gare, va inspecter le précipice. Une cinquantaine de mètres à la verticale, l'étang en dessous. Il s'éponge le visage de la manche, attend un peu. Personne. Il retire les papiers de la boîte à gants, efface la mémoire de son ordinateur de bord et vide les espaces de rangement. On ne sait jamais. S'il ôtait les plaques ? Bonne idée. Il prend la trousse dans le coffre, trouve une pince et un tournevis. Après l'hôpital, il ira porter plainte au commissariat. Est-ce qu'on le croira ? Qui vole une Bentley ? Un con, sûrement…

Il vide le jerrycan sur les sièges couleur crème. Stupide réflexe. Ça ne sert à rien, puisque l'eau engloutira le véhicule. Il remet le contact, observe l'habitacle une dernière fois, passe en mode D et sort. C'est tellement simple. Il accompagne du regard le lent basculement, la chute accélérée, la gerbe, le fracas du naufrage. La houle s'estompe, un vent se lève et chasse les nuages, le crachin cesse. Aux esprits sombres les eaux d'encre. Si la lumière maussade ne le trompe pas, la voiture a disparu. Aucun chrome ne traverse l'écran noir de l'eau. Il force un sourire. Il est libre et désespéré. Marie agonise.

Il n'est peut-être pas trop tard. Engagé ne veut pas dire consumé. La mine compassée du médecin au masque sous le menton l'a-t-elle induit en erreur ? 15 heures. Il s'est juré de passer la soirée auprès d'elle. Si elle reprend conscience, il lui décrira le plongeon fatal. Si elle ne le croit pas, il déchirera les papiers devant elle. Un électrochoc ? Quel serait l'effet ? Il court.

La zone est mal couverte, son portable ne capte pas de signal. Dès qu'il en aura, il appellera un taxi. Et s'il n'y en a aucun ? Le vent s'acharne. La pluie reprend. Battante. Il a tout pris dans la Bentley, sauf le parapluie dans le coffre. Il ne l'a pas vu. Trop discret. Il dégouline, il grelotte. A-t-il jamais été plus misérable ? Des mois plus tôt, en pleine débâcle, il avait gémi : « Me voici au fond du trou. » Si seulement il en avait connu la profondeur…

Tout le monde parlait du monde d'après. Comment serait-il ? Le sien avait commencé par une série de signatures en bas de pages. On portait des masques, on commentait des statistiques et on pariait sur des relances à tout prix contre des plans sociaux à tout va. Il avait à peine eu le temps d'annuler des vacances qu'il ne pouvait plus payer dans un pays fortement déconseillé. Il se croyait au fond du trou. Le voici bien plus bas. Si Marie ne survit pas, aucune échelle ne sera assez longue pour le remonter.

Pourquoi s'est-il habillé ainsi ? Une mauvaise grippe n'arrangerait rien. Il remonte le col de sa veste. Les reproches s'ajoutent aux reproches. Il est imbécile en plus d'être irresponsable. Coupable sur toute la ligne. Son père l'avait mis en garde. On devrait plus souvent écouter ses parents. Qu'aurait pensé sa mère ? Antoine cherche son visage, qu'il n'imagine plus que déformé par la distance et les webcams.

Un pré, des vaches, elles le dévisagent. Il fait « meuh », elles le suivent mollement. Une barre, le signe 3G qui réapparaît. Un petit effort, deux barres. Il tente la connexion. Uber. Trois à proximité. Le plus proche, sept minutes. Presque un miracle. Il repère un abribus, va s'y réfugier avant de le confirmer. C'est bon. Il peut attendre. Il s'assied sur le banc en plastique. Seul. Derrière, deux maisons tristes. Les volets sont fermés, les portails aussi. Les jardins sont sinistres. Aux pieds d'Antoine, des choses usagées et dégoûtantes virevoltent. Un bruit répétitif rythme leur mouvement. C'est le moteur du panneau d'affichage. Il devrait faire tourner les publicités, sauf que l'une d'elles est déchirée. Elle a dû le bloquer. La vitre est fendue. Dans le champ en face, des oiseaux incolores vont et viennent. Ne devraient-ils pas avoir migré au soleil ? Une voiture passe. Il attend une Renault Mégane bleu marine. Ce n'est pas elle. Une autre. Une troisième, dans l'autre sens. Toujours pas. Et le bus, à quelle heure passe-t-il ? Justement, le voilà. Silencieux. Le chauffeur ralentit, jette un regard, comprend, repart. La Renault suit. Antoine se lève, elle s'arrête. Il monte à bord. Oui, c'est lui qui l'a commandée. L'adresse, oui, c'est ça. Cinquante minutes selon le trafic.

L'odeur de cigarette est forte, malgré l'autocollant « interdit de fumer ». Il ne relève pas. Il lit les avis sur le site. C'est noté. Remarque négative. S'il était d'une autre humeur, il ajouterait le sien. Il déteste le tabac. Le portable sonne. Il décroche trop vite, pressé d'avoir des nouvelles. Ce n'est pas l'hôpital, c'est la cliente à lunettes. Merde ! Il voulait temporiser. Tant pis.

– Bonjour, Madame.

– …

– Je comprends, Madame.

– …

– J'en suis navré.

– …

– Hélas, non.

– …

– Je crains de ne pas pouvoir vous aider.

– …

– Aucune disponibilité, vraiment.

– …

Chapitre 1

– Ni demain, ni plus tard. Je réoriente mes activités.

– …

– Pourquoi un préavis ? Je ne suis l'employé de personne.

– …

– Ne vous fâchez pas, voyons. Il n'y a pas que moi.

– …

– Non, je n'en connais pas. Vous trouverez sur Google, j'en suis sûr.

– …

– Je ne suis pas ingrat. Ne le prenez pas ainsi.

– …

– Écoute, vieille bique. Tu me fais chier avec tes intonations. Je ne suis pas ton larbin et je ne te dois rien. Démerde-toi et fous-moi la paix, d'accord ? Adieu.

Il met fin à la conversation et lance le portable sur la banquette. Le chauffeur croise son regard dans le rétroviseur.

– Mauvaise journée ?

Un accent roumain. Ou hongrois. De l'Est, en tout cas.

– Vous ne croyez pas si bien dire.

C'est déjà une réponse trop longue. Le chauffeur a envie de parler, Antoine pas. Pour éviter le dialogue qui s'engage, il reprend son appareil et fait mine de consulter des mails. Il se contente d'acquiescer aux questions qui suivent par de simples « hm, oui, juste, O.K., bien… ».

Une bretelle d'autoroute les sort de la campagne. Le chaos de la banlieue les engloutit. Mélange de bureaux, de grandes surfaces et de panneaux posés au hasard. Les vieilles maisons qui n'ont pas été rasées sont couvertes de graffitis. Des projets immobiliers avortés se succèdent. Il ne reste pas grand-chose de ce qui a dû ressembler, sur papier, à la promesse d'un futur meilleur. De part et d'autre d'un feu rouge, où le trafic redevient dense, Antoine a le temps de lire plusieurs avis de liquidation et de vente forcée. Certaines communes s'en sortent plus mal que d'autres. Le monde d'après, en tout cas, est contrasté.

Et l'hôpital ? L'infirmière à l'accueil avait promis de l'appeler dès qu'il y aurait du nouveau. En bien ou en mal. L'incertitude est la pire des émotions. Elle ronge et empêche de penser. Pire : elle force à ressasser tout ce qui fait pencher la balance du mauvais côté. Antoine ne parvient à avoir rien d'autre en tête. Il revit les événements de façon obsessionnelle. Quel qu'ait été son rôle, sa mémoire l'exacerbe. Des gestes anodins deviennent déterminants, des paroles en l'air pèsent plus lourd que le plomb. Et les minutes étirées par les embouteillages remplissent son esprit avec des souvenirs insipides. Les quartiers changent, les immeubles sont plus beaux, les avenues, plus vertes, les mauvaises nouvelles font place à des vernis de prospérité. Cela ne suffit pas. Il suffoque d'angoisse. Marie doit survivre.

Elle avait perdu beaucoup de sang, un poumon était perforé et certaines côtes, brisées. Le cœur et l'aorte n'avaient pas été touchés, mais l'opération serait délicate. La balle s'était logée dans un morceau d'os enfoncé dans la colonne vertébrale. Antoine avait dû se retenir de vomir quand le médecin lui avait expliqué la situation. Il n'aurait jamais pu être chirurgien.

Pourquoi y a-t-il tant de voitures ? Un camion décharge en double file alors qu'une place est libre un peu plus loin. Une bande de circulation est fermée pour des travaux qui semblent n'avoir ni début ni fin. Des idiots tentent de se faufiler malgré les indications. D'autres idiots essayent de les empêcher de passer. Des coups de klaxon s'ajoutent aux impacts de la grêle qui a remplacé la pluie. Le chauffeur s'impatiente et demande s'il peut prendre un autre chemin. Sans attendre la réponse, il tourne dans une rue qui, elle, est bloquée par le ramassage des poubelles. Antoine se ronge les ongles.

Deux nouveaux appels. Encore des clients. Il ne les prend pas. Il se dit qu'il doit vite enregistrer un nouveau message pour prévenir qu'il cesse ses activités. Et actualiser ses pages Web. Ensuite, il coupera tout. Qu'on ne vienne plus l'importuner ou, pire, le menacer. Enfin, l'hôpital ! Il reconnaît le numéro. Son pouls s'accélère, il tremble tellement qu'il a du mal à décrocher. Il dit :

– Allo ? Oui, c'est bien moi. Je vous écoute…

Chapitre 2

Février, trois ans plus tôt.

12 degrés. On se croirait au printemps. Marie ne sait pas quoi mettre. Face à son miroir, elle essaye des ensembles sombres. Les instructions qu'elle a reçues sont strictes et classiques : pas de couleur ! Elle range une robe en laine moche et enfile un tailleur bof. Celui qu'elle avait acheté chez Zara. La jupe serre un peu. Elle la remonte sur ses hanches, ajuste. Quel chemisier va-t-elle mettre ? Celui qui ressemble à de la soie ? Trop froid. Elle choisit le plus sobre. Ajoute un collier doré, des boucles assorties, des collants fins, des escarpins neutres. Elle s'étudie sous tous les angles. Ça va. Elle se déshabille, plie le tout dans un petit sac, puis remet une tenue plus décontractée. Jeans, chaussettes norvégiennes, kickers, gros pull, parka à capuche. Maintenant, elle se demande si elle n'aura pas trop chaud. Elle ouvre la fenêtre. Au-dessus de la cour, le ciel est d'un bleu parfait. C'est l'heure. Elle passe le sac sur son dos, pose délicatement son violon dans son étui, effleure la mèche en crin de son archet, le glisse à côté, referme, cadenasse et part. Quatre étages en colimaçon, deux coins de rue, puis la station du métro. Elle prend la ligne 4 et le RER.

Les immenses baies vitrées du showroom apportent tellement de luminosité que l'on croirait l'endroit surexposé. La foule se presse. Les invités, pomponnés et VIP, les passants, les curieux ou les photographes. Des voituriers vont et viennent. Un patio fleuri prolonge l'entrée jusqu'au bout des marches. Il est surmonté d'un message de bienvenue. Les arrivées sont un défilé de marques. Les hommes sont argentés, les femmes liftées. Pas de costume sans cravate, pas de maquillage sans excès.

Chapitre 2

La soirée qui débute a la mondanité d'un autre temps. Mille invitations ont été envoyées, deux cents participations, confirmées. Conjoints autorisés. Il n'y a de jeunesse que dans le service. Des animateurs qui cherchent l'attention, des serveurs et des serveuses qui passent des plats au hasard. Quelques *goldens boys and girls*, tout de même, comme égarés dans un musée de cire.

Voici le maire. Il a rédigé un discours. Sa parole est ronflante, ceux qui le connaissent sont déjà agacés. Pourvu qu'il en finisse vite, qu'il coupe le ruban et qu'il laisse la place à un spectacle plus intéressant. En parlant de spectacle, six jolies hôtesses recrutées pour la soirée font leur apparition en même temps. Elles se changeaient dans l'arrière-boutique. Leur tenue est dénudée, aussi anachronique que les œillades qui les accueillent. Elles s'en fichent. Une dame élégante et coquine demande à une autre pourquoi il n'y a pas de beaux jeunes hommes… « comme chez Abercrombie ».

– Et Fitch, ma chère, et Fitch ! Que voulez-vous, la mode a d'autres traditions.

– Moins sexistes…

– Et moins sexy !

– Oh, parlez pour vous, je les aime, moi, ces jolis torses musclés.

– Une vraie cougar, ma parole !

Des flûtes de champagne et des amuse-bouches gras les interrompent. Sur l'estrade montée au milieu de la pièce, un technicien achève de tester des micros. Un jeune homme bien habillé le rejoint et lui donne quelques instructions. C'est Antoine. Il porte un costume noir Armani, une chemise mauve au col ouvert, des Weston, très bon chic bon genre, quoiqu'un peu artificiel. Ce n'est pas son ADN, ça se sent.

La pièce est un vaste espace rectangulaire bordé de vitres sur trois côtés. Elle accentue l'impression de grandeur de cette villa ostentatoire, impression démultipliée grâce à une pièce, plus petite, en léger contrebas. Les deux espaces s'emboîtent harmonieusement, illustration du talent de l'architecte qui a piloté les travaux. Ils sont récents. Il fallait au moins doubler la taille du showroom. Et si l'ancien espace était prestigieux, le nouveau se devait d'être exceptionnel. Il l'est. L'aménagement intérieur l'est tout autant. Écrans géants, scènes mobiles, spots multicolores, sonos top niveau, lounge, traiteur, espace musée, salons privés, fibre et wifi partout. Les invités le montrent le moins possible, mais ils sont bluffés. Antoine avait dans son viseur son concurrent de Mayfair, à Londres. Il voulait que l'architecte fasse l'inverse, en mieux. Un drôle de briefing. Son père, qui ne partageait pas sa vision des choses, avait préféré ne rien savoir.

– Un deal, c'est un deal ! Tu as trouvé les fonds, tu as racheté mes parts, c'est signé, tu te démerdes. Tu ne veux plus de conseils ? Tant pis. Le Sud m'attend. On se voit à l'inauguration.

Tiens, il est où, son père ? Il porte un veston de flanelle à carreaux. Un des commerciaux le cherche. Le voilà. Des clients l'ont accaparé. Ils l'assaillent de questions.

– Demandez à mon fils, voyons.

Aussitôt dit, aussitôt oublié. Ils insistent. Le commercial s'interpose, il a besoin d'informations sur les conditions de lancement.

– Encore une fois : je-ne-suis-plus-le-pa-tron !

– Je sais, mais par rapport à l'année passée…

– Oublie l'année passée, dis-toi que tu travailles dans une nouvelle entreprise. C'est si compliqué ?

– Non, patron.

Désespérant. Pourtant, il n'est plus venu – délibérément – depuis six mois. Il a déménagé en Provence, dans une belle maison entre Nice et Monaco. Il profite de sa piscine et de son argent. Tout ce qu'il veut, c'est qu'on lui fiche la paix. Il a assez bossé pour toute une vie. Sa femme, enfin… la troisième, se charge de le rappeler à tout son entourage. Son fils aussi. Lui, ce n'est pas pour une histoire de qualité de vie, c'est pour pouvoir faire ce qu'il veut. Un classique du conflit de générations. Le vieux manquait d'ambition, le jeune en a trop. Ils se sont tellement engueulés avant de signer qu'ils ne se parlent presque plus.

– Le patron, c'est An-toi-ne. Tu veux boire un coup à nos belles années ?

– Pas de refus, p... Jacques.

– C'est mieux. Viens. Messieurs, vous vous joignez à nous ?

Le lounge, dans la villa, est l'endroit le plus calme de la soirée. Ils commandent des bières et s'assoient dans des sofas, presque gênés par l'opulence du décor. Jacques le découvre. Tout a été refait en plus luxueux. En trop luxueux à son goût.

Que se passe-t-il à l'accueil ? Il y a des applaudissements, un début de vacarme. On n'entend plus la musique de fond. Les hôtesses se précipitent. Une des célébrités de la soirée vient d'entrer. La plus connue, pas la plus riche. Il s'agit d'Eddy, un rockeur embourgeoisé par les disques de platine. Une jeune femme étincelante l'accompagne. Antoine, bien sûr, l'accueille. Courbettes et compliments. Le rockeur n'a pas l'air sympa. La jeune femme nettement plus. Elle rit sans retenue et parle vite. Celui-là est venu pour être vu. La plupart sont venus pour voir. Il y a de quoi... Dans une heure, les voiles seront levés.

Ce sont des voiles noirs, opaques. Ils sont posés sur des voitures exceptionnelles. Seulement deux dans la pièce principale, bien espacées pour attirer les regards. Si on ne peut pas les voir, on devine leurs courbes et cette présentation les rend encore plus désirables, plus inaccessibles. Sur les écrans géants, des films en caméra subjective contribuent à cette inaccessibilité. Les paysages s'enchaînent à un rythme effréné, plus beaux les uns que les autres. Par la magie d'un montage saccadé, on passe de l'Écosse à la Toscane, du Sahara au Mato Grosso. Du véhicule, on ne distingue que l'Alcantara du volant et l'enchaînement vertigineux des chiffres du tableau de bord. Entre les plans, toutefois, telle une ponctuation fière, apparaît le logo de la marque. Elle est connue, reconnue, c'est pour elle que des personnalités aussi prestigieuses se sont déplacées : Bugatti.

Le jeu des voiles n'est donc qu'un artifice. Personne n'est dupe. Deux Bugatti vont être présentées. On sait mêmes lesquelles : une Chiron et une Chiron Sport. Le suspense ne porte que sur leurs couleurs. Quoique, aussi, sur la simple possibilité de les observer de près, de les toucher, éventuellement de s'asseoir dedans. Les prix : 2,5 et 3,5 millions !

Dans l'autre pièce, également voilées pour l'harmonie plus que pour le suspense, quatre Bentley. Deux étaient déjà présentes pendant les travaux. Des Continental GT. Les ventes sont lentes, peu nombreuses, mais très rémunératrices. Que dire des Bugatti ? Les concessionnaires se comptent sur les doigts d'une main en France. Il n'y en a que trente-six dans le monde entier. Antoine doit en placer une tous les trois mois pour être rentable. Si les deux exposées ne partent pas avant la fin de l'été, il aura un problème. Les Bentley, qui ressemblent presque à des Trabant à côté, se vendent donc lentement, mais plus facilement. Son père tenait le rythme d'une par semaine. Sa meilleure année a été 2012. Il en a vendu soixante. Antoine est persuadé qu'il va très vite dépasser ce chiffre. Son raisonnement est que les Bugatti serviront aussi à vendre des Bentley. Mettez un produit cher à côté d'un produit inabordable et il deviendra bon marché.

Enfin, des acheteurs potentiels pour la Chiron font leur entrée : les frères Muller. Eux, s'ils ne sont pas milliardaires, c'est de peu. Leur fortune est secret d'État. Ils vivent à Monaco, investissent dans toute une série de fonds, possèdent une marque de montres suisses, des propriétés sur les cinq continents et un *penthouse* à Passy. Le plus jeune est étonnamment simple, le plus âgé, représentatif de ce que l'on imagine de ce genre de personnages. Ils ont la soixantaine. Ce sont les seuls qui sont venus avec chauffeurs et gardes du corps. Antoine a fait leur connaissance via le fonds qui finance le projet. Ils l'alimentent.

Juste après eux, une actrice de cinéma et un réalisateur. Tiens, ils sont en couple ? Leur dernier film commun n'a pas marché. Le précédent, si.

Elle porte un ensemble distinctif : Dior, Gucci, Chanel. N'est-elle pas un peu jeune pour cette soirée ? C'est son compagnon qui a insisté pour venir. Il aura besoin d'une Bentley pour son prochain tournage. Il espère en emprunter une ou quoi ? Il roule en Tesla et il paraît qu'il rêve de rouler en Bugatti. Ah, s'il était Besson ou Spielberg !

Le défilé continue. Estelle, une vieille tante. Elle a de l'argent, elle le garde. Mais si son portefeuille est fermé, son agenda est grand ouvert. Elle connaît du beau monde. Petite et droite, obséquieuse et hautaine. Tout le monde l'adore. À se demander pourquoi. Elle est venue avec deux amies qui n'étaient pas conviées. Sans gêne. L'une ressemble à Line Renaud et vit dans un château, l'autre a des lunettes américaines et a hérité d'un cheik arabe.

Aïe ! Des Russes. Trois couples. Des mafieux ? Ils font partie du *Who's Who* du département. Expats, chefs d'entreprise, investisseurs. À voir. S'ils passent une commande, il faudra demander des acomptes. Et prendre le temps d'étudier leurs références. Leurs femmes portent des manteaux de fourrure… Quelle idée ! De quelle époque sortent-elles ?

Tout le monde est là ? Antoine vérifie le livre d'accueil. Qui sont les retardataires ? Deux industriels sur lesquels il compte. Pourvu qu'ils n'aient pas oublié. Les autres ? Bah !

Les musiciens se changent. Dès qu'ils seront prêts, envolée solennelle, discours inaugural et présentation. Pour la forme, son père l'introduira. Il n'est pas chaud.

Marie est prête. Ses trois camarades, non. Ils attendront qu'on les appelle. Elle trépigne. Elle prend son violon, son archet et sort. Une fois de plus, elle tire sur sa jupe qui la sert. Son geste est malhabile. Un homme chic et beau l'observe. Elle est embarrassée. Il lui sourit. Son visage est typé, du genre que l'on retient. Il ressemble à Shah Rukh Khan. Indien, donc ?

Les invités manquants arrivent en même temps. Heureuse coïncidence, Antoine allait donner le signal. Il les salue chaleureusement. L'un est le patron d'un réseau de tour-opérateurs, l'autre, le propriétaire d'une chaîne de restaurants. Tous les deux roulent en Porsche. Il va falloir les convaincre de changer pour Bentley. Comment se porte leur business ? La restauration certainement mieux que le voyage organisé. Le premier, pourtant, flambe plus que le second. Une grande gueule. Il faut toujours se méfier des grandes gueules.

Et une bourgeoise hors norme de plus : la veuve Picot. Surnommée « veuve Clicquot » parce qu'elle possède des hectares de vigne en Champagne. Dont elle s'occupe peu. C'est le jambon qui la fait vivre. Deux usines, six marques distribuées dans douze pays. Leader en France et en Allemagne. Son époux était beaucoup plus âgé. Infarctus, mausolée à Andorre. Elle a cinquante ans et fait plus jeune. Elle ne quitte jamais son assistant. Un jeune homme effacé et efféminé auquel elle parle en claquant des doigts. Comment la supporte-t-il ?

Cette fois, il est plus que l'heure. La musique de fond est remplacée par *Les trompettes d'Aïda*. Trois coups sont frappés, comme au théâtre. Antoine monte sur la scène et appelle son père. Progressivement, les voix se calment, les bruits s'adoucissent, les mouvements ralentissent. Lorsque le silence s'est à peu près installé, il prend le micro.

« Merci d'être là, vous êtes tous importants, je suis fier et heureux, c'est la continuité de l'œuvre de mon père », etc. Début de discours classique, avant de lui passer la parole. Pareil, des mondanités et des lieux communs, pas de vagues, pas de désaccords, tout va pour le mieux, c'est magnifique. Flot de louanges et retour du micro.

Antoine a besoin de fiches pour la suite. C'est la partie la plus longue, qui se prolongera par celle du maire. L'histoire de Bugatti, pourquoi la marque la plus prestigieuse du monde se devait d'être présente, ses records, l'équipe, les techniciens, les liens avec Bentley… Dernière fiche, la parole au maire, qui monte à son tour sur l'estrade et se met à raconter laborieusement son rôle essentiel dans l'aventure. Comment il a poussé le dossier, pourquoi il tient au prestige de sa commune, ce qu'il fait pour l'emploi… Plus il parle, plus il digresse : projets de constructions, nouvelles lignes de bus, parcs publics, rénovations… « Votez pour moi » à chaque ligne. Finalement, on lui tend un coussin, il remarque les ciseaux et se souvient qu'il n'est pas à un meeting électoral. Il prend le ruban d'une main, le coupe doucement de l'autre, pose pour les photos. Les voiles vont pouvoir être levés.

Chapitre 3

Les hôtesses se sont placées autour des voitures recouvertes. Elles lèvent les voiles de façon synchronisée, délicatement. Les proues des deux merveilles apparaissent en premier, l'une, blanc crème avec des touches de bleu marine, l'autre, rouge et noir comme le roman de Stendhal. Le suspense est ménagé. Avant de découvrir l'habitacle, elles interrompent leur mouvement et se figent. Elles attendent un signal. Lequel ? Les quatre musiciens, emmenés par Marie, rejoignent Antoine sur la scène et vont se placer derrière lui. Ils ajustent tabourets et micros, posent leurs partitions sur les pupitres individuels et s'assoient. Le quatuor est composé d'un alto, de deux violons et d'un violoncelle. Trois hommes et une femme. Marie. Elle est pétillante. Ses collègues sont fermés. Ils ressemblent à l'idée, injuste, que l'on se fait des musiciens classiques.

Marie tourne la première page du feuillet posé devant elle, ajuste le violon sur son épaule et patiente. C'est le violoncelliste qui donne le tempo et dirige l'ensemble. Une note grave et douce sort de son instrument. Elle l'accompagne dans une douce envolée pleine de nostalgie. Ils viennent de commencer l'*Opus 13 en la mineur* de Mendelssohn. C'était le signal attendu. Les quelque deux cents invités se resserrent autour des Bugatti. Les hôtesses terminent de lever les voiles de velours. Des applaudissements fusent. Antoine a le cœur qui bat la chamade. Ses lèvres tremblent. Ce doit être d'effroi autant que d'excitation, car il sait combien tout cela a coûté. Il balaie du regard l'assistance, scrute les visages de ceux dont il connaît le mieux le portefeuille, à la recherche de mimiques encourageantes. Qui sera assez riche et assez fou pour s'offrir une de ces merveilles ? Son avenir est un pari. Mais les millionnaires sont aussi insondables que des joueurs de poker. Pour vivre heureux, il est bien connu qu'il faut vivre caché. Surtout quand on suscite l'envie.

Marie resplendit. Antoine est sous le charme. Il quitte la scène, rattrapé par le devoir mondain, et va épauler ses commerciaux. C'est lui qui les connaît le mieux, les Chiron, et c'est lui qui a les clés. Lui et lui seul ouvrira les portières. Pas tout de suite. Question de sécurité. Il y a un registre dans lequel il faut s'inscrire. Chacun son tour, doucement, délicatement. Quitte à prendre rendez-vous un autre jour. Une telle marque vaut bien un déplacement de plus, non ?

Les quatre Bentley attendent dans l'autre pièce. C'est donc sur elles qu'Antoine mise le plus. Il tente d'entraîner la petite foule à sa suite pour aller les présenter. Non sans mal. Il met dix minutes à obtenir l'attention et n'emmène finalement que la moitié des invités. Marie l'a remarqué. Elle s'amuse de sa petite mésaventure.

Des haut-parleurs ont été disposés de façon à pouvoir profiter de la musique à travers tout le showroom. Dans la pièce des Bentley, le volume est plus fort que dans les couloirs. La tante rattrape Antoine pour lui poser une question. Il ne l'entend pas. Elle s'en rend compte, agacée, et fait des gestes des deux mains. Devant la bouche, puis l'une contre l'autre, comme si elle les lavait. Il comprend. C'est à son tour d'être agacé. Les violons s'interrompent entre deux mouvements.

– Non, ni masques ni gel. Qu'est-ce que vous avez tous, avec cette grippe chinoise ?

Des collaborateurs lui en ont parlé, inquiets. Pourquoi ne pas forcer les invités à mettre des scaphandres, tant qu'ils y sont ?

– Ce n'est pas une grippe, tu ferais mieux de te méfier, j'ai lu un article sur…

Les violons reprennent et couvrent la suite de la leçon de la vieille dame. Antoine fait semblant d'approuver en dodelinant. Il pense à son business. La psychose passera vite. Ce sont les médias d'information qui la causent.

Chaque fois, c'est pareil : ils ressassent tellement les drames qui font de l'audience qu'ils finissent par faire croire à la fin du monde au moindre avion qui s'écrase. Voilà des mois que le pays est au bord de l'implosion pour une limitation de vitesse dérisoire, un courtisan imbécile et une réforme inexistante. Ce n'est pas un virus qui va changer grand-chose.

Les deux Continental GT sont dévoilées. L'une est orange flamme, l'autre, bleu cristal. Magnifiques. Des vivats accompagnent la présentation. Puis, c'est au tour d'une Bentyaga onyx et de l'attraction de la pièce, une Mulsanne gris satiné, le modèle le plus luxueux de la marque. Antoine applaudit et calcule pour l'ixième fois ses commissions sur les six véhicules. Son père l'a rejoint, muet de désapprobation.

Un commercial vient chercher le fils. Le bel homme, celui qui ressemble à un acteur indien et qui est en fait un businessman libanais, veut s'asseoir dans la Chiron Sport sans attendre. Il ne s'est pas inscrit dans le registre, mais le commercial a flairé le client potentiel. Antoine passe la main sur la présentation de la belle limousine britannique pour aller faire découvrir l'intérieur de l'hyper sportive française. Car, oui, contrairement à ce que l'on pense souvent, Bugatti est une marque installée en France, et non en Italie. La marque fabrique en Alsace, avec de l'argent et du savoir-faire allemands. La marque appartient à Volkswagen. Comme Bentley. De même que Rolls Royce est la propriété de BMW. Un drôle de retournement du destin.

Les clés sont dans le coffre du bureau de la direction. La porte est sécurisée par un digicode caché derrière une toile. On n'est jamais trop prudent. Antoine va les chercher et revient dans la pièce principale avec, dans les mains, une petite boîte couverte de cuir. Il a enfilé des gants blancs. Il en tend une paire au businessman, ouvre ensuite la boîte et lui remet la clé, un lingot de métal gravé du sceau rouge et recouvert, lui aussi, de cuir.

– Approchez-vous du véhicule.

Chapitre 3

L'homme fait quelques pas. Les huit LED des phares s'allument les unes après les autres, d'abord vers la grille frontale en forme de fer à cheval, puis vers l'extérieur.

– Elle vous reconnaît. C'est bon signe. Avant d'ouvrir, j'aimerais vous faire remarquer quelques détails extérieurs, si vous le permettez.

Ils font ensemble le tour, Antoine adore les freins rouges de l'avant, d'une taille exceptionnelle et aérés, l'arrondi en forme de C qui enveloppe superbement les portières rouges, les parties émergées de l'imposant moteur, rouges aussi, gravées d'un « W16 » à gauche et d'un « 1 500 » à droite, le bandeau lumineux, encore et toujours rouge, qui rejoint les phares arrière et salue les passagers laissés sur place, la signature Chiron Sport, évidemment rouge, en dessous… Sa fascination est telle qu'il pourrait rester des heures en admiration devant sans penser à l'ouvrir. L'homme s'impatiente. Les Chiron, il connaît, le rouge, il s'en fiche. Ce qu'il veut, c'est se mettre au volant. Sans attendre l'instruction, il prend la poignée de côté conducteur et tire. L'expérience est presque décevante. Pas de papillon, ni de glissement ; une portière classique.

– Celle de la Koenigsegg est plus impressionnante…

– Qu'est-ce qu'une portière, finalement ? Et vous avez senti sa légèreté ? Je vous en prie, asseyez-vous.

Marie, tout en jouant à présent une partition de Beethoven, observe la scène. Il est difficile de savoir si c'est l'homme fortuné qui l'intéresse ou si c'est la démonstration d'Antoine. Son expression oscille entre fascination et dédain. À moins que ce ne soient que des réflexes musculaires de son visage, dus aux notes qu'elle continue d'interpréter sans trop se laisser distraire.

L'habitacle est entièrement décoré de noir, rehaussé de fines bandes et surpiqûres de la même couleur. L'atmosphère est un mélange équilibré de luxe hors norme et d'agressivité sportive. Antoine rappelle que les 400 km/h peuvent être allègrement dépassés. À condition d'activer le mode correspondant ! Il pointe une petite serrure entre le siège et le seuil de porte. L'homme est étonné, il ne comprend pas. Antoine est content de son effet. Il mise sur ce genre de chose pour obtenir l'attention des visiteurs les plus blasés. Une telle marque ne peut évidemment être vendue qu'à des gens qui ont tout vu, tout connu, et que rien n'impressionne, sinon des futilités. Il appuie sur un petit logo Chiron et sort une clé plus simple que celle de la voiture. Il la déplie et l'enfonce dans la serrure. Si le moteur est allumé, que le mode est activé, l'ordinateur de bord procède à un contrôle approfondi de tous les paramètres afin d'assurer une parfaite sécurité. Au-delà d'une certaine vitesse, les sensations sont telles que le moindre facteur inattendu pourrait faire perdre le contrôle.

– Vous l'avez déjà expérimenté ?

– Oui…

Antoine ment. Il n'a eu l'occasion de conduire une Bugatti que sur des routes normales, accompagné, et n'a pas été au-delà de la moitié de ses limites. Mais il doit être crédible. Les spécialistes de l'usine qui l'ont formé lui ont conseillé l'aplomb. Et si, vraiment, il doit passer par un circuit pour une démonstration avant achat, un pilote sera mis à sa disposition. La valeur est tellement élevée que les procédures d'essai sont extrêmement rigoureuses. Même un milliardaire blasé peut le comprendre.

– Vous êtes bien assis ? Les sièges sont très ergonomiques, cependant nous pouvons en commander sur mesure, si vous préférez.

Ça y est, il lui parle déjà comme à un futur client. Pourquoi ? Parce qu'il présente bien ? Bugatti a prévenu Antoine : 99 % de celles et ceux qui voudront voir la Chiron n'ont pas les moyens de l'acheter. La Chiron, c'est une part de rêve, un songe, un égarement. Un objet de musée que l'on vient contempler. « Votre showroom, c'est le Momma, Beaubourg, la Tate… » Un tel bijou ne mérite-t-il pas d'être exposé et admiré ? Qu'est-ce qui différencie la mécanique de la sculpture, au fond ?

Tout l'intérieur de la Chiron Sport, sublime, forcément, est de cuir, d'aluminium, de carbone. Que des matériaux nobles. Zéro plastique. Certaines caractéristiques sont banales, d'autres extraordinaires.

Chapitre 3

Le bouton bleu sur le volant, qui démarre le moteur, est déjà toute une expérience. L'homme appuie dessus, instinctivement. Antoine sourit. La sécurité est mise. A-t-il remarqué l'aspect intemporel de l'équipement ? Même l'informatique…

– Elle me plaît. Quand pouvons-nous organiser un essai ?

Est-il sérieux ? Un acheteur, pour le modèle le plus inimaginablement cher, le premier jour ? Il n'y croit pas. La chance sourit aux audacieux, dit-on. À ce point, ce n'est plus de la chance, c'est de l'indécence.

– Dois-je comprendre que vous envisagez de l'acheter ?

– Répondez-moi sincèrement : d'autres modèles similaires ont-ils déjà été vendus en France ?

Antoine est pris de court. Il n'en a pas la moindre idée.

– Je ne crois pas. Je peux vérifier…

– Faites, s'il vous plaît. Je ne vais pas débourser 3,5 millions d'euros pour une voiture de série.

– Oh !

– À ce prix, plus d'une, c'est une série. Si elle est unique, je la veux.

Le commercial, qui est à proximité et a suivi l'échange depuis le début, murmure à l'oreille de son patron :

– Il est blindé. On a vérifié. Tous les invités. Avec les Muller, c'est le plus riche.

– Il peut ?

– S'il veut, il peut, oui.

– Son nom, déjà ?

– Frem. Karim Frem.

– Eh bien, monsieur Frem, si vous le permettez, je vous confirme demain l'exclusivité du modèle exposé et je vous propose des dates pour l'essai.

– Bien. Voici ma carte.

Karim Frem, CEO Frem & Co Holding, Beyrouth, Paris, Londres. Zut ! Il ne faut pas qu'il contacte Mayfair. Vite, les infos et le calendrier. Antoine se rend compte qu'il est extatique.

– Au fait, avez-vous remarqué l'éclairage intérieur ?

Il appuie sur un bouton et une ligne lumineuse apparaît entre les sièges conducteur et passager, des vitres arrière aux pare-soleil avant. Frem se retourne sans émotion et se contente de noter que la visibilité est médiocre. Antoine ne peut retenir une exclamation.

– Mais qui a besoin de voir derrière dans une telle voiture ? Il suffit de toucher l'accélérateur…

L'indifférence de Frem est légendaire. À désespérer. Il ne réagit que selon des priorités qui échappent à toute logique apparente.

– Vous vous occupez des immatriculations en Belgique ?

– Euh, je ne sais pas.

– Si je la prends, il me faut une plaque à mon nom. Frem, c'est bien sur une Chiron. Vous irez voir à Bruxelles.

Ces gens viennent d'une autre planète, franchement… Peut-être faudrait-il les emmener dans un garage Dacia. Ça les changerait. Antoine se rend alors compte que les musiciens ne jouent pour personne, bien qu'ils interprètent avec talent une partition merveilleuse. L'expression de Marie paraît triste, à présent. Est-ce l'effet de l'œuvre ? Profitant d'un silence entre deux notes, Antoine place quelques applaudissements et encourage ses collaborateurs à faire de même. Ce n'était pas fini. Marie grimace. Le Libanais s'éloigne, un couple en profite pour s'approcher.

– On peut voir la Continental orange ?

Antoine ne quitte pas le quatuor des yeux. Il envoie un commercial.

– Raymond ? Tu peux t'occuper de madame et monsieur ? Je dois rester près des Bugatti, vous comprenez…

Chapitre 3

– Cela va de soi.

Il n'y a bientôt plus de petits fours. Que des boissons. Du champagne, du vin, du jus… Les verres vides s'empilent. Les conversations sont à peine moins feutrées qu'au début. L'alcool mondain n'enivrerait-il pas ? Une équipe de télé cherche des interviews et enchaîne les refus. Antoine accepte avec joie. Devant la Chiron Sport. Pendant qu'il répond, il apprend que la Continental orange est quasi vendue. Oui, une promesse signée. Incroyable ! Quelle soirée !

Bientôt la fin. La plupart des invités sont partis. Certains reviendront. Ils ont pris rendez-vous. Il va falloir préparer la suite : plan de communication, courriers, rendez-vous, essais. Antoine salue encore mollement et va remercier tous ceux qui ont contribué à la réussite de ce magnifique événement : le traiteur, les serveurs et serveuses, les hôtesses, les musiciens…

Où est Marie ? Elle est partie se changer. Antoine se précipite. Elle l'attire et, s'il la manque, ce sera trop tard. Il ne la connaît pas. Il n'a pas ses coordonnées, s'il ne lui parle pas tout de suite, il ne la reverra peut-être jamais.

Elle sort dans le couloir en courant. Le prochain RER est imminent. Elle ne regarde pas devant elle. Antoine descend l'escalier à sa rencontre, il ne regarde pas devant lui non plus. Ils ne se voient pas à temps et se cognent violemment. Marie tombe, sonnée. Antoine bredouille des excuses et l'aide à se relever. Il y a de meilleures façons de faire connaissance… Elle titube, s'assied, ouvre l'étui et inspecte son instrument. Antoine demande bêtement :

– Vous n'avez rien ?

– Ce n'est pas pour moi que je m'inquiète, c'est pour mon violon.

– S'il est abîmé, je payerai la réparation…

Elle s'étrangle.

– Ce n'est pas une voiture.

Elle caresse l'archet, scrute les courbures, effleure les cordes.

– Ça va ?

– Oui, ça va, il est intact.

– Tant mieux, je suis Antoine, au fait, c'est chez moi, ici.

– Je sais. Écoutez, je dois filer.

– Puis-je faire quelque chose ? Vous ne voulez pas prendre un café ? Je suis tellement désolé.

– Non, merci. Je dois rentrer.

– Vous voulez que je vous ramène ?

Elle le dévisage bizarrement. Il rougit. Pas mieux qu'un adolescent.

– Bonne fin de soirée. Bonne chance avec vos Ferrari.

– Bugatti.

– Lamborghini, Maserati, comme vous voulez. Si vous avez besoin d'un quatuor, n'hésitez pas. Au revoir.

Et elle part, sans lui laisser la chance d'ajouter quoi que ce soit. C'est fichu.

Chapitre 4

Deux ans ont passé.

Antoine se gare devant une porte cochère à l'usure clinquante. Quelle heure ? Cinq minutes d'avance. Parfait. Il attend au volant, caresse son smartphone, observe. Ses clients aiment la ponctualité.

L'heure pile. Il sort son téléphone, appelle. Les secondes passent. Une voix répond. Sa cliente.

– Je descends.

Il sort de sa voiture, ajuste son veston et met sa casquette. Elle lui donne un air désuet et subordonné à la fois. Tout ce qu'ils aiment. Tout ce qu'elles aiment, plutôt. Les hommes s'en fichent un peu, de son look.

Une minute, deux, trois, il est frigorifié. Les hivers se succèdent et ne se ressemblent pas. Il marmonne des lieux communs sur le réchauffement climatique. Enfin, elle arrive. Son pas est lourd, ses vêtements chers ne lui vont pas. Qu'est-ce qu'un cheik arabe a bien pu lui trouver ? Ses lunettes américaines font texane bouseuse, entre pétrole et rodéo, mais elle est bien française. Antoine ne sait pas précisément d'où, ils ne se parlent guère. Il a tout de même remarqué qu'elle a un léger accent breton.

– Mon petit Antoine, désolée de vous faire attendre.

Comme si…

– Ce n'est rien, madame.

Il ne l'appelle jamais par son prénom, ni son nom. Elle, si. Il déteste qu'elle l'appelle « mon petit ». Il a appris à ne rien laisser paraître.

Cela fait partie du service. Plus il est fade, plus ses avis clients s'améliorent. Il répond aux questions si on les pose, il fait la conversation si on lui demande, sinon il se concentre sur la route, les yeux vides.

Six mois ont suffi. C'est son ancien bras droit qui l'a coaché. Raymond. Un brave type. Compétent, fiable. Ils s'entraident comme ils peuvent.

Inutile de demander où elle veut aller. Ses rituels sont simples et répétitifs. Elle n'a besoin de lui que les mardis et les jeudis, pour aller aux Deux Magots. Elle y retrouve des amies. Ses instructions sont simples : la déposer à la même heure devant la porte, à l'angle du boulevard Saint Germain et de la rue Bonaparte, lui ouvrir la portière respectueusement, la mener jusqu'à l'entrée, partir sans un mot, revenir précisément deux heures plus tard. Elle lui donne 100 € par course. 400 pour deux demi-journées. Ce n'est pas mal. Pour tenir, il a besoin de 3 000 € par mois. Minimum, minimum.

Ses amies ont le même âge et la même allure qu'elle. Le fard épais, les couleurs chamarrées. Ensemble, elles représentent le parfait stéréotype de la bourgeoisie décatie. Au premier coup d'œil, leur gestuelle évoque l'aisance ; dès le deuxième, les coutures élimées apparaissent. Elles portent régulièrement les mêmes vêtements, leurs chaussures sont déformées et elles ne sont pas très propres. Bien qu'il se tienne à distance, Antoine s'en est rendu compte. Elles l'incommodent.

Malgré cela, il a plusieurs fois tenté de les approcher, pour leur glisser une carte de visite. L'argent a parfois une odeur aigre. La fausse Texane s'est chaque fois interposée.

Il y a rarement foule, aux Deux Magots, aussi tôt dans la journée. La terrasse est mal chauffée et la moitié des tables à l'intérieur prennent la poussière entre les repas. C'est pareil au Café de Flore et à la Brasserie Lipp. Lorsque, après avoir déposé sa cliente, Antoine se promène dans le quartier, il passe devant d'autres cafés et d'autres brasseries qui peinent à retrouver l'animation des années précédentes. Les touristes vont dans des chaînes comme Starbucks, désormais. Ce sont les habitués, ces dames, des retraités désœuvrés, qui font vivre les commerces du quartier.

Chapitre 4

Parfois, Antoine a le temps d'une autre course avant d'aller la récupérer. Sinon, il se gare vers la rue Jacob et patiente en marchant ou en pianotant sur son portable. Son profil est présent sur plusieurs plateformes. Il continue de l'améliorer. Chaque moment creux offre l'opportunité de travailler sa présence digitale.

Son agenda commence à se remplir. C'est sa tante qui lui avait soufflé l'idée et les premiers contacts. Une dizaine. Il lui avait fallu des mois pour en trouver d'autres. Après, ça s'était accéléré. 3 000 €, bon sang, 3 000 € ! Tandis qu'il attend, un numéro inconnu apparaît sur son écran. Il décroche. Voilà ce qu'il lui faut : des appels entrants, spontanés.

– Êtes-vous disponible tout de suite ?

– Quel est votre trajet, monsieur ? Folie Saint James, Palais Royal ? Un instant je vous prie.

L'accent est anglais. Un peu snob. Antoine consulte son GPS et sa montre.

– Dois-je simplement vous déposer ? Parfait. Non, pas de compteur, des forfaits. Exact. Cent euros, la première heure… Je comprends, monsieur. Connaissez-vous Chauffeur de Maître ? Chauffeur Privé ? Vous trouverez plusieurs alternatives très correctes moins onéreuses. Bentley ? Je crains que non. Véhicule de prestige exclusivement, c'est cela. Celle du site ? Tout à fait. Merci de votre confiance, monsieur. Je serai là dans… Dans une demi-heure. Côté parc, c'est noté.

L'homme a une voix jeune. La quarantaine ou moins. C'est rare. Besoin de faire une forte impression, sans doute. Séduction ? Business ? Mafia ? Antoine a de tout. Principalement des seniors, plutôt des femmes, sinon des types prétentieux, toutes marques dehors. Quelques couples, aussi. Il en a eu un, brésilien, qui lui a fait faire le tour des attractions touristiques de la capitale pour se photographier. Au Sacré-Cœur, l'homme a sorti un écrin et fait sa demande en mariage devant le paysage urbain. La bague était très brillante et les photos très belles. La femme était ravie et avait promis de promouvoir Antoine. Il n'a plus jamais entendu parler d'eux.

Parmi ses clients, il en a cinq réguliers : la dame à lunettes, une ancienne danseuse de l'Opéra, la veuve Picot, une commerçante marocaine et un soi-disant homme d'affaires ivoirien. Soi-disant, parce qu'Antoine n'a pas la moindre idée de ce qu'il peut faire. Il passe les trajets au téléphone et ses conversations sont obscures. Il les débute en français et, s'il se sent écouté, il continue en malinké. Il cite souvent des noms de personnalités africaines.

Trois autres devraient s'ajouter. Ils négocient les tarifs. L'un d'eux voudrait une journée fixe, le dimanche. Antoine hésite. Affaire à suivre…

La veuve Picot est une femme bizarre. Elle décide de tout et ne tolère rien qui ne soit de son initiative. Elle peut se montrer charmante ou, à l'inverse, extrêmement désagréable. Il ne faut surtout pas la déranger. Tout doit venir d'elle. Une parole non désirée peut changer instantanément son humeur. Dans ce cas, la moindre bosse sur les pavés peut la faire exploser de rage. Quoi qu'il arrive, au moment de payer, elle laisse de généreux pourboires. Elle possède plusieurs voitures de luxe et conduit très bien. Son assistant, le jeune homme timide, également. Mais elle préfère utiliser les services d'un chauffeur professionnel. Elle dit qu'on ne mélange pas les torchons et les serviettes.

La veuve est une femme splendide, en fait. Distinguée, agréable au premier abord, bien qu'ayant une autorité hors norme. Elle a un goût sûr et des manières affirmées. Elle est mince, porte des talons aiguilles, très peu de maquillage et un seul bijou, un collier. Elle tutoie des ministres, filtre les appels des banquiers, fait ce qu'elle veut quand elle veut.

Son assistant l'accompagne toujours, cependant il n'a pas le droit de se tenir à ses côtés. Sur un claquement de doigts, il passe devant Antoine pour ouvrir et fermer la portière, puis va s'asseoir sur le siège passager. Il se tient droit, les mains posées sur les genoux, et ne s'exprime que s'il y est invité. Sa discrétion est telle qu'Antoine, d'abord un peu perturbé, ne l'a très vite plus remarqué. L'assistant remplace avantageusement un petit chien, genre Loulou de Poméranie. Quelle peut être la nature de sa relation avec sa patronne, dans l'intimité ? Fait-il aussi office d'amant ?

Elle ne semble pas avoir d'autre homme dans sa vie. En tout cas, elle est bien veuve et tient à le faire savoir. « Veuve Picot », ce n'est pas un surnom, elle se présente elle-même systématiquement ainsi : Jacqueline Boisseret, veuve Picot.

L'ancienne danseuse de l'Opéra est d'un tout autre style. Athlétique, refaite et mélancolique. Elle a la soixantaine finissante et met des ensembles qui ont à peu près son âge. Tout chez elle est démodé. Il paraît qu'elle avait un mari riche et des enfants intelligents. Ils l'auraient abandonnée à la fin de sa carrière en lui laissant un gros chèque. Est-ce vrai ? Elle n'a pas d'alliance et est très évasive sur sa vie privée. Son passé glorieux est sa seule préoccupation. Elle récite à longueur de journée et de trajet les titres des œuvres auxquelles elle a prêté son talent, ainsi que les noms de tous les solistes, chorégraphes et décorateurs qui l'ont connue.

Ses yeux n'ont aucune expression, certainement à cause des excès de lifting. Il faudrait voir l'ensemble de son visage, sa bouche tirée vers le bas, son menton serré, ses joues pâles, pour connaître la profondeur de sa mélancolie. Mais il est perpétuellement caché par un masque chirurgical. Antoine ne l'a aperçu que de loin. Elle fait partie de ces gens que la crise sanitaire a dévorés. Bien qu'il n'y ait plus ni danger ni restrictions, elle est persuadée que les virus vont la tuer. Elle les sent tourner au-dessus de sa tête. De gigantesques essaims prêts à l'attaquer, plus forts que tous ses vaccins.

Ils sont nombreux, comme elle, à être traumatisés depuis que les experts apocalyptiques se sont succédé des mois durant sur les chaînes d'information. Régulièrement, dans un magasin ou un bureau, on aperçoit des hommes et des femmes qui se nettoient obsessionnellement les mains au gel hydroalcoolique ou qui se couvrent le nez à tout bout de champ. Et les métros pullulent encore de passagers anonymes.

Elle est difficile à comprendre. Ses paroles sont étouffées par le masque. Il faut tout le temps lui demander de répéter. Ses monologues aux intonations nostalgiques sont d'interminables marathons. Antoine aimerait mettre de la musique pour qu'elle se taise, hélas, elle refuse. Il lui a proposé de choisir ses airs de ballets favoris, c'est non. Elle préfère se raconter dans le vide.

Elle habite près des Buttes Chaumont. Il doit l'emmener en banlieue chez son ancienne maquilleuse, la seule personne restée proche d'elle, ou aux Invalides, terre-plein morne où, pour une raison obscure, elle aime se promener. Il la conduit généralement une fois par semaine. Il n'est pas demandeur de plus, tant elle le déprime.

Heureusement, il y a la commerçante marocaine. Soixante-dix ans, bien mise, sans excentricité apparente. Elle est mariée, a des enfants et petits-enfants, vit entre Paris et Agadir. Sa famille produit et distribue des légumes. Son mari supervise la production au Maroc, elle, la distribution en France. Leurs enfants ont choisi d'autres voies, la suite n'est pas assurée. Tant qu'Allah leur accorde la bonne santé, comme elle dit, ils continueront. Leur affaire n'est pas petite. Ils livrent plusieurs conteneurs chaque mois, via Le Havre. Rungis est leur principal centre de tri, c'est là qu'Antoine doit l'emmener une à deux fois par semaine. Il l'attend dans un des cafés en face, elle ne reste pas longtemps. Si elle fait appel à lui, c'est parce qu'elle aime les belles autos et que son époux a exactement la même, mis à part la couleur. Une Flying Spur S modèle 2018, blanche. Avant, la commerçante faisait appel au service Daily Driver, mais ils ont connu des difficultés avec la crise et ils n'ont pas de Bentley.

Elle était venue à l'inauguration parce qu'elle envisageait d'en acheter une et qu'un de ses enfants, exceptionnellement à Paris, rêvait de voir une Bugatti en vrai. Lorsqu'elle a eu vent de la nouvelle activité d'Antoine, via la tante Estelle, elle l'a tout de suite appelé. Elle a été sa deuxième cliente. Du moment qu'il respecte ses impératifs, elle n'est pas difficile. Son seul caprice, si on peut le qualifier ainsi, c'est qu'elle veut dans la voiture du thé earl grey chaud et des fruits coupés. Précisément une salade de pommes, kiwis, mangues, bananes et oranges, avec un peu de cannelle. Sa préparation est devenue un rituel pour Antoine.

Il n'a rencontré le mari qu'une fois. Celui-ci se déplace rarement en Europe, il déteste l'avion et trouve que les prix des voyages sont devenus exorbitants. Sa mise est très simple et, s'il fréquente la cour du Roi Mohammed VI, il ressemble à n'importe quel employé de bureau marocain. Voilà un adepte du « pour vivre heureux, vivons caché ». Sa femme dépense pour deux. Il ne lui en tient pas rigueur, car vivre loin de son beau pays, sous la pluie et dans les embouteillages, est de son point de vue un sacrifice suffisamment grand.

La course a duré plus de temps que prévu. Les files dues à des travaux en suspens n'en finissaient pas. Une heure pour faire Neuilly, 1er arrondissement, c'est ridicule. Antoine devrait savoir que deux heures ne suffisent pas pour intercaler des clients. Il s'en veut. En plus, il a failli rayer sa carrosserie sur les barrières de la rue de Rivoli. Un vrai parcours d'examen de permis de conduire, là-bas. Il voyait les minutes défiler et il s'est énervé. Le moteur de la Bentley est chatouilleux. L'accélérateur s'effleure, les manœuvres se gèrent en douceur. Mais non… Il a foncé en marche arrière sur une protection de chantier et a perdu d'autres minutes précieuses à les redresser et à inspecter son coffre. Du solide. Il traverse le pont du Carrousel au pas, rageant contre lui-même. Il va arriver en retard… Ce sera la troisième fois. Sa cliente lui a déjà fait la remarque : « Je vous paye pour attendre, mon petit Antoine. » Il ne peut pas s'offrir le luxe de perdre 1 600 €. « Stupide, stupide ! »

Sur la Seine, les bateaux rouillent à quai. Il n'y a aucun promeneur le long des berges. L'air est trop froid. Ah, ces bourrasques qui fouillent les caniveaux. Et ces aurores qui bégayent jusqu'au soir. Où est le soleil ? Pourquoi l'être humain ne peut-il pas hiberner ?

Saint Germain, Les Deux Magots. Il se gare. Dix minutes de retard. Elle n'attend pas dehors. Bizarre, elle qui est si ponctuelle. Lui serait-il arrivé quelque chose ? Non, il la repère à l'intérieur. Elle s'est oubliée dans les compliments de vagues gigolos. Il entre et vient se rappeler à ses bons souvenirs. Elle l'ignore. Il attend, elle n'attend pas, c'est ainsi. Avait-il imaginé que son prestigieux showroom le mènerait à cette servitude extrême ?

Chapitre 5

Car c'est bien de servitude dont il est question. Sans espoir de changement à court terme. Il est trop endetté. La gestion est devenue son obsession. Chaque jour, il recalcule ses revenus et ses dépenses. Plus l'argent le préoccupe, plus il est asservi. Il se fait à l'idée de travailler sans limites. Il subit les humeurs ingrates de ses clients. Il accepte à peu près tout. L'anéantissement de ses ambitions l'a changé. Pas immédiatement. Pas au moment de l'implosion. Il avait été affecté, mais avait gardé cette naïveté qui permet aux entrepreneurs de transformer des échecs en succès. Il disait qu'il pouvait tout perdre. Tant qu'il aurait des idées, il se relèverait. Et des idées, il en avait.

Hélas, il n'a pu en concrétiser aucune. C'est souvent comme ça. Le monde ne manque pas de projets, il manque de possibilités de les mener à bien. A-t-il essayé ou s'est-il contenté de parler pour s'encourager ? Il a passé des mois à évoquer une flotte de véhicules d'exception, des chauffeurs-concierges, des services ultra-personnalisés, une plateforme digitale mieux qu'Uber… Avec son carnet d'adresses, il n'aurait pas de peine à trouver les investisseurs. Quels investisseurs ? Des clients, au mieux. Il a pris énormément de renseignements. Pas assez. On lui a dit n'importe quoi. Des chiffres contradictoires, des estimations allant de un à dix. Il a exploité ses compétences financières pour développer des plans qui tiendraient la route. Il a passé des nuits blanches, il a cherché des alternatives. C'est parti dans tous les sens. S'il abandonnait l'exception ? S'il optait pour des motos ? Pourquoi pas la conciergerie sans le transport ? Sur la côte, peut-être…

Chapitre 5

Le quotidien l'a rattrapé, il a eu plus de boulot, moins d'énergie. Il a rangé ses idées embrouillées dans le dossier « archives » de son ordinateur et, s'il a continué de répéter à son entourage que, un jour, ils verraient ce qu'ils verraient, il ne l'a plus ouvert.

Il y avait eu du jeune loup en lui : école commerciale, études sérieuses, stages dans des grandes boîtes, avenir tracé dans l'automobile. Son père avait dit :

– Je te forme, tu définis ton projet, tu trouves les fonds et tu rachètes l'entreprise à des conditions avantageuses.

– Mon projet ?

– Carte blanche.

C'est ainsi qu'Antoine, emporté dans un tourbillon de bons chiffres, s'était persuadé que, s'il vendait des Bugatti en plus des Bentley, il doublerait le profit. Et c'est ainsi que le rachat prit une année et trois étapes de plus. D'abord pour obtenir le consentement de son père et de l'équipe, ensuite pour convaincre la marque et les banques, enfin pour superviser les architectes et les corps de métier. Il pensait que la troisième étape serait la plus ardue, elle fut la plus facile. Quand vous avez l'argent…

La plus pénible fut la première. Pourquoi les évidences ne sautent-elles pas à tous les yeux de la même façon ? Il regretta son manque d'expérience. Il aurait gagné des mois s'il avait fait preuve de diplomatie. Il s'était imaginé que son enthousiasme suffirait. Il s'était exprimé innocemment, sans se donner la peine de préparer ses arguments. Il s'était trompé. Il paraît que, pour imposer une idée neuve, il faut faire croire aux autres qu'elle vient d'eux.

Son père l'avait traité d'enfant gâté. Tu parles d'un jeune loup… Né le cul bordé de nouilles, oui !

– C'est trop facile, de jouer avec l'argent des autres…

À cause de son inconscience, Antoine risquait la banqueroute et la perte d'emploi de toute l'équipe. Car, enfin, pour vendre une marque aussi exceptionnelle, combien allait-il devoir emprunter ? S'imaginait-il que les clients défileraient ? Pour des voitures à plusieurs millions ? Paris n'est pas Londres, encore moins Dubaï.

Mais Antoine était pétri de certitudes et de stéréotypes de langage. Et son père était en bout de course, lâché par l'inspiration et désireux de prendre son chèque. Les jeunes idées l'emportèrent donc sur les vieux réflexes. Le père fixa, boule au ventre, deux conditions :

– Je ne veux plus de parts une fois l'opération réalisée.

– Et l'autre ?

– Je refuserai les cautions personnelles.

Il pensait que cela les protégerait mieux. Il ne se trompait qu'à moitié.

Le personnel du showroom en transformation assista encore à quelques monumentales engueulades entre père et fils. Cependant, les banques et les fonds suivirent, les contrats furent signés et les travaux d'aménagement, mis à part le retard dû aux discussions, se déroulèrent comme prévu. Un retard qui aurait des conséquences funestes, puisque pendant les derniers travaux avant ouverture, un virus venu d'Asie commença à faire parler de lui.

Personne n'y prêta vraiment attention, néanmoins il s'invita dans les préparatifs de l'inauguration. Des questions opérationnelles, quelques doutes. Ni Antoine ni son père ne s'en inquiétèrent. Une collaboratrice à la comptabilité exigea que des mesures de sécurité soient prises. Elles le seraient, une fois l'événement passé. On n'allait tout de même pas importuner des invités prestigieux pour si peu.

Et donc, l'inauguration eut lieu. Et ce fut la fin. Très vite. Une débâcle incroyable.

Quand Raymond, qui avait signé la promesse de vente de la Continental orange, se présenta au domicile des acheteurs pour, personnellement, parcourir le dossier et proposer une visite à l'usine, il fut accueilli par un couple ébahi. Évidemment que c'était annulé ! Qui confirmerait en pareilles circonstances ? Il faudrait être fou…

La situation n'avait guère changé depuis la signature ; la couverture média, si. Tous les journaux ouvraient sur des histoires de pangolins et de quarantaines. Une ville en Chine apparaissait sur la carte, Wuhan, un paquebot au Japon, le Diamond Princess. C'était loin et proche, comme un vent frais avant une tempête.

Et l'homme de la Bugatti ? Il n'avait rien signé, mais il paraissait si sûr de lui, si désireux d'aller vite… Antoine essaya de le recontacter plusieurs fois. Injoignable. Alors, quoi ? Que penser ? Surtout, pas de panique. L'hystérie qui commençait à devenir collective s'apaiserait bientôt, dès que les médias d'information détourneraient leur attention. Il y aurait forcément une grève ou un scandale pour remplacer l'épidémie. Dans ses plans les plus optimistes, il n'avait pas imaginé vendre une Bugatti avant des mois. Quant à la Continental, il en écoulait en moyenne une par mois. Il avait de la marge. Le temps jouerait en sa faveur.

Eh non ! Alors que d'autres repoussaient leurs obligations et combinaient aides et allègements, lui cumulait les rappels de payements. Au début du premier confinement, il parlait de revanche cinq étoiles ; à la fin, il n'ouvrait plus la bouche que pour se plaindre. Sa boîte mail débordait de mauvaises nouvelles et il perdait pied à une vitesse inimaginable.

Deux ventes, pendant l'été, lui offrirent à peine un sursis. L'illusion d'une possible remontée. Il promit à ses collaborateurs assommés un dernier trimestre miraculeux. L'automne fut glacial. L'officialisation de la faillite fut à peine retardée. En février, tout était terminé. Heureusement pour les cautions personnelles… Il allait tout perdre, mais il ne devrait plus rien. Tout perdre, sauf une Bentley. Par une jolie manigance fiscale de son père, une Flying Spur était payée et lui appartenait.

C'était l'unique bien de valeur qui lui restait. Il quittait un appartement clinquant que, de toute façon, il louait ; il n'emportait que des meubles quelconques et un lit médiocre ; il emménageait dans un deux-pièces mal entretenu et mal décoré.

*

15 heures. Il ramène sa cliente à lunettes et reçoit l'appel d'un autre client potentiel. Cette fois, c'est pour travailler la nuit. Jusqu'où Antoine ira-t-il pour assurer ses fins de mois ? La demande est scabreuse. L'homme veut aller chercher des filles au bois et les ramener chez lui. Il les appelle « des muses ». Antoine devra rouler lentement entre l'avenue Foch et l'hippodrome de Boulogne. L'homme lui dira où s'arrêter et combien de temps attendre. Il payera le double. Le triple. Entre minuit et 5 heures du matin, le jeudi. D'abord un essai, d'accord ? Antoine veut réfléchir. Pas le temps. L'homme a d'autres options. La Bentley n'est pas essentielle. Alors ? O.K., chacun sa vie. Antoine est là pour conduire, pas pour juger. Du moment que ce n'est pas dangereux. L'homme jure que non.

Soupir… Depuis qu'il n'a plus de perspectives, il travaille sans joie ni peine et sans opinion, seul, dans un long tunnel dont il a cessé d'attendre la sortie. Sa vie est passée en pilote automatique. C'est fou ce que les perspectives déterminent la perception du quotidien. Retirez-les et les lendemains cessent de chanter. Aucune chanson ne résonne dans sa tête.

Quand le virus et a cessé de monopoliser la une et que les vaccins ont progressivement fait tomber les masques, il y a eu une drôle de période, mélange d'euphories fragiles et de drames discrets. Dix-huit mois à peine ! Les malchanceux se comptent par centaines de milliers. L'addition ne sera pas réglée avant une décennie. « Distanciation sociale », l'expression à la mode, sera un jour remplacée par « plan social »…

Antoine ne s'en sort pas si mal. Sans la voiture de son père, qu'aurait-il fait ? Il n'avait droit ni au chômage, ni à aucun prêt. Il n'avait aucune épouse pour le consoler, aucun enfant pour le relever. Sa vie d'avant avait été trop égoïste, sans doute trop vaniteuse. À quoi bon la regretter ? Les regrets ne serviraient qu'à aggraver ses insomnies. Et il a besoin de sommeil pour accomplir ses douze heures quotidiennes s'il veut s'en sortir. Travail, travail, travail. Basta !

Ses employés ont rompu le contact, ses amis sont passés à autre chose. Avant, leurs messages remplissaient sa boîte vocale. Après, il n'en recevait plus aucun. Tout était allé trop vite. Ses jérémiades, les gestes barrière, leurs propres difficultés… Il n'ose plus les appeler. Il leur envoie parfois des textos peu engageants : « Tu vas bien, et ton job, tes amours, il faut qu'on se revoie un jour… » Les réponses le sont encore moins : « Oui, merci, beaucoup de succès pour la suite, on se tient au courant… »

Il ne lui reste que Raymond. L'unique collaborateur resté proche de lui. Son ancien bras droit, son meilleur vendeur, le plus honnête et le plus fidèle. Pourtant, il avait dû le licencier avec les autres, sans ménagement. Tout était parti dans le siphon des curateurs. À l'inverse de ses anciens collègues, Raymond ne lui en voulait pas, parce qu'il reconnaissait avoir partagé son ambition. « Ah, sans ce fichu virus ! »

Antoine s'inquiète pour lui. Raymond a une femme et des enfants. Comment retrouvera-t-il du travail à cinquante-cinq ans ? Il ne sait vendre que des autos. Et les bons commerciaux ne servent plus à rien. Il n'y a plus assez d'acheteurs. Qui disait que les hommes n'avaient pas fini d'aimer les voitures ? Ils préfèrent les bicyclettes, désormais. Leur liberté, c'est leur vélo.

Chapitre 6

Le client scabreux ne l'a pas recontacté tout de suite. Antoine pensait qu'il l'avait oublié. Tant mieux. Mais non. Un jeudi, il lui a demandé de passer le prendre au Victoria, près de l'Étoile, à une heure du matin. Ils ont rejoint le bois lentement, par les contre-allées. C'était dégoûtant et inquiétant à la fois. Il y avait des débauches qu'Antoine ne soupçonnait pas, des apparitions plus proches de spectres que de muses. La laideur s'imposait tel un précepte du fantasme assouvi. L'homme, pourtant discret et bien mis, costume et embonpoint de convenance, semblait apprécier. Il décortiquait avec un plaisir expert chaque vue extravagante. Les visages défraîchis et la négligence des kilos abondants ne le repoussaient pas, au contraire. Il demandait à son chauffeur, le cœur battant d'embarras, ici de ralentir, là de s'arrêter. Il prenait son temps, sortait, parlementait, aussi à l'aise que dans les boutiques d'un grand magasin.

Le bois est le pire des cloaques. Comment des familles et des joggeurs peuvent-ils s'y promener ? Ne voient-ils pas, le long des sentiers, les emballages de préservatifs ouverts et les mouchoirs tachés de déjections âcres ? Les affaires s'y font du crépuscule à l'aurore, dans des camionnettes ou contre des arbres. Le long de certaines routes ombragées, la concurrence est rude et la demande peine à satisfaire l'offre. Des bagarres éclatent souvent, la police intervient rarement. Sans doute a-t-elle mieux à faire ailleurs, à moins qu'elle soit fatiguée de perdre son temps. Voilà plus de trente ans que les poumons de la ville absorbent la misère du monde. Les nationalités s'y regroupent, les genres se mélangent, les maquereaux se cachent. Les mauvais payeurs – il y en a – ont intérêt à se tenir. Les coups de couteau sont vite assénés.

Parcourir de tels lieux en Bentley aux heures les plus obscures avait de quoi inquiéter, en effet. Lors de cette première nuit qui servait de test, le client jugeait tous les services, celui du chauffeur comme les autres. Antoine s'était senti trembler plusieurs fois. S'arrêter près d'un groupe à peine éclairé, baisser complètement la fenêtre, établir un dialogue de marchands de tapis, repartir au pas…

Il s'attendait au moins à quelques coups de péripatéticiennes mécontentes, des éraflures sur ses portières, qui sait, une vitre brisée, ou pire. Rien de tout cela ne se produisit et, au bout d'une heure de repérages indécis, le client fit charger deux femmes qui ressemblaient aux autres mais qui, pour une raison mystérieuse, lui convenait davantage. Antoine avait joué son rôle de faire-valoir en les aidant à s'installer, pareilles à des marquises, et puis, ayant ôté sa casquette une fois au volant, avait demandé poliment où il devait les conduire. Il craignait le pire et, avant de venir, il avait placé dans les généreux espaces de rangement autant de serviettes et de lingettes que de préservatifs, en plus du gel hydroalcoolique qu'il proposait en permanence. Le client, heureusement, n'avait aucune intention de consommer sur le beau cuir des sièges anglais. Il indiqua une adresse dans une banlieue verte et se montra très digne durant tout le chemin, se contentant de servir des boissons et de dire quelques mots à voix basse.

La destination était une propriété discrète à l'écart d'un village coquet. Il se gara devant une entrée de garage entourée de hautes haies bien entretenues. La maison était en surplomb, à l'arrière, pratiquement invisible, surtout à cette heure. Il y avait de la lumière, c'est tout ce qu'Antoine put remarquer. Et l'angle était tel que les voisins ne pouvaient pas voir qui allait ou venait, de sorte que les deux prostituées, visiblement en confiance, restèrent invisibles jusqu'à ce qu'elles soient à l'intérieur. Le client, satisfait, paya Antoine et lui demanda de revenir aux premières heures de la matinée. Il lui enverrait un message. Le test était concluant.

Voilà des semaines que ces transports nocturnes se répètent. Antoine est rassuré. Aucun événement fâcheux ne s'est produit. Des filles sont emmenées puis ramenées, il est bien payé, son compte continue de se redresser. Ce qui se passe derrière les murs de la maison invisible ne le regarde pas. En revanche, il a découvert quelque chose de piquant : l'homme qui l'accompagne n'est pas le vrai client. C'est l'adresse. Antoine n'avait pas fait le parallèle la première fois. Avenue Thierry, un nom tellement banal. Idem pour le nom sur le parlophone. Édouard. Il ne connaît personne qui s'appelle ainsi. Puis, un matin, on lui a demandé de passer un peu plus tard. En plein jour, ça lui est revenu d'un coup. Vous savez, quand on a le titre d'une chanson sur le bout de la langue… L'inauguration, Eddy, le rocker pas sympa. C'était là que son agent avait demandé que soit envoyée l'invitation. Ce serait donc lui, le vrai client ? Et sa femme, alors ? La presse people lui a fourni la réponse. Elle serait dans les Keys, où le couple aurait une magnifique résidence, sur les traces d'Hemingway. Eddy a chanté l'écrivain américain en duo avec un rappeur. Un succès au début des années 2000.

Combien vaudrait l'information de ce qui se passe ici pour cette presse ? Antoine s'est à peine posé la question qu'il l'a enterrée. Pour un seul chèque, il risquerait toute sa clientèle. Qui sait si, au contraire, les relations d'une célébrité ne joueraient pas en sa faveur. Les demandes pourraient se multiplier. Le rêve d'une ambition accessible renaît. La clé, ce n'est pas le rocker, c'est l'autre… le rabatteur. Il tente de lui parler. L'homme est distant. Réservé. Il doit avoir peur d'en dire trop. Qui est-il ? Pas l'agent, c'est clair. Un garde du corps ? Il a plutôt la carrure col blanc. Un administratif, un secrétaire ? Il paraît que les stars ont un entourage développé. Certains parlent de sangsues…

Eddy sort un nouvel album. Une série de morceaux et de clips savamment postés sur les réseaux sociaux, en partenariat avec Deezer et YouTube. Coïncidence amusante, une des filles emmenées par le rabatteur avait demandé qu'Antoine mette de la musique et il était tombé sur son hit du moment. Un autre duo avec un type qui, normalement, prône « la mort des keufs et les culs des meufs » et qui, là, slame sur le retour du Christ.

Chapitre 6

Des likes par millions. Le rythme, probablement. Il est hypnotisant et, il faut dire, très bien conçu. Les râles caractéristiques du rocker lui ajoutent une émotion pure très éloignée du stupre de ses nuits de fauve.

Les transports ne passent pas que par le bois. Le rocker a des goûts variés. Parfois, Antoine est guidé vers des quartiers marbrés où œuvrent des *escorts* bien vêtues. Ainsi, une fin de soirée, il doit s'arrêter près de Pereire afin d'y charger une blonde magnifique à l'accent balkanique. Elle est à peine trop maquillée, son sac Céline est à peine trop voyant, ses bottes Gucci sont à peine trop hautes. Serait-elle invitée seule pour une soirée conventionnelle ? Comme une réalité à peine augmentée de l'épouse absente ? Pourquoi, dans ce cas, ne pas faire revenir celle-ci de Miami ?

Une deuxième blonde, aussi belle quoique plus voyante, platine et siliconée, est ajoutée en chemin. Ce sont des copines. Elles parlent la même langue, rient en chœur et, terrible pour la concentration d'Antoine, se manifestent une affection sensuelle. Il défait sa cravate et fait de son mieux pour ne regarder que la route.

La blonde magnifique se fait appeler Iva. Ses traits sont doux, sa voix est posée. Elle a la vingtaine bourgeoise malgré son métier discutable. C'est la première des passagères embarquées qui adresse la parole à Antoine – pour autre chose que la musique. Et qui lui donne un pourboire. Antoine se sent obligé de montrer le billet plié dans sa main au rabatteur. Celui-ci la referme, indifférent aux largesses d'autres personnes que son patron. Une vague complicité naît ainsi entre Antoine et l'*escort*. Elle a dû plaire, car il la conduira au rocker plusieurs fois encore.

Dès le deuxième trajet, elle se renseigne sur les tarifs et les services d'Antoine. Lui qui espérait bénéficier des relations de la célébrité, il n'imaginait pas qu'elles se manifesteraient de façon aussi indirecte. Concrètement, le rocker et son rabatteur ne lui présenteront personne, tandis qu'Iva deviendra une cliente fidèle et une ambassadrice efficace.

Grâce à ces nouveaux revenus, Antoine peut se réinscrire à un club de sport. Son premier luxe depuis la faillite. Le fitness lui manquait. Il avait continué de courir au hasard des rues et il en avait assez de slalomer entre les poubelles et les gens sur le trottoir. Il reprend doucement, quelques machines, des pauses, une douche en sueur. Il a perdu une partie de son énergie. Est-ce son alimentation ? Il mange plus mal, moins cher, gras, peu varié, vite. Le soir, seul, il se réchauffe des plats. Sa cuisine est trop petite pour faire plus sophistiqué. Du chinois moyennement frais, des plats sous-vide, de la purée au fromage, des kébabs dégoulinants. Le kébab, c'est le plat parfait quand on n'a pas d'argent. Et les frites. Finis les poissons vapeur avec des légumes sautés ! Finies les salades fraîches, les poké bowls, les sushis préparés minute par de vrais Japonais ! Des pâtes, une pizza de temps en temps. Très bien, la calzone. Il n'avait pas essayé avant.

Cinq kilos… Il va les perdre. Il est jeune, il ne part pas de loin. La misère de l'empâtement met longtemps à prendre le dessus. Il ne boit presque pas. Un peu de vin, moins maintenant, pas de bière, sauf en été. Jamais de coca. Il a essayé sur des burgers, il a grimacé.

Il continue de s'accrocher. Il n'en est pas à demander de l'aide, ni à postuler au premier boulot venu. Ah, l'assurance d'un salaire qui tombe tous les mois… Le confort d'un patron qui prend les décisions et assume les risques… Ah, une place dans l'administration… Mais pour faire quoi ? Ses qualifications ne correspondent à rien. Évidemment, il ne lit pas les annonces. Il juge sans savoir. Et si elles correspondaient ? Serait-il accepté, signerait-il un vrai contrat ?

Il y a eu une tentative de suicide dans son immeuble. Une femme seule avec un enfant. D'après les voisins, son ex-mari ne payait pas la pension alimentaire et la justice ne faisait rien. Elle avait perdu son emploi. Universitaire, trilingue, excellent CV, il paraît qu'elle était très gentille et présentait très bien. Antoine doit l'avoir croisée. Il ne s'en souvient pas. C'est son fils qui l'a trouvée. Il a tout de suite appelé les urgences. Elle avait avalé des tas de médicaments. Sans succès. Elle est à l'hôpital Lariboisière. Elle vivait au cinquième.

Chapitre 6

Antoine vit au troisième. Pas d'ascenseur. L'immeuble est ancien. Joli à l'extérieur, poussiéreux et vétuste à l'intérieur. Les vieilles canalisations qui montent d'étage en étage ont un aspect effrayant. Comment se fait-il qu'il n'y ait pas plus d'explosions de gaz ? La chambre est étroite. Une fois le lit installé, les portes du placard qui sert de garde-robe ne peuvent plus être ouvertes à fond. Il n'aurait pas dû ajouter une table de chevet à côté de la fenêtre qui donne sur la cour où défèquent les pigeons. Le séjour est plus vaste, assez pour combiner salon et salle à manger. Il a pu installer son divan d'angle, son meuble télé, un de ses buffets, sa table basse et une de ses étagères. Pas sa grande table à manger. Il a dû la remplacer par une plus petite. De toute façon, il dîne seul et elle lui sert surtout de bureau. La cuisine est minuscule, un triangle en profondeur fermé par la chaudière. La salle de bains est à peine plus grande. Principal luxe : le W.-C. est séparé.

Quand il ouvre la fenêtre du salon, il y a un épouvantable boucan. On dirait que les bruits de la rue en contrebas sont amplifiés par le vis-à-vis des façades. Il partira dès qu'il aura sécurisé son revenu. Il changera de quartier. Pourquoi est-il revenu en ville ? Il habitait dans un bel environnement vert, près d'un bois, pas loin des magasins. Tout était propre et bienveillant. Le grand appartement à deux chambres était lumineux. Il était heureux d'y recevoir du monde. Quand il avait le temps. Il commandait alors de bons menus chez d'excellents traiteurs. Il avait toujours du champagne au frais.

Garer la Bentley est une aventure pénible. Il a dû louer un box éloigné qui lui coûte la moitié de son deux-pièces. Chaque fois qu'il la gare dehors, il s'attend à la retrouver griffée. Jusqu'ici, il a eu de la chance. Il doit faire attention : son assureur est pingre.

Où aller ? Retourner dans son ancienne commune ? Trop déprimant. Il croiserait des gens qui le connaissaient. Il était jeune, il réussissait bien… La jalousie n'est jamais loin. Il préfère qu'ils l'oublient. Parfois, le week-end, quand il n'a pas de clients, il traverse au hasard des banlieues inconnues. Il venait de l'ouest, il va au nord, au sud, à l'est. S'il pouvait, il irait plus loin.

Chapitre 7

Les feuilles sont vertes et le ciel est bleu. Le printemps revient tôt. Antoine se promène au square Saint-Lambert. Il y en a qui dorment sur les bancs publics. Il y en a qui mendient. Il y a aussi une famille tzigane sur un matelas à même le sol, des marchands de fleurs bangladeshis, un cul-de-jatte aux yeux rougis par le crack.

Des enfants jouent dans le bac à sable et autour des balançoires. Une maman africaine pousse une petite fille sur un tourniquet en parlant avec une jeune femme voilée qui fait danser un bébé dans ses bras. L'instant est paisible et suspendu, tel un répit avant la bataille. Il va pleuvoir et lundi va chasser la nonchalance.

Pour la première fois depuis qu'il conduit les autres, Antoine sort d'Île-de-France. Un client, recommandé par sa tante, doit aller à Strasbourg. Un homme bien mis, cheveux ondulés, propriétaire d'une marque de médicaments. Il y a une manifestation devant la Gare de l'Est et il n'ose pas traverser la foule en colère. Il pourrait prendre l'avion, mais il déteste. Les véhicules populaires aussi. Pendant le trajet, entre deux monologues sur l'incompétence du gouvernement et l'imbécillité de l'opposition, il explique à Antoine que les taxis puent.

Après cinq heures d'un trajet sans autres histoires que celles du client, ils arrivent dans les faubourgs de la ville alsacienne. Le GPS, à la recherche de l'itinéraire le plus simple, ne s'est pas embarrassé de sélectionner le niveau social des rues empruntées. Sans doute parce qu'il ne circule pas dans son environnement habituel, Antoine prend la peine d'observer autour de lui. D'habitude, il se concentre sur la route, le tableau de bord et le rétroviseur. Il découvre l'hostilité qu'il provoque. C'est un choc. Il avait oublié dans quoi il roulait, ce qu'il représentait. Il se retourne plusieurs fois, pour peu il ouvrirait les fenêtres pour s'excuser. Évidemment, il est comme eux, comme tous ces forçats du quotidien qu'il croise jusqu'à ce qu'il rejoigne les beaux quartiers.

Le client se fait déposer au Château de l'Île, un magnifique hôtel décoré de colombages et de tourelles. Le temps de faire porter les valises, Antoine est congédié et repart aussitôt. Il atteint Paris tard, par Ivry et le 13e, l'estomac dans les talons. À un carrefour, distrait par l'épuisement, il ne remarque pas un groupe qui l'injurie et qui lui jette des canettes vides. Quand elles ricochent sur ses vitres, il prend enfin conscience de ce qui se passe et démarre en donnant toute la puissance du moteur. Il fonce le cœur battant, slalome entre les voitures, Alésia, Plaisance, Convention, des palissades en bois clouées sur des vitrines, des volets baissés. La nuit qui suit, il dort mal. C'est une leçon. Toutes les courses ne sont pas bonnes à prendre. Les regards ont changé. Avant, les belles voitures suscitaient l'admiration, pas la haine.

Pendant quelques jours, il reste interrogatif, il se demande à nouveau s'il doit persister, s'il ne ferait pas mieux de revendre la Bentley et de chercher un travail plus classique. Il appelle d'anciens amis et même son père, pour entendre leur opinion. Ils n'en ont pas. Son père radote et ne vit plus dans le vrai monde. Son coin de paradis pour vieillards enrichis est trop protégé. On n'y croise pas de pauvres, on continue d'y utiliser des masques et du gel en permanence, on n'y connaît que ce que les chaînes d'infos racontent. L'enfer est une punition méritée pour une génération ingrate dont Antoine est le stéréotype. Il n'avait qu'à pas s'endetter et il peut être content d'avoir gardé la Flying Spur. Qu'il descende sur la côte. Monaco regorge d'opportunités. Ce n'est pas l'Ukraine, là, au moins. Comme si c'était si simple…

Peine perdue, donc. Même résultat auprès des amis, qui ne décrochent pas ou qui ne parlent que de leurs propres problèmes. Il n'est pas autant à plaindre qu'eux, il n'a pas d'enfants à nourrir ou de divorce à gérer, lui.

Les couples partent à vau-l'eau. Bref : « Chacun sa m… » Il a le moral dans les chaussettes, ça se comprend.

La commerçante marocaine est de retour. Bronzée, flamboyante comme un été caniculaire. Il ne l'avait plus vue depuis un mois, elle ne répondait pas à ses messages, il pensait l'avoir perdue. Ce n'est pas le cas. En mars, elle préfère le vent agadirois au crachin parisien. Elle parle vite et trop, mâche ses mots en avalant ses fruits coupés, raconte des histoires sans les terminer. La première fois qu'il l'a revue, il croyait qu'elle portait une djellaba de touriste ; c'était une robe Versace trop ample. Il avait failli rire. L'avait-elle remarqué ? Elle avait dit spontanément :

– On mange trop bien, chez moi, je suis plus grasse qu'une merguez !

Il la revoit plusieurs fois par semaine. Elle lui fait du bien. Il retrouve des bribes d'un monde perdu. Des images subliminales d'anciens rêves reparaissent au rythme des anecdotes. Elle le prend à témoin de succès qui ne le concernent pas, il applaudit, le temps de la course les voilà meilleurs amis du monde. Quand elle le quitte, arrivée à destination, il a oublié sa morosité. Ses nuits sont moins courtes, il se sent mieux.

Les bienfaits de cette thérapie inattendue sont cependant limités. La jubilation extravertie de la femme le renvoie à sa solitude dans l'échec. Il se sent mieux, oui, mais son apparence trahit sa fragilité. Ses cheveux mal coupés et ses vêtements mal assortis commencent à le ranger dans le mauvais camp. Ses soirées sans travail et sans sport se prolongent devant l'écran LG rescapé du désastre, une main sur la commande, l'autre sur une fourchette. Il va falloir qu'il puise profondément en lui pour que l'inspiration surpasse la résignation. Il se cherche. Il relit des notes. Son moral est un yoyo tenu par des doigts malhabiles. S'il remonte, ne va-t-il pas redescendre ? Quand ?

La question est tranchée un mercredi d'avril. Il y a quelque chose dans l'air. Il ne sait pas quoi. Une vibration violente, un accès collectif de mauvaise humeur. Ça se sent, parfois, sans qu'on puisse l'expliquer. Les gens sont nerveux, les métros sont en retard, les camions livrent en double file, le pain a mauvais goût et la voisine fait des claquettes en talons hauts.

Chapitre 7

Antoine doit aller chercher la vieille danseuse chez elle, comme d'habitude. Il s'est attaché à elle, malgré ses récits mélancoliques, à l'opposé de ceux, enflammés, de la commerçante. Elle rejoue son passé par actes décousus et s'obstine à ériger en évidences des références oubliées. Des noms inconnus, encore des noms inconnus. Il s'en accommode, acquiesce tel un complice qui se suffit de sous-entendus. En validant mille exemples supposés prouver que tout était mieux avant, il la réconforte et elle le remercie de pourboires généreux. N'est-ce pas bien ainsi ? Qu'importe s'il n'aime pas cette nostalgie obsessionnelle. Elle a besoin d'une audience, pas d'un interlocuteur. Du moins peut-il admettre que, effectivement, le monde était plus simple avant… Avant la pandémie… Comment pourrait-il le nier, lui qui a tant perdu ? Sauf que lui, il est jeune. Le présent est son point de départ. Le passé, il ne veut pas en parler. La crise non plus. Il marmonne :

– Elle se termine.

Ou :

– Elle se terminera.

Il y en a qui promettent un monde meilleur. Des intellectuels s'écharpent sur l'après. Pour lui, l'après se résume à un appartement et un revenu. Le vrai après, ce sera quand il sera de nouveau entouré et joyeux. Quand il sera de nouveau amoureux. Tant pis si les poubelles ne sont pas ramassées, si les avions volent à vide, si les canons tonnent à l'Est ou si les bureaux se peuplent de fantômes.

L'immeuble de la danseuse date des années 1930. Anguleux, un peu Art nouveau, un peu moderniste. La façade de béton est imprimée de lignes droites qui accentuent sa verticalité. Elle est ornée, autour des fenêtres du sixième, de fleurs maçonniques qui, au lieu de l'égayer, lui donnent un air dramatique. On en trouve de pareilles à New York et dans les anciens quartiers fascistes de Rome. Un décor de tragédie entre *Boulevard du crépuscule* et *Une journée particulière*. Chaque fois qu'il vient chercher sa cliente, Antoine s'imagine dans une scène de film. Il s'attend à la voir sortir, un couteau ensanglanté à la main, proche de l'évanouissement grandiloquent.

Elle devrait l'attendre dans le hall d'entrée. Il se gare en double file. Elle n'est pas là. Une place se libère plus loin. Il s'y gare en sachant qu'elle se plaindra de devoir marcher. Il pousse la porte de fer forgé noir et trouve son nom sur le tableau chaotique du parlophone. Il sonne. Une voix lointaine répond. C'est elle.

– Oui ?

– C'est moi, votre chauffeur.

– Marcel ?

– Non, Antoine. Je dois vous conduire chez votre maquilleuse.

– Je… Ah… Attendez.

Il entend le grésillement du déverrouillage de la porte. Doit-il monter ? Elle ajoute :

– Je descends.

Elle a l'air désorientée. L'a-t-elle oublié ? Il tient la porte entrouverte et patiente. Une minute, cinq minutes, elle ne vient pas. Décidément, ces vieilles femmes sont capricieuses. Elles le traitent sans considération. Un larbin !

Un habitant le croise, méfiant. Il lui demande ce qu'il fait là. Antoine doit lâcher la porte. Il retourne à sa voiture. L'attente sera plus confortable sur les sièges douillets de la Bentley, au son d'un Foo Fighters. *In Your Honour*, *No Way Back*, *Best of You*… Il commence à s'inquiéter. Que fait-elle ?

Il appelle son portable. Pas de réponse. Il revient dans le hall, sonne à nouveau. Un autre habitant le croise, plus avenant. Il l'invite à monter pour aller frapper à la porte.

– Elle est un peu sourde, vous savez.

Il ne savait pas. Il prend l'ascenseur, va au sixième, là où il y a des motifs autour des fenêtres. Quelle porte ? Pas de nom. Celle sur laquelle est peinte une partition, certainement. Il frappe. Plus fort. Une voisine vient sur le palier. Encore plus fort. Elle lui suggère d'appeler les urgences.

Chapitre 7

– Elle est en mauvaise santé, vous savez.

Il ne savait pas. Il compose le 15. Le Samu arrive en moins d'une demi-heure. La concierge a été appelée. Elle n'a pas de passe-partout, elle ne sait pas où est le double des clés. Il faut casser la serrure. Finalement, la porte est ouverte. Antoine pénètre dans l'appartement à la suite des secours. Il est frappé par l'odeur, mélange de moisi et de pipi. La vieille danseuse est étendue par terre au pied d'un fauteuil usé, recroquevillée. Elle ne porte pas de masque, ses traits sont crispés, sa peau est aussi blanche qu'une feuille de journal. Deux infirmiers la déplient et la couche sur une civière dès qu'ils l'ont auscultée. Elle est morte. Ils l'emportent. Antoine voit l'entièreté de son visage pour la première fois. Ses dents sont jaunes et tordues. Son menton, qui a dû être refait à une époque lointaine, a la vilaine apparence d'une boule. C'est elle qui sent l'urine. Il y a une grande tache sombre sur sa robe noire.

Il observe les lieux quelques instants, avant qu'on le pousse dehors. La police va venir pour le constat. Il doit attendre en bas. La vétusté et le manque de propreté le choquent. Tout est décrépi, de mauvais goût. Ou, plus exactement, du goût d'une autre époque. Elle n'a rien renouvelé depuis au moins trente ans. Pas même la télé, un tube cathodique raccordé à un magnétoscope VHS. Les photos dans les cadres ont eu le temps de jaunir. Au mur, il y a un portrait d'elle, en ballerine, il la reconnaît à peine. Elle a été belle. Elle a eu un mari, des enfants… L'immeuble abritait donc bien une tragédie.

Pourquoi faisait-elle appel à lui ? Le peu d'argent qu'elle avait devait y passer. Était-ce à ce point important pour elle ? Le seul luxe qu'elle se permettait était-il la seule façon qu'elle avait trouvé de garder un peu de sa gloire passée ? Le besoin viscéral, quel qu'en soit le prix, de protéger les apparences vis-à-vis de son rare entourage ?

Une fois le constat rédigé et signé, Antoine repart, penaud. Il a perdu une cliente qu'il aurait pu sauver s'il avait réagi plus vite. Son moral redescend, plus bas qu'à son retour de Strasbourg. Fichu printemps.

Chapitre 8

Parfois, Raymond invite Antoine à dîner. Il loue un appartement dans une tour de la Défense. Là où les enfants jouent derrière d'épais grillages. Il rénovait un pavillon près d'une forêt avant de perdre son revenu. Comme le pavillon n'était pas terminé et qu'il devait quitter son ancien logement, il avait mis une partie de ses affaires en garde-meubles et privilégié un endroit pratique pour sa famille. Il n'avait pas envisagé d'y rester plus de six mois. Il vient de renégocier le bail pour une troisième année.

En bas de sa tour, il y a des parkings, des agences immobilières et des magasins de vêtements soldés. Un restaurant de burgers à emporter a pris la place de la pizzeria ; le coiffeur a annoncé qu'il fermait ; il n'y a jamais personne au salon de beauté. Raymond a interdit à ses filles de sortir non accompagnées après 20 heures. Elles vivent dans un quasi-couvre-feu permanent, déconnectées du monde réel. La plus jeune a treize ans, l'aînée, quinze. Il les a eues sur le tard, avec sa deuxième épouse, Olivia, une jolie Méditerranéenne bouclée de dix ans plus jeune que lui. Elle rêvait de belles décorations et de beaux voyages, la bague au doigt lui a offert des plans avortés et une vue bétonnée.

La crise sanitaire l'a eue à l'usure. Abattue par le confinement, elle a longtemps évité la dépression en faisant de la gym avec des copines. Une ixième vague de mesures de distanciation l'a anéantie. De saute d'humeur en saute d'humeur, elle s'est enfoncée dans une sorte de burn out maussade qui l'a forcée à tout arrêter. Elle ne dort plus, le moindre effort est insurmontable, les cachets qu'elle prend l'aident à peine. Elle était styliste dans une société d'événementiel, elle est en congé maladie depuis près d'un an. Elle perd du poids, ses cheveux grisent, sa voix s'efface. Son revenu de substitution a chuté en dessous de celui, très modeste, de Raymond.

Heureusement, leurs filles ne s'intéressent pas par la mode, elles n'ont pas d'amoureux, elles n'aiment pas les concerts et elles ont peur d'aller au cinéma. Les réseaux sociaux et les jeux en ligne leur suffisent. Enfin, heureusement… C'est triste, tout de même. Raymond ne sait pas quoi faire. Il surjoue le mari modèle et le papa poule. Ce n'est pas une solution.

Antoine a pris le métro. La Bentley est trop voyante. Il la conduit peu pour son propre usage. Elle est chère et il a perdu confiance. Les premiers mois de sa nouvelle vie, sans doute encore porté par le tourbillon naïf du monde des riches, il se parquait n'importe où sans peurs ni précautions. Il détestait les transports publics et disait que, pour les éviter, il était prêt à risquer des griffes sur sa belle carrosserie. C'est terminé. Il a réappris à se repérer dans les couloirs carrelés et à patienter sur les quais voûtés. Réappris, oui, car plus jeune, avant de rejoindre son père et de se prendre pour un futur nabab, il possédait son Navigo et ne voyait aucun inconvénient à se fondre parmi la foule souterraine.

Il y a moins de monde et l'odeur a changé : sueur, métal et pipi, plus œuf pourri. Ce sont les poubelles qui débordent. Des clochards les fouillent. Chaque station en abrite plusieurs. La police les questionne, les services sociaux les déplacent. Les plus endurcis s'enfuient. Ils veulent pouvoir faire ce que bon leur semble, fumer et boire si ça leur chante, quitte à se battre pour un bout de banc inconfortable. On leur donne encore moins qu'avant.

En traversant la station Étoile, Antoine s'est laissé distraire par des musiciens. D'abord, il a écouté un chanteur d'opéra à la voix chargée d'écho. Ensuite, il a applaudi un saxophoniste aveugle, interprète talentueux de chansons des Beatles. Enfin, près de la ligne 1, il a aperçu une jeune femme qui s'apprêtait à jouer du violon.

Le rythme des autres passagers l'a emporté, son train est arrivé et il l'a perdue de vue avant qu'elle commence. Les portes des voitures se sont fermées, un tunnel sombre plus tard, elles se sont rouvertes sur le silence fade de la station Argentine. Ses quais déserts, ses photos de glaciers et de danseurs de tango.

Il est sorti à l'esplanade de la Défense et il a marché dix minutes d'un pas rapide. Il a croisé à un carrefour une femme en larmes. Elle tenait un mouchoir sur une partie du visage et a traversé la rue sans attendre que le feu soit vert, somnambule, répétant : « Aidez-moi, s'il vous plaît. » Âgée, petite, elle portait un anorak gris déchiré de l'épaule au coude. Antoine ne l'a remarquée qu'après l'avoir dépassée. Il s'est retourné, persuadé qu'elle s'adressait à quelqu'un, sur le trottoir en face. Ce n'était pas le cas. Elle marchait au hasard, appelait des secours invisibles. Était-elle folle ? Avait-elle été agressée ? Fallait-il faire demi-tour ? Des voitures l'ont cachée, la distance l'a avalée. Les pas d'Antoine sont plus rapides que son jugement. Il arrive devant la porte de l'immeuble de Raymond.

« Salut, comment ça va, du champagne, fallait pas, je la mets au frais, qu'est-ce que je te sers en attendant… »

Les filles ne quittent pas leurs chambres. Elles *chattent*. Leur père doit les menacer de stopper leurs abonnements pour qu'elles viennent à table. L'appartement est sombre et froid, comme si on évitait d'allumer trop de lampes et de radiateurs pour économiser l'électricité et le gaz. Olivia est dans la cuisine. Elle a tenu à préparer le dîner seule. Elle s'accroche à ce genre de rituels comme à des planches de salut. Son mari avait proposé de l'aider, par réflexe et parce qu'il y a certains plats qu'il aime faire, elle a refusé ; elle refuse chaque fois. Elle coupe, cuit, surveille, nettoie. C'est son yoga, sa méditation. Après avoir ajusté ses températures de cuisson et retourné le rôti qui parfume l'appartement de senteurs d'ail et de romarin, elle vient saluer Antoine.

Sa pâleur s'est encore accentuée. Certains jours, elle ne parvient pas à sortir de son lit. Il est arrivé qu'elle ne se lave pas pendant près d'une semaine. Elle va de la chambre au salon, sans autre but que de laisser filer les heures. Elle ne parvient pas à lire, elle zappe sans intérêt. Elle somnole. Puis son état s'améliore, d'un coup. Elle se lève précipitamment, avale ses mots, prend une douche froide, se maquille, met un bel ensemble et part faire les magasins. Le médecin dit que cette alternance brutale de périodes euphoriques et de périodes dépressives passera avec le temps.

– Ce dont elle a besoin, c'est un changement dans sa vie. N'importe quoi. Pourriez-vous déménager ?

– Non.

– Trouver un autre travail ?

– J'essaie.

– Si vous partiez en vacances ? Allez à la montagne.

– Avec quel argent ?

Raymond patiente et espère. Olivia est consciente de son état. Elle aussi, elle dit que ça passera avec le temps. Elle ne veut juste pas prendre trop de médicaments. Le Prozac, tout ça, non merci. Elle s'est laissé tenter par l'homéopathie et les compléments alimentaires. Elle est adepte du millepertuis. Sans conviction.

Le salon et la salle à manger forment une grande pièce encombrée de meubles et de décorations. Des cartons s'empilent dans les couloirs. Le provisoire dure et rend le quotidien inconfortable en attendant les jours meilleurs. Antoine s'assied, demande un verre d'eau, prend la liberté d'éteindre la télé. Personne ne la regardait.

– Tu ne veux pas suivre le débat ? Il va commencer.

– Encore la présidentielle ?

– Oui, ce soir il y a la revanche. O.K., je sais que la politique ne t'intéresse pas.

– Je suis venu pour vous, pas pour ces radoteurs.

– C'est important, ce qui se produit.

– Pas pour nous. Tu crois vraiment qu'un autre mandat, un autre gouvernement changera nos vies, Raymond ? Sérieux ? Tu es plus vieux que moi, tu devrais avoir plus de mémoire, non ?

– La situation a changé, il y a eu la pandémie, la dette, les attentats, maintenant la guerre…

– Les mêmes histoires qu'avant, en pire. Parlons d'autre chose, s'il te plaît. Parle-moi de toi. Où en es-tu dans tes recherches ?

– De boulot ?

– Oui, à moins que tu sois sur la piste d'un trésor.

– Un job, c'est un peu un trésor.

– Pas faux. Alors, tu me disais que tu avais un entretien ?

– Chez MG Motors.

– La marque chinoise ?

– Anglaise…

– Si tu veux, et ?

– Et je touche du bois. Ils ont besoin d'un commercial expérimenté sur le segment premium. Leur hybride marche bien.

– Ils ne vendent pas que des voitures électriques ?

– Non, les deux. Évidemment, on ne sait pas ça quand on roule en Bentley…

– Idiot ! Ils ont dû tomber de leur chaise quand tu leur as dit que tu avais représenté Bugatti.

– Figure-toi que c'est même un peu négatif. Trop *over the top*. Bon, le courant est bien passé…

– C'est le cas de le dire !

– Baaah ! Le courant est bien passé, donc, mais ils se demandent si je ne suis pas surqualifié.

– Surqualifié ? Pour vendre des voitures ? N'importe quoi.

– On verra bien. Je suis optimiste. Ils ont vraiment besoin d'un senior et mes prétentions salariales sont acceptables. Le gars que j'ai rencontré est très sympa. Dans une semaine, j'aurai la réponse.

– Je croise les doigts pour toi, mon ami, tu le mérites. Qu'est-ce que je m'en veux de t'avoir fait perdre ton boulot !

– Ce n'est pas de ta faute, Antoine. Arrête de ressasser les vieilles histoires. De toute façon, dans le monde d'après, il n'y a plus guère de place pour les voitures de luxe… sauf pour faire le taxi.

– Détrompe-toi, j'ai lu un article récemment qui en parlait. Les chiffres de ventes du segment *hypercar* explosent. Les riches n'ont jamais été aussi riches.

Olivia interrompt leur conversation. Le repas est prêt.

– J'ai fait du gigot d'agneau avec des haricots et des pommes de terre sautées.

Grand sourire d'Antoine.

– Merci, j'adore le gigot. Et c'est de saison.

Les assiettes sont servies et les verres remplis. Les deux adolescentes rejoignent enfin les adultes. Elles demandent si elles peuvent mettre de la musique, leur père refuse. Le dîner est un moment d'échange. Elles insistent, lui aussi, elles boudent. Olivia ne lève pas la tête, Raymond mâche consciencieusement, les filles se regardent, dépitées, Antoine scrute le vide. Il finit par rompre le silence :

– C'est délicieux, Olivia, si j'étais un critique, je te donnerais une étoile.

Il exagère. Il n'est pas nécessaire d'avoir un grand talent culinaire pour réussir un menu aussi simple. Sans s'en rendre compte, il retourne un couteau dans une plaie béante. Avant son burn out, Olivia parlait de quitter son travail pour ouvrir un restaurant. La bistronomie la séduisait depuis longtemps. Elle testait des recettes. Elle misait sur les futures commissions de son époux, lequel lui promettait un investissement substantiel dès que leur pavillon serait terminé. La crise a tué ses rêves. Ses lèvres se mettent à trembler, ses yeux s'embuent. Raymond le remarque tout de suite. Il faut qu'il change de sujet. Il tente au hasard :

– Et les rencontres ? Où en es-tu ? Tu ne vas pas rester célibataire indéfiniment…

Antoine soupire. Mauvaise pioche.

– Ce n'est pas le moment, tu le sais bien. Comment veux-tu que je fasse ?

– Oui, je sais, tu vas encore me dire que tu n'as pas le temps, pas l'argent. Mais il y a toujours des possibilités pour un beau mec comme toi.

– Ne te moque pas.

– Je ne me moque pas. Ne me dis pas que ton petit cœur ne bat jamais pour personne. Tu ne regardes plus les nanas ? Aucune ne te fait craquer ?

– Pas la tête à ça.

– C'est le virus qui t'a rendu timide ?

Antoine avait été contaminé en début de deuxième vague. Sans symptômes. Il avait dû s'isoler pendant trois semaines et avait perdu encore un peu plus d'argent. Raymond et sa famille n'avaient rien eu.

Olivia débarrasse et n'écoute pas. Les filles profitent de l'inattention de leur père pour connecter un haut-parleur. L'aînée est dans une phase Katie Melua. Étonnant. Ce n'est pas très récent… La cadette découvre et aime tout pareil que sa sœur.

« *There are nine-million bicycles in Beijing. That's a fact, It's a thing we can't deny, Like the fact that I will love you 'til I die…* »

Les paroles de la chanteuse anglo-géorgienne font écho aux questions de Raymond. Elles replongent Antoine dans d'anciennes passions qu'il croyait oubliées. Cette Hollandaise, rencontrée à Amsterdam pendant ses études. Un an, pour l'essentiel à distance, torride à de trop rares occasions. Julie, une Parisienne comme lui, plus bohème. Elle l'avait quitté pour un autre. Émilie, intellectuelle et gentille. De grandes lunettes et l'accent québécois. Ils avaient failli se marier. Mais elle ne voulait pas rester en France et il aurait dû renoncer à une carrière tracée. Il n'avait pas eu le courage. Où serait-il à présent ? Peut-être plus heureux, certainement plus confortable, à Montréal où elle était retournée vivre. D'autres rencontres, trop de travail et d'ambition, l'erreur de penser qu'un avenir proche lui offrirait un présent plus savoureux. Cet avenir-là s'est éloigné et il a perdu le goût du présent.

Sa mère, avant de s'en aller, lui répétait : « Personne ne t'attend nulle part. » Il était adolescent, il ne comprenait pas ce qu'elle disait. Pourquoi lui faisait-elle tant fait la morale sur la nécessité de vivre dans l'ici et maintenant, elle qui fuyait sa propre vie ? Elle était partie un jour avec son autre fils, suffisamment âgé, lui, pour comprendre. Ils avaient laissé un mot laconique, ils prenaient un aller simple pour les Canaries. Antoine était le bienvenu. Il avait renoué un vague lien après des années de silence, des textos, un ou deux mails, quelques appels… Il n'avait jamais répondu à leur invitation. En quinze ans, il ne les avait revus que deux week-ends, en France.

Quand s'est-il senti vibrer pour la dernière fois ? D'autres souvenirs lui reviennent. Un visage brouillé, des boucles brunes, un parfum pétillant de bois blond, de poire et d'ambre.

« *We're high on a wire with the world in our sight…* »

Soudain, le visage se précise. C'est comme un uppercut tant l'évidence s'impose. La violoniste dans le métro ! Il a eu à peine le temps de l'apercevoir, mais c'était elle : la fille de la soirée d'inauguration. Elle lui plaisait beaucoup. Il aurait voulu… Oui, c'était pour elle qu'il avait vibré la dernière fois. Comment s'appelait-elle, déjà ? Il ne se rappelle plus. Raymond parle, il ne l'entend plus. Son pouls s'accélère. Il faut qu'il la retrouve. Jusqu'à quelle heure joue-t-elle ? Olivia va servir le dessert. Trop lent. Il ne peut pas partir tout de suite. Ce serait impoli. Il calcule qu'il ne serait pas à Étoile avant une heure. Trop tard ? Elle vient tous les jours ? Marie. Elle s'appelait Marie, ça lui revient. Il s'illumine et murmure son prénom. C'est elle, personne d'autre. Elle qui, quoi ? Quel âge a-t-il pour s'enflammer ainsi ? Une inconnue… Ridicule !

Chapitre 9

Que fait une violoniste de son niveau dans le métro ? Elle devrait être sur une scène moins ingrate. C'est fou le nombre de musiciens talentueux perdus dans les coulisses de la ville ! Des trompettistes, des guitaristes, des percussionnistes… Assez pour former un orchestre. Pas besoin de chercher longtemps pour assister à d'excellents concerts. Pour quelques pièces – et encore, facultatives –, on peut se laisser bercer pendant des heures par toutes sortes de rythmes. Les surprises déboulent de partout, quand on s'y attend le moins. Deux jeunes entrent dans une rame avec une radio nasillarde, on les croit menaçants, ils se lancent dans une prestation acrobatique inouïe entre les barres devenues accessoires de danse. Une grand-mère toussote, on la pense moribonde, et elle se met à scander des airs bulgares à la beauté envoûtante.

Avec le retour des beaux jours, la joyeuse cacophonie des partitions quittera les souterrains. Les squares, sous les rayons du soleil, feront des podiums plus accueillants. Ce qui se perdra en écho se gagnera en luminosité. Une transhumance naturelle s'organisera et d'autres apprentis virtuoses viendront s'ajouter à ceux qui supportaient l'hiver sur les parvis. Jongleurs aux carrefours des avenues, mimes aux devantures des magasins, poètes aux marches des musées… Souvent jeunes, la plupart habillés pauvrement. Le manque d'argent est omniprésent. Pour un artiste de rue, il y a vingt sans-abri. Tous mendient. Le moindre euro est bienvenu.

Antoine n'attend pas pour tenter de retrouver Marie. Sa chance risque de passer et il va la perdre à nouveau. Il ne sait pas quoi espérer. Avant le dîner chez Raymond, il ne se rappelait pas d'elle. Dès que son visage a ressurgi de sa mémoire, sa présence est devenue obsédante. À n'en pas dormir la nuit. Pourquoi ? Quel tour ses émotions lui jouent-elles ? Il faut qu'il la revoie pour comprendre.

Le lendemain, il retourne à Étoile à l'heure précise où il l'a vue. Elle n'est pas là. Le surlendemain, il tente sa chance entre les courses de ses clients qui se succèdent. Au déjeuner, il avale un hamburger sur les Champs-Élysées et dévale dans la station. Elle n'est toujours pas là. Il panique. Il revient en fin d'après-midi, puis en fin de soirée. Il repère un pickpocket qui s'enfuit avec un smartphone. Il assiste à une altercation violente entre un passager sans billet et un contrôleur. Menaces, coups de poing, intervention de la police et attroupement. Pas de Marie. Antoine se désole. L'impatience le tenaille. Le jour suivant, il visite d'autres stations : Les Halles, République, Montparnasse. Sa logique n'en est pas une ; marcher lui évite de penser. Il se ronge les ongles et désespère. Il croise d'autres musiciens. Une violoniste. Il n'aurait pas pu la confondre avec Marie avant de la voir tant elle joue mal. Un saxophoniste. Un accordéoniste. Doit-il leur demander s'ils la connaissent ? Comment pourraient-ils ? Paris est immense et leur monde est une jungle… Il en interroge tout de même quelques-uns. En pure perte.

Une semaine est passée. Si la normalité existe encore, elle sera là. Maintenant que l'heure approche et qu'il y a plus de chances de la revoir, il peut se poser la question de savoir ce qu'il lui dira. Quelle entrée en matière ? Ne pas paraître idiot, réussir à l'intéresser, avoir mieux à partager que des futilités. L'angoisse change de nature. Mais pourra-t-il être au rendez-vous qu'il se fixe ? Il a oublié de noter une course. La meilleure du mois. Iva, la belle escorte, l'avait réservé pour qu'il la mène à Fontainebleau et l'attende sur place. Quatre heures payées. Au moins ! Mis à part le taxi pour Strasbourg, il n'a jamais eu aussi bien. En plus, elle a promis de lui présenter du monde. Des riches, des clients potentiels. Elle a dit, avec son joli accent : « Tu vas te régaler. » Il n'a pas envie de la décevoir. Que faire ?

Il prétexte un mauvais refroidissement, un virus qui ne le quitte pas et qui risquerait de la contaminer. Depuis la crise, c'est la meilleure des excuses. La prudence excessive est devenue un réflexe banal. Elle soupire. Elle est très embêtée. « Je n'ai pas le choix, hélas… » Il a une alternative pour elle, un service de limousine suffisamment représentatif pour la satisfaire un soir, pas assez prestigieux pour le remplacer définitivement. Il lui promet en échange une course gratuite, le jour qui lui plaira. N'importe où ? N'importe où ! Il est prêt à tous les sacrifices pour revoir Marie. « Très bien. Sache que j'ai une excellente mémoire pour ce genre de proposition », répond Iva.

Hélas, il ne trouve Marie nulle part. C'est à s'en arracher les cheveux. Il fait trois fois le tour des couloirs et des quais, du métro au RER, ligne 1, ligne 2, ligne A, direction nord, direction sud, ouest, est. Il se perd et maudit l'architecte qui a conçu le labyrinthe de cette station. Il sort sous l'Arc de Triomphe, redescend, va jusqu'à l'avenue Foch, se retrouve dans un bowling. On lui demande s'il a réservé. Non, bien sûr que non. Il fait demi-tour, abandonne, remonte en surface. Quel sort le diable lui a-t-il jeté ? Il prend l'avenue Victor Hugo, s'installe à la première brasserie qu'il croise. Un garçon lui apporte le menu. Il n'a pas faim. Son estomac est noué, il en vomirait. Il commande une bière, elle passe mal. Il se force à la boire, doucement, pour gagner des minutes. Il n'a pas d'autre solution que de réessayer plus tard dans la soirée. Il paye, marche dans le quartier, patiente. Au rond-point, la rue Copernic, sinistre. Des immeubles à peine éclairés, hantés, des drapeaux en berne et des restaurants abandonnés. Il remonte la rue Kléber. Le ronronnement des roues de voitures sur les pavés. Quelques passants, silencieux comme lui. À cette heure, les bureaux sont fermés. Avant, les touristes se pressaient. Où sont-ils ? Il paraît qu'ils reviennent. Est-ce vrai ? Il y a longtemps que les statistiques ne rencontrent plus la réalité. Il l'a bien vu boulevard Saint-Germain. Des chiffres sur des graphiques… Il marche encore, attend encore, jusqu'à ce que ses pas le ramènent à Étoile. Deux heures tuées. Il reprend un ticket de RER pour pouvoir refaire le tour une dernière fois. Sans y croire.

Marie s'est préparée comme à son habitude. Elle a ses routines. Elle a caressé son violon, l'a rangé délicatement dans son étui et s'est inspectée rigoureusement en enfilant son manteau. Elle vit encore seule, dans un appartement minuscule, un studio qu'elle paye avec le RSA. Pas suffisant. Minimas sociaux… Minimas tout court, oui ! Ses parents voudraient l'aider. Elle refuse. Elle a sa fierté qu'ils ne comprennent pas. Ils proposent qu'elle rentre chez eux, à Thionville. La chambre de son enfance l'y attend. Gratuite. Hors de question ! Elle sait qu'elle ne reviendrait plus à Paris et finirait par abandonner la musique. Elle s'accroche à ce qui lui reste de rêve, peu importe que sa vie soit devenue précaire. Elle se rassure en fredonnant les paroles de *La Bohème*.

L'art se mérite, il faut en baver pour percer. Ses années après le conservatoire ont été trop simples, il fallait que tôt ou tard elle en passe par là. L'épreuve la rendrait plus forte. Cela fait des mois qu'elle se répète : « Je me renforce et, en me renforçant, je m'améliore… » À quel prix ? Jouer au gré des possibilités l'affaiblit. Elle fait parfois 100 kilomètres pour gagner 100 €. Sans l'aide de l'État, elle ne parviendrait pas à couvrir ses dépenses. Elle mange mal, elle dort mal, elle voit peu de monde, elle s'enfonce dans un découragement désastreux pour sa virtuosité. Le pire, c'est qu'elle a dû céder son bon violon. Elle en avait deux, un ancien patiné qu'elle adorait, la voix rauque et chaude d'un vieux crooner, et un moderne sans aspérité, pour lequel elle n'a jamais eu d'affection. Il ne lui reste donc que le moderne et une part de sa personnalité artistique. Elle a été obligée de moduler son répertoire pour ne pas gâcher ses œuvres préférées. Elle en souffre.

Ce soir, elle va tester un nouvel endroit. Une cafétéria. Le soir où, normalement, elle joue dans le métro. Tant mieux, elle arrêtera ce challenge absurde. Elle voulait éprouver sa qualité de jeu dans des conditions extrêmes. Réussir à retenir des voyageurs pressés dans des galeries bruyantes la rassurait et, accessoirement, lui rapportait quelques euros. Une vingtaine de pièces en deux heures d'interprétation libre. C'était épuisant et dangereux. Que serait-elle devenue si on lui avait volé son seul violon ? Chaque soir, elle était à deux doigts de se faire agresser.

Un ex un peu taré lui avait prêté un revolver chargé. « Tiens, avec ça, tu pourras te défendre. La sécurité est là. » Où l'avait-il eu ? Pourquoi l'avait-elle accepté ? Jamais elle n'oserait s'en servir. Elle aimerait le rendre, hélas, l'ex était parti vivre à Toulouse sur un coup de tête et n'avait pas l'air pressé de repasser par Paris. Depuis, l'arme traîne au fond d'un tiroir.

Dans salle rythmée par les bruits des plateaux et des faïences, elle se dit qu'on l'écoutera sans doute encore moins, mais qu'au moins elle sera au chaud, en sécurité et payée quoi qu'il arrive. Elle a cruellement besoin d'argent…

C'est fini, Marie ne viendra pas, il est trop tard. Antoine rentre chez lui. Il ne sait plus où chercher. Il abandonne. Il ne la reverra plus. Il doit se faire une raison. Il regarde les filles dans le métro, dans la rue… Ne sont-elles pas belles ? Ne sont-elles pas intelligentes ? Ne sont-elles pas gentilles ? Pourquoi Marie, pourquoi cette obsession ? C'est étrange, l'instinct. Il nous pousse sur des chemins inexplorés avec l'assurance des paysages connus. Un plus un égale deux. C'est elle et personne d'autre. Vraiment ? Antoine est groggy. A-t-il confondu amour et secours ?

Arrivé dans son appartement, il se couche sur son lit et attend que la rage de l'échec s'estompe. La nuit est sombre, sans étoiles. Il se relève, cherche une playlist adéquate, la met en sourdine, se recouche et se masturbe. Pas tant par un excès d'attirance frustrée que pour évacuer le trop-plein de pression. Il s'endort. Sa nuit est mauvaise. Il alterne rêves déplaisants et réveils en sueur. Son lit est une mare, sa couette une boule. Les ombres sur les murs prennent des formes abjectes. Il se relève, boit un verre d'eau, se recouche. Quand le jour se lève, il se sert un double expresso puis appelle des amis. Aucun ne répond. Son père… Inutile. Sa mère… À quoi bon. Raymond décroche. Les mots ne sortent pas. Olivia est hospitalisée. Antoine s'excuse.

Il consulte ensuite les sites de dating. Rencontres sérieuses ou faciles, sincères ou intéressées. Et se rend compte qu'il ne sait pas ce qu'il veut. Tout lui pèse. Sauf l'image de Marie. 9 heures, sa cliente à lunettes américaines va l'attendre. Dans la hiérarchie des besoins pour survivre, cette femme qui l'insupporte est bien plus importante qu'une image, aussi belle soit-elle. Il continuera de pleurer sa romance manquée un autre jour.

Chapitre 10

Il n'y a pas une seule sorte de yoga, ni une seule méditation universelle. Il n'est pas nécessaire de répéter des mouvements lents ou des mantras abstraits pour atteindre la paix intérieure. Chacun peut développer sa technique. L'essentiel est de trouver les gestes, le rythme, les sons qui permettent de se vider l'esprit en douceur. Pour certains, c'est la cuisine – ah, la chute docile des rondelles de carottes sur la planche à découper ! – ; pour d'autres, c'est le nettoyage – ah, le doux ronronnement de l'aspirateur sur le parquet ciré ! – ; pour Antoine, c'est l'entretien méticuleux de sa voiture. Depuis qu'il en a hérité, avant même qu'il en devienne le chauffeur, cet entretien s'est imposé comme son rituel le plus immuable. Qu'il pleuve, qu'il vente ou qu'il neige, qu'il soit heureux ou cafardeux, il se rend tous les dimanches matin dans un *car wash* proche de son ancienne adresse. Le seul lien avec son passé. Parce qu'il a une Bentley et qu'il a davantage besoin d'être en confiance pour elle que pour lui. Les employés du *car wash* le connaissent et ne lui posent pas de questions. Discrets et efficaces. Ils le prennent sans doute pour un jeune loup qui a fait fortune en bourse ou sur le Web. Ils n'imaginent ni son parcours ni sa déchéance. Pourquoi leur en parlerait-il ? Il ne leur dit rien de plus que « bonjour… comme d'habitude… *polish and wax*… avec les jantes », puis à la sortie du vrombissant parcours, « merci… à la semaine prochaine ». Il pourrait s'épargner ces échanges, devenus inutiles à la longue.

Ce *car wash* a ceci d'intéressant qu'il met à la disposition de ses clients un vaste espace à peu près couvert où il est possible de passer l'aspirateur et de faire le nettoyage intérieur soi-même. Antoine est trop prudent pour en confier cette tâche à d'autres. Au début, cette prudence était le reflet de l'amour qu'il portait à la Bentley. Le mot n'est pas trop fort. Il l'aimait car elle lui appartenait et qu'il n'en avait possédé aucune quand il les vendait. Elle était à la fois son seul bien et celui qu'il avait le plus convoité. Ensuite, comme elle était devenue son gagne-pain, l'amour s'était mué en considération. Préserver sa beauté était la moindre des choses qu'il pouvait faire et sa clientèle le remerciait pour cela en le payant mieux qu'un chauffeur de limousine quelconque.

À présent que ses rêves de revanche professionnelle ont disparu et qu'il ne la conduit que pour s'assurer un revenu décent, il ne reste des précédents sentiments que le rituel des devoirs à accomplir, comme dans un vieux couple. Il continue donc de l'entretenir parfaitement, quoique sans passion, et ses gestes répétitifs se sont mués en un yoga désincarné.

Il est là, attentif à chaque centimètre de chrome, d'Alcantara ou de cuir lavé, et simultanément absent, emporté dans les limbes de ses pensées. La séquence précise des mouvements qu'il effectue, torchon à la main, fait disparaître le monde qui l'entoure, pourtant souvent bruyant avec ses manifestations de curiosité, voire d'envie, jusqu'à ce qu'il referme le coffre et que le claquement le tire de ses songes. Les picotements qui lui parcouraient le corps et ralentissaient son pouls cessent brutalement et il découvre les regards des autres clients autour de lui, affairés sur des machines nettement moins dignes de pareils soins. Invariablement, il leur sourit d'un air stupide et gêné, et part aussi vite qu'il le peut. Le fil de ses préoccupations stressées reprend alors son cours normal.

Ce dimanche, il a toute la journée pour se consacrer à son rituel. Il n'a pas de course à effectuer. C'est le deuxième tour de la présidentielle et tous ses clients suivent cela de très près. Même la commerçante marocaine et l'homme d'affaires ivoirien. Pas Antoine. Il n'a pas pris sa carte d'électeur, il ne vote pas et, le soir, il ne vérifiera pas les résultats. Il n'a pas besoin de savoir qui gagnera.

S'il pouvait, il couperait les programmes d'information pendant toute la campagne pour ne rien entendre. Il joue, regarde des séries, passe de la musique, bref : il s'en fiche. Si on lui en parle, il dodeline. On le croit de son bord, de gauche, de droite, écologiste, centriste, si possible pas extrémiste. Qu'importe, pourvu que l'on change de sujet. Quelques années plus tôt, il s'extasiait devant les mirages du pouvoir. Il tutoyait des élus et prenait leur défense, persuadé qu'ils avaient la capacité de faire bouger les choses. Il lisait des programmes, suivait des débats et s'enflammait pour des rhétoriques séduisantes. Jusqu'à ce qu'il s'écroule et découvre la légèreté de la sémantique. Les expressions familières n'engagent que ceux qui les entendent, et les promesses, que ceux qui les écoutent. Ses meilleurs amis politiques ont disparu en un tweet. Son enthousiasme a évolué en dégoût, puis en indifférence. Il a acquis la conviction que les discours masquent plus d'impuissance qu'ils ne portent d'espérance.

Un an a passé depuis son dernier emportement. C'était contre Raymond. Son ami, le seul sur lequel il pouvait compter, avait des idées nauséabondes, presque xénophobes, ce qui, bien sûr, était intolérable. Le choc passé, Antoine avait décidé de ne plus aborder ce sujet. D'ailleurs, à quoi bon le faire, puisque les rêves des uns et les cauchemars des autres n'ont aucun impact. Le système est plus fort que les hommes, voilà la vérité. Le monde est un bateau ivre sur une rivière folle. Trouver ses propres repères dans ces conditions est un challenge suffisamment compliqué.

Il l'est d'autant plus pour Antoine que ses repères ne sont même pas clairs. Que cherche-t-il ? Le sait-il vraiment ? Marie est une étrange obsession, une quête désespérante. Personne dans son entourage ne se souvient d'elle, il n'a pas gardé de traces de la soirée d'inauguration, le quatuor n'a pas de nom ou n'existe plus. Il n'est ni sur Facebook, ni sur YouTube, ni sur Instagram. Les moteurs de recherche ne donnent rien. « Marie violoniste Paris Étoile » est insuffisant pour obtenir des résultats exploitables. Des pages sans fin se succèdent sur Google et l'entraînent dans des dédales d'informations inutilisables, voire inappropriées. Confronté à la répétition de l'échec, il s'est fait une raison et a accepté l'éventualité de l'oublier. Il ne l'a vue que deux heures il y a deux ans et ne lui a pas parlé. N'est-il pas plus sage de se dire qu'elle est une folie passagère, plus qu'un amour fou ?

Hélas, l'oublier est impossible. Tout ce qu'il vit le ramène à elle ou à ce qu'elle représente : le couple. Non pas comme un remède à une profonde solitude, mais comme un besoin viscéral et magnifique. Un besoin dont il n'avait pas conscience tant qu'il était absorbé par son ambition.

Ainsi, un soir récent, la veuve Picot l'a chamboulé d'une manière inattendue : elle est montée à l'arrière de sa Bentley avec un jeune homme genre IKKS. L'assistant à l'avant, sans tourner la tête, pareil à son habitude. Antoine n'a pas pu s'empêcher de regarder dans le rétroviseur. Il s'est rendu compte que le jeune homme frétillait de désir sexuel et qu'elle lui caressait l'entrejambe sans la moindre gêne, tout en le tenant à distance. Le jeu – était-ce à son attention ou à celle du pauvre assistant ? – s'est prolongé tout le trajet. La veuve a croisé son regard et a remarqué son désarroi, amusée. Elle l'a mal interprété et en le quittant, arrivée à destination, elle lui a promis qu'elle l'inviterait un jour prochain à partager quelques jeux sympathiques « s'il était aussi sage et docile que son caniche et son bulldog ». Antoine a démarré, impassible et complètement perturbé. Il s'est senti d'un coup naïf et sale à la fois, pris d'envie autant que de répulsion. Dans un chaos d'images pornographiques, la pureté de son sentiment pour une fille inaccessible s'est une nouvelle fois imposée, et l'éventualité de l'oublier s'est une nouvelle fois évanouie. Il a donc repris ses recherches à peine abandonnées, en se jurant qu'il n'accepterait plus l'échec. Si Marie existe, on peut la trouver. C'est certain.

À force de cliquer et de surfer sur la Toile, il a fini par identifier des contacts possibles, des agents d'artistes, des orchestres de musique classique, des lounges… Il a trié et appelé au hasard, accroché à sa motivation. On lui a rappelé les règles de protection de la vie privée ; on lui a dit qu'il y avait des dizaines de Marie violonistes ; on lui a fait remarquer que « jolie brune talentueuse » était une description sommaire quelque peu sexiste. Il ne s'est pas découragé, il a continué de creuser tout en appelant et a cru la reconnaître sur des photos de concerts prises dans le lobby d'un hôtel rue Saint-Honoré et publiées par TripAdvisor.

Chapitre 10

Il n'a pas réussi là non plus à obtenir des informations claires. La réception lui a répondu qu'il y avait bien des musiciens, mais qu'ils changeaient sans cesse et que leurs prénoms n'étaient pas répertoriés. Des filles, oui, des garçons, oui, qui sait quel âge et quel visage. Les photos sont vagues, mal cadrées. Il n'a qu'à venir voir personnellement. Au moins, il a obtenu des dates et des thèmes. Soirée concerto chaque mercredi, dans le grand salon. Enfin une piste à explorer.

Mais le sort s'acharne. Iva s'est vite rappelé son offre de course gratuite, sans restriction, et a choisi précisément ce mercredi. Difficile de refuser une deuxième fois. Il risquerait de la perdre. En plus, elle aimerait qu'il l'accompagne dans une soirée. Une drôle de demande. Elle a besoin d'un chaperon. Il faudra donc qu'il soit disponible jusqu'à ce qu'elle rentre. Pas le choix.

Pour la première fois depuis qu'il conduit, il va s'arrêter à destination et entrer. Un chauffeur, normalement, dépose et repart. Même un chauffeur de limousine. Il a vu de nombreux porches et parvis depuis un an, jamais encore ce qu'il y a au-delà. Sauf l'appartement sinistre de la danseuse morte. Cette fois, il est invité. Il s'est bien habillé, il a ressorti un beau costume et une belle chemise de leur housse, il a ciré ses meilleures chaussures et sa seule ceinture en bon état.

La soirée a lieu dans une rue privée de Versailles. Normalement, il n'y a pas assez de place pour s'y garer, mais quand le préposé à l'accueil a vu la Bentley, il a ouvert la grille et a indiqué un espace réservé entre deux entrées de garages. Sans doute confond-il Iva et Antoine avec un autre couple VIP. Iva connaît les lieux, ce n'est pas la première fois qu'elle vient. Ils se rendent chez un de ses clients réguliers. Quarante-cinq ans, marié, deux enfants. L'épouse du client publie un livre de photos prises lorsqu'ils vivaient en Afrique, et elle organise une conférence-buffet-dédicace chez elle pour le présenter. Le client a trouvé amusant d'inviter son escorte favorite, à condition qu'elle vienne accompagnée pour éviter les ennuis. Iva ne voulait pas venir, mais il prend en charge tous ses déplacements, y compris mondains. Elle a accepté après avoir vérifié qu'elle pourrait compter sur Antoine. Le mensonge est simple : il a encore son business, qui est florissant, le client envisage d'acheter une Bentley. L'épouse n'a jamais mis les pieds dans un showroom, les voitures ne l'intéressent pas. Aucun risque qu'elle vérifie. Aucun risque non plus qu'elle demande comment Iva et Antoine se sont rencontrés. Ça ne se fait pas. Les conjoints sont invités, Iva est la conjointe d'Antoine, l'information est suffisante.

– Que devrai-je faire, une fois sur place ?

– Pas grand-chose. Il nous présente, tu joues les maris prévenants, puis tu m'attends.

– Je reste près de toi ?

– Non. Fais le tour. Si tu rencontres d'autres gens intéressants, tant mieux pour toi. Mais ne leur propose pas tes services.

– Évidemment.

– Il m'a payée pour deux heures, plus les trajets. Il est un peu pervers… Il voudrait me baiser pendant que sa femme présente son bouquin. Ça l'excite. Je ne sais pas comment il va faire, mais je crois que, s'il y parvient, je serai vite libérée.

Le bouquin s'appelle *La Beauté des peuples oubliés*. Il paraît qu'elle travaille dessus depuis des années. Les photos dont elle est la plus fière sont projetées en boucle sur des écrans disposés dans toute la maison. Plusieurs invités les parcourent comme s'ils visitaient les salles d'un musée. À voix haute, ils s'extasient et applaudissent de loin l'artiste affairée. À voix basse, ceux qui ont un sens critique murmurent leur désapprobation. Des relents néo-colonialistes, la fausse bonne conscience d'une raciste authentique. Croit-elle que l'Afrique est un continent de gentils sauvages ? Et ses cadrages sont affreusement convenus. Sans oublier les filtres. Ah, ces filtres ! Y-a-t-il un seul portrait qui ne soit pas retouché ? Son ordinateur a plus de talent qu'elle.

Antoine et Iva traversent rapidement le hall d'entrée et un grand salon pour aller à la rencontre de leurs hôtes.

Chapitre 10

– Chérie, je te présente le meilleur ambassadeur de Bentley en Île-de-France.

– Vous vous intéressez à l'Afrique ?

– Énormément, nous en revenons, répond Iva. Le Cap. Vous connaissez ?

Elle sait que non.

– Malheureusement, nous n'avons pas eu le temps de quitter la corne.

– La corne ?

– Sénégal, Côte d'Ivoire, Guinée, Mauritanie, Mali, Niger, Burkina, Bénin… que des pays francophones.

– Elle ne parle pas anglais, murmure Iva à l'oreille d'Antoine.

Antoine mime quelques gestes amoureux et patiente poliment avant de s'éloigner. Il prétexte son intérêt pour l'exposition. Iva demeure avec le couple. Elle mime parfaitement les mondaines avenantes. Comment son client fera-t-il pour l'emmener dans une chambre ?

Des inconnus saluent Antoine. Il a perdu l'habitude de ce genre d'ambiance et se sent intimidé. Il ose à peine s'arrêter devant les photos de peur qu'on lui demande son avis. Il n'en a pas. Tout lui est étranger, des portraits africains aux bourgeois parisiens. En voilà un qui s'approche, le veston bleu impeccable, la chemise blanche immaculée et les cheveux lustrés ondoyants. Il lui adresse la parole en lui donnant du « cher ami ». Bien que sa voix soit posée, son intonation est arrogante. Antoine tarde à répondre. Il se sent inférieur et a peur de dire des bêtises. L'homme, instantanément lassé, abrège d'une formule convenue. Ce qu'il faudrait, c'est devenir invisible, pour pouvoir attendre le moment du départ sans être interpellé. Il aurait dû s'entraîner à retrouver un peu de sa contenance perdue.

Dépité, il va s'asseoir sur une des chaises du fond de la pièce où sera donnée la conférence. Il n'en bouge plus. Il est payé pour attendre, il attend. Le mari et l'escorte sont assis côte à côte au premier rang.

À se demander pourquoi il a dû venir. Une dame d'un certain âge qui porte ses lunettes en pendentif allume le micro et l'utilise pour frapper les trois coups d'ouverture, comme au théâtre. Après cinq minutes de chahut, elle se présente. C'est l'éditrice. Ses collections ceci, ses relations cela. Elle a le plaisir d'introduire une autrice prometteuse, une artiste dont le coup d'œil n'est surpassé que par les qualités de cœur. Les voisins d'Antoine pouffent. L'autrice se lève. Ses longs cheveux élégants ne devraient pas être tenus par un gros peigne d'écaille, sa veste courte pourrait être moins cintrée, sa jupe gagnerait à être plus courte et ses chaussures Repetto n'ont pas besoin d'autant de lustre. Son accent pointu gâche la sensualité de sa voix. Antoine l'a d'abord jugée coincée, mais il remarque la façon dont elle dévore Iva, tout en racontant son aventure africaine, et se demande s'il ne s'est pas trompé. Il a bientôt la réponse. La conférence est fastidieuse, l'audience endormie. Une pause est proposée par le mari, sous prétexte d'un toast au succès de l'ouvrage. Le temps d'ouvrir les bouteilles de champagne et de faire circuler les verres… Iva en profite pour rejoindre Antoine. Elle le prend par la main, plus provocante qu'aimante, et lui susurre à l'oreille que ses services ne sont plus nécessaires.

– Je ne comprends pas. Je peux m'en aller ?

– Profite du buffet, puisque tu es là. Mais ne m'attends plus.

– Comment vas-tu rentrer ?

Il regarde sa montre… Un peu tard pour aller vérifier si Marie est bien la violoniste de cet hôtel dans le 1er.

– Je ne rentre pas.

Iva, l'épouse, le client… Les mimiques complices sont claires. Antoine n'a pas besoin d'en savoir plus. Il est surpris, pas stupide.

– Je te proposerais bien de te joindre à nous, mais j'ai déjà avoué la nature de ma relation avec le mari.

– Déjà ? Et ça n'a pas causé de problème ?

Chapitre 10

– Ne jamais sous-estimer la clairvoyance des femmes… Elle était au courant depuis longtemps.

– Je comprends. La soirée était un traquenard.

– Disons plutôt un cadeau.

– C'est toi qu'on offre…

Elle sourit.

– Je ne suis pas contre, si on m'emballe bien. Bonne soirée, mon ami.

Deux flûtes de champagne et une dizaine de toasts plus tard, sans avoir adressé la parole à d'autres personnes, encore plus mal à l'aise qu'en arrivant, Antoine s'en va. Il est désormais convaincu de ne plus avoir rien en commun avec ce milieu qu'il avait cru être le sien. Mais est-ce vraiment le cas ? Ne tire-t-il pas des conclusions hâtives d'événements ponctuels somme toute anecdotiques ? Ne chasse-t-il pas un naturel appelé à revenir au galop ? En retournant à sa belle voiture, il est rattrapé par un invité qu'il n'avait pas vu.

– Mais quelle bonne surprise ! Voilà une éternité. Je suis content de te revoir.

Il se retourne. C'est l'homme d'affaires libanais qui était intéressé par la Chiron. Comment s'est-il souvenu de lui ? C'est incroyable. Et flatteur. Antoine remarque une magnifique Bugatti garée un peu plus loin dans la rue.

– Eh oui, je me suis laissé tenter, finalement.

Antoine hésite, puis, pour ne pas perdre la face, rétorque :

– Bravo, vous avez bien fait. C'est une machine fantastique.

– C'est grâce à vous que je l'ai choisie, vous savez ? J'hésitais et vous m'avez convaincu. Avec retard.

Antoine a un pincement au cœur. S'il l'avait achetée chez lui, il aurait peut-être évité la faillite, qui sait.

– Tant mieux, alors. Où l'avez-vous trouvée ?

– À Bruxelles. J'y suis souvent. C'était plus simple pour moi. Et comment vont les affaires ? Avec un aussi bel établissement, vous devez avoir un succès inouï.

Ne surtout pas perdre la face, ne surtout pas perdre la face.

– Pour être franc, la période covid a été pénible. Maintenant, euh, tout va bien. Enfin… Tout va nettement mieux. Malgré la guerre et l'inflation.

– Oui, nous souffrons tous. Si je vous disais combien j'ai perdu en deux ans… Quelle crise épouvantable !

Étrange dialogue entre un homme qui tient en mains une clé de Bugatti et un autre une clé de Bentley.

– Je suis désolé, je dois partir, on m'attend à Paris.

– Bien sûr, les affaires, je parie. Ou une jolie femme.

Ne pas perdre la face. Ne pas perdre la face.

– Oui, la mienne, en fait.

L'homme d'affaires sort une carte de visite rutilante. Qui en a encore… ?

– Appelez-moi, venez dîner à la maison avec votre épouse un de ces soirs.

Et comme il le sent hésiter :

– Promettez-moi ! Je serai heureux de la rencontrer et surtout de parler encore avec vous de belles voitures. D'ailleurs, j'organise un dîner entre amis dans trois semaines. Le samedi. Venez, je vous invite. J'y tiens.

– Eh bien, c'est entendu. Avec plaisir. Merci.

Antoine sait qu'il bluffe, mais il se sent ragaillardi et il savoure. Sans effort et sans s'y attendre, cette assurance perdue lui est quelque peu revenue. Ah, si cela pouvait durer !

Chapitre 11

Mai.

Les cerisiers japonais rosissent. Dans les jardins, les parfums de fleurs se mélangent à ceux des premiers gazons tondus. Il y a une nouvelle présidence et de nouvelles élections. L'année devrait débuter à cette période et non au début de l'hiver, quand les journées sont courtes et déprimantes. Qui chante que c'est partout pareil à part le soleil ? Oui, le soleil fait toute la différence. Ajoutez quelques degrés, enlevez un pull et voilà les sourires qui reviennent. Le cœur du printemps est bien le moment de la renaissance. C'est particulièrement vrai pour Antoine, radieux ce samedi, lorsqu'il arrive chez son hôte avec Marie.

La maison de l'homme d'affaires libanais, en face du Bois de Boulogne, en retrait de la rue, est un palais. Est-il riche à ce point ? Des rumeurs persistantes à propos d'histoires louches le poursuivent depuis une éternité. Tapez son nom sur Google et des dizaines de liens vers des articles remonteront avant même ceux de ses sociétés. Soupçons de corruption, enquêtes sur des détournements de fonds, possibles malversations… Si l'on en croit la presse, il tient plus du mafieux que du tycoon. Bah ! Du moment qu'il sait accueillir… Si le sujet professionnel ressurgit, Antoine pourra avouer sa faillite. Que risquera-t-il ? Ce qui importe, c'est l'impression qu'il fera à Marie. Qu'il l'ait retrouvée était déjà prodigieux. Qu'elle l'ait suivi, c'est carrément miraculeux.

« Qu'est-ce que je fais là », se demande Marie. Elle a mis sa plus belle robe, ses seuls collants non filés, ses escarpins qui lui font mal aux pieds et ses seuls bijoux à peu près crédibles. Elle accompagne Antoine, un quasi-inconnu, à un dîner où elle ne connaît personne. Et où elle doit prétendre être son épouse.

C'est n'importe quoi. Si elle ne s'était pas sentie aussi mal, aurait-elle accepté ? Non, c'est évident. Elle avait un cafard épouvantable, il fallait impérativement qu'elle se change les idées. La proposition d'Antoine est tombée à pic. Manger des bonnes choses lui manquait. Elle craignait de ne pas être à la hauteur, mais il l'avait rassurée. Si elle s'habillait bien, ce serait suffisant, elle ne devait pas se tracasser. « Tu présentes bien, tu parles bien, ça suffit. »

Elle ne savait rien de lui, ni des gens chez qui ils se rendaient. Elle se souvenait de l'inauguration dans ce showroom où des voitures anormalement chères avaient été dévoilées. Elle se souvenait surtout du coup qu'il lui avait maladroitement asséné et c'était à cela qu'elle l'avait reconnu. « J'ai eu une bosse pendant des semaines ! » Elle exagérait et s'amusait de le voir s'excuser à répétition. Ça la distrayait. Elle ne voulait pas lui dire à quel point sa situation était catastrophique. Elle avait peur de le faire fuir.

L'hôtel où elle jouait tous les mercredis venait de lui annoncer que son contrat ne serait pas renouvelé et, la veille, elle avait appris que sa candidature pour l'Orchestre de chambre de Paris n'était pas retenue. Son revenu s'effondrait encore. Elle en était là. Un peu plus et ce serait le squat, ou le retour à Thionville, la tête basse. L'abandon de sa carrière d'artiste. Chaque jour, elle consultait les annonces et envoyait des mails en pure perte. Il n'y avait pas de travail pour des gens comme elle. Les anciens du conservatoire, d'ailleurs, le lui répétaient sans cesse. Bientôt, plus aucun de sa promotion ne vivrait de son instrument.

Antoine brille. Aurait-il pu imaginer vivre une telle entrée un mois plus tôt, quand il s'affolait devant un corps inanimé et se perdait dans les couloirs glacés du métro ? Ce qui s'est passé est inouï. La rencontre avec le Libanais lui a donné un coup de fouet, c'est évident. Le mercredi suivant, c'est donc plus confiant et moins stressé qu'il est allé tenter sa chance rue Saint-Honoré. Il sentait que, cette fois, il n'échouerait pas. En même temps, il était paré à toute éventualité. Sûr de lui et de sa future bonne fortune, il savait qu'il ne se désespérerait plus en cas d'insuccès. Un léger contretemps, rien de plus.

Cette fois, les astres étaient bien avec lui. Il ne dut pas attendre de se garer pour la voir. Il allait arriver au niveau de l'hôtel lorsqu'il aperçut Marie qui marchait, son étui à la main. Elle venait à l'heure prévue. Les choses ne pouvaient que bien se passer par la suite. Emporté par son enthousiasme, il baissa la vitre côté passager et cria un « coucou » chaleureux, appuyé d'un grand signe de la main, oubliant qu'elle ne se souvenait sans doute pas de lui autant que lui d'elle et que, depuis une voiture, il était probable qu'elle ne le reconnaisse de toute façon pas. Ce fut le cas. Elle tourna la tête, interloquée, puis accéléra le pas sans répondre. Qui était cet homme qui la hélait ainsi dans son auto de millionnaire ? « Me prendrait-il pour une prostituée ? »

Qu'importait sa méfiance, Antoine ne doutait pas qu'il parviendrait à ses fins, c'est-à-dire à renouer le contact et à le développer. Amicalement, pour commencer. Pensait-il déjà à la soirée de l'homme d'affaires ? Non. Il se gara aussi vite que possible et se précipita dans le lobby pour parler à Marie avant qu'elle commence à jouer. Sinon, combien de temps attendrait-il ? Il y a des moments pour tout dans la vie. Et le moment des retrouvailles, il en était certain, c'était tout de suite. Qu'elle se souvienne de lui ou non.

« Vous souvenez-vous de moi ? » fut d'ailleurs sa première phrase quand il la rejoignit et qu'il parvint à calmer sa méfiance. Comme elle fit signe que non, un peu gênée, il lui remémora l'inauguration, le quatuor, qu'il précisa avoir beaucoup aimé, le dévoilement des voitures, et le heurt maladroit dans les escaliers. L'œil de Marie brilla d'un éclair malicieux et elle se souvint. « Ah oui, le coup de tête. Bravo, j'ai eu une bosse pendant des semaines ! » Antoine rougit et ne sut comment s'excuser. Il n'avait plus pensé à cet incident. Il imaginait qu'elle se rappellerait surtout des Bugatti. Elles sont si rares, si précieuses, si belles ! Mais elles la laissaient indifférente. Évidemment, c'est une artiste. Lui, un boutiquier. Il savait qu'ils vivaient sur des planètes séparées. Ce qui n'avait aucune importance. La voir ainsi, devant lui, après l'avoir tant espérée, si belle, plus encore que dans sa mémoire, était plus fort que tout. Les planètes s'aligneraient, voilà tout.

Elle l'écouta poliment, peu séduite et préoccupée exclusivement par sa propre situation. Elle ne lui posa aucune question. D'abord parce qu'elle était peu intéressée, ensuite parce que l'avoir vu au volant de sa Rolls – Bentley ! – lui suffisait. Tout son être était ainsi résumé : jeune fils à papa, aisé voire fortuné, commercial et sûr de lui, probablement un peu grossier, sans goûts artistiques en tout cas, mignon, certes, mais banal. Un garagiste de banlieue chic, quoi. Il ne dévoila rien de lui qui puisse modifier sa perception. Il n'avoua pas non plus qu'il avait passé des heures à la chercher. Et il ne remarqua pas que ses vêtements étaient usés et qu'elle était mal coiffée.

Afin de ne pas la brusquer, il demanda s'il pouvait assister à son concert. Que pouvait-elle répondre ? Cet endroit n'était pas le sien et ce serait la dernière fois qu'elle y jouerait. Tous les clients étaient les bienvenus du moment qu'ils consommaient. L'affluence de la grande époque n'était plus d'actualité et ne le serait sans doute plus jamais. Il s'assit près du bar et écouta, subjugué. Tout ce qu'elle joua lui parut merveilleux. Elle étincelait. C'est alors qu'il fit enfin le lien entre elle et le dîner de l'homme d'affaires. Elle conviendrait bien mieux qu'Iva, si elle acceptait. Elle serait plus crédible à ses côtés. L'escorte a ce petit truc indicible qui la trahit. Et qui sait si l'homme ne l'avait pas vue en compagnie du client et de l'épouse lors de la présentation du livre. Il était là, lui aussi. Dangereux… Marie, fausse épouse pour commencer. Une excellente idée !

Il lui en parla en fin de soirée, sans raconter sa déchéance, en résumant l'invitation à l'embarras d'être célibataire – une bonne façon de le lui faire savoir – et d'avoir stupidement fait croire à son hôte qu'il était marié. Il aurait été logique qu'elle refuse. Un inconnu vous propose de jouer son épouse pour participer à une soirée chez d'autres inconnus ? Et pourquoi pas vous enlevez tout de suite ? Mais Marie ne refusa pas. Elle posa des questions puis, sans trop hésiter, accepta. Ses seules conditions : qu'il la ramène chez elle avant minuit et qu'il lui donne ses coordonnées complètes. Elle vérifierait. Aucun problème.

20 heures. L'homme d'affaires accueille le faux couple sur le porche de sa grande demeure. Marie le reconnaît tout de suite. Ce bel oriental qui ressemble à Shah Rukh Khan… Lui aussi la reconnaît d'emblée.

– Antoine, petit cachottier ! Je ne savais pas que ton épouse était violoniste.

Il lui tend la main, tenté certainement de l'embrasser, retenu par la présence du supposé mari et par les règles de la prétendue bienséance.

Elle rougit.

– Karim, enchanté. Madame… ?

– Marie. Vous avez bonne mémoire, monsieur.

– Appelez-moi Karim, voyons. Nous ne sommes pas des inconnus.

– Oui, je sais, vous étiez à l'inauguration d'Antoi… de mon mari.

– J'ai adoré votre interprétation de Mendelssohn. Toute en finesse.

Antoine réprime difficilement un accès de jalousie. Il ne s'attendait pas à cela. Il aurait dû venir avec Iva.

– Tu l'as certainement vu dans la presse, chérie. Monsieur Frem est libanais, proche de Carlos Ghosn et de l'ancien premier ministre Hariri.

Non, elle n'a pas vu. Elle ne suit pas les informations et consulte peu Internet, sauf pour les sujets qui lui importent. Sa connexion est lente, son smartphone dépassé. Elle n'a même pas pris la peine de se renseigner sur Antoine. La vérification, c'était du bluff.

Une jeune femme vient leur proposer de mettre leurs affaires au vestiaire, une autre les invite à la suivre à l'étage. Frem s'est détourné pour accueillir d'autres invités. Dans le grand escalier, Antoine et Marie croisent un serveur qui leur présente des cocktails sur un plateau. Ils en prennent chacun un. Marie se tourne pour porter un toast à leur hôte et se rend compte qu'il a disparu. Il doit être accaparé par d'autres convives.

– Je suis désolé, je ne pensais pas qu'il se souviendrait de toi. J'espère qu'il ne t'importunera pas. Il n'a pas bonne réputation, pour être honnête.

– Tu es jaloux, mon faux époux ?

Il ment :

– Non, ce n'est pas ça. Renseigne-toi, tu verras. Coureur de jupons, escroc, charlatan…

Elle rit :

– Et tu m'invites chez lui ? Drôle de contexte dans ce cas pour un premier rendez-vous, tu ne crois pas ?

– Premier rendez-vous ?

– Tu vois ce que je veux dire, Antoine. De toute façon, je préfère les artistes aux hommes d'affaires. Chacun son trip. Le mien, ce n'est pas l'argent.

– Le mien non plus.

– Tu roules en quoi, déjà ?

Inutile d'insister. Ce n'est pas le moment. Il risque de perdre toute chance de la séduire. Parfois, la meilleure façon de parler, c'est de se taire.

La pièce au premier où a lieu le dîner est une version réduite de la galerie des glaces, enrichie d'œuvres de Jeff Koons. Chiens, lapins, serpents. C'est la façon qu'a Frem d'aimer les animaux. Au milieu est dressée une très longue et large table. Marie n'en a jamais vu d'aussi grande. Au point qu'elle doit compter les places. Quarante-six. Vingt en vis-à-vis, trois à chaque extrémité. La mise est trop riche, de mauvais goût à force de soie, de porcelaines et de dorures, de chandeliers, d'argenteries, de carafes et d'accessoires pompeux : ronds de serviettes, reposes-couverts, sous-assiettes…

Il n'y a pas que la table qui impressionne. Les lustres dégoulinent de cristaux et les murs étouffent sous les moulures sculptées. Une fresque qui représente une scène orgiaque ou biblique, difficile à dire, couvre tout le plafond. Les fenêtres sont aussi grandes que les portes, elles ouvrent sur un large balcon bordé de balustrades en pierre noble. Des buffets de style napoléonien encadrent la table. Des enceintes Devialet posées dessus, à côté de vases victoriens disparates, diffusent un fond de musique exotique. Cubaine, note Marie, qui s'est rapprochée pour la reconnaître.

– Vous avez vu ? Un Hockney, lui fait remarquer un homme qui se tenait à proximité.

Elle lève les yeux et voit le portrait chatoyant d'un homme assis, la tête entre les mains, désespéré.

– Sa valeur est inestimable ! Notre hôte a de la chance, n'est-ce pas ?

Marie ne sait pas quoi répondre. Elle trouve la toile très belle et pas du tout à sa place dans ce salon rococo. L'idée qu'en plus elle vaille une fortune la dérange. Le thème de l'argent ne fait pas partie de ceux à partir desquels elle est prête à entamer une conversation. L'homme, en plus, a un regard déplaisant. Elle ne sait pas s'il admire la peinture ou s'il la déshabille. Elle prétexte un appel, excuse manifeste et maladroite, pour s'éloigner.

Antoine ne l'avait pas suivie près de la toile. Il a tout de suite entamé la conservation avec deux couples, sans prêter attention à elle. Il a même oublié de la présenter. À l'inverse de Marie, il se sent à l'aise, bien plus cette fois qu'à la soirée précédente, et ne relève pas la pompe du décor. S'il a remarqué la grandeur de la table, il en a retenu surtout la promesse d'une qualité de repas à laquelle il n'était plus habitué. Le reste ? Les peintures et les sculptures ? La fresque ? Il ne les a pas vues. Enfin… Seulement dans leur globalité. Assez pour conclure qu'il est bien chez quelqu'un qui aurait pu lui acheter sa Bugatti sans états d'âme. Difficile d'ôter cette pensée de son esprit. Difficile aussi de profiter de son statut retrouvé de prestigieux concessionnaire de voitures de luxe sans se trahir. Il redoute de devoir répondre à des questions trop directes – quelle est l'adresse de votre showroom, qui sont vos clients, comment puis-je prendre rendez-vous pour un essai – ou de se laisser emporter par le récit d'anecdotes humiliantes – mon emménagement dans un quartier moins bourgeois du 15e, le cadavre de ma cliente emporté sous mes yeux, mes pérégrinations dans le métro…

Heureusement, dans ce milieu, Antoine en a l'expérience, on n'aime rien tant que parler de soi et de lieux communs. Il suffit de trouver les sujets qui flattent pour devenir confident en restant inconnu. Il peut tenir ainsi tout un dîner, dans le persona de celui qu'il était avant la crise, sans jamais perdre la face. Après le long échange charmant avec les deux couples bourgeois, l'un de Nice, à la tête d'une prestigieuse clinique privée, l'autre de Lyon, propriétaire d'une société de transport, il rejoint la place qui lui a été attribuée à la table. Détail amusant, son hôte, qui avait oublié son nom, l'a fait identifier sur le petit carton par le nom Bentley. Les voilà donc, Marie et lui, le temps d'un soir, devenus Monsieur et Madame Bentley.

Marie le rejoint un peu plus tard. Elle est passée aux toilettes pour s'inspecter et ajuster son maquillage léger. Elle y a croisé deux jeunes femmes très belles, apprêtées comme pour la *fashion week*, qui échangeaient de la poudre blanche et qui lui en ont proposé. Cela l'a encore plus déstabilisée. Elle l'aurait presque acceptée si elle avait été certaine de son effet euphorisant, tant elle s'est sentie complexée face à elles. Leurs ensembles, signés au minimum Iro ou Ba&sh, leurs chaussures évidemment Louboutin, leurs sacs, Vuitton pour l'une, Hermès pour l'autre, écrasent sa robe Zara et tout ce qu'elle pourrait porter. S'est-elle jamais sentie à ce point banale ?

Antoine sent son embarras dès qu'elle vient s'asseoir près de lui. Il n'en comprend pas la raison, puisqu'à ses yeux elle est la plus belle. Il fait ce qu'il peut pour la mettre à l'aise. Il en fait trop et finit par l'agacer. Elle se console en dégustant l'incroyable menu qui est servi plat après plat durant près de trois heures :

Chaud-froid d'œuf à la coque au sirop d'érable de Saint Elzéar, quatre épices

Gratin d'oignons du Bois Giroult doré au parmigiano reggiano, jeunes pousses

Chapitre 11

Velouté des jardiniers au speck de la ferme de Grundbach, crème soufflée

Ormeau de plongée de la baie de Morlaix grillé à l'ail frais, sarrasin

Feuilles d'épinard Palco acidulées à l'orange & sésame torréfié, mousseline de carotte Touchon

Asperge blanche du domaine d'Uza à l'oseille large de Belleville, praires de la rade de Brest

Coquille Saint-Jacques bretonne pochée au Savagnin, pommes de terre fumées au bois de chêne

Burger brioché végétal « à cheval », thé rouge rooibos

Grande rôtisserie d'héritage Louise Passard, éleveurs de nos régions

Soufflé au citron Meyer de Fès & vanille de Madagascar, gourmandise

Millefeuille croustillant « caprice d'enfant », gourmandise

Avec les vins qui accompagnent, évidemment.

Frem fait le tour de la table entre les mets afin de vérifier que tout se passe bien et, très fier, informe ses convives que le traiteur de la soirée est Alain Passard. « Ça n'a pas été facile de le convaincre ! » Antoine, comme les autres, applaudit d'admiration.

Le millefeuille débarrassé et le café servi, Marie montre l'heure à Antoine. Minuit. Il avait promis. Il aimerait rester encore un peu. Il paraît que la soirée va se prolonger en bas et au jardin. Le temps est splendide. Il ne s'est plus senti aussi bien depuis longtemps. Ne se plaît-elle pas ? N'a-t-elle pas apprécié le délicieux repas ? Si, mais elle est fatiguée, elle doit jouer le lendemain. Ce n'est pas vrai. Elle a peur qu'une fois le dîner passé, si elle prolonge l'expérience, une mélancolie irrépressible la terrasse. En plus, elle a la tête qui tourne. Lui aussi. Trop d'alcool ! C'était assez pour une première fois. Il sait qu'il ne doit pas la brusquer. Ils vont remercier chaleureusement leur hôte et l'informer qu'ils doivent s'en aller. Antoine promet de retourner l'invitation, ce qu'il ne peut pas faire, et emmène Marie à son bras. Il se demande déjà comment il fera pour la revoir vite dans des circonstances plus favorables. Elle, pour sa part, se demande si l'éventualité d'un excellent repas, gratuit, mérite qu'elle se sente aussi mal à l'aise. Et elle ne sait pas quoi penser d'Antoine.

Chapitre 12

Comment va Raymond ? Le printemps n'est pas joyeux pour lui. Olivia restera hospitalisée tout le mois et il n'a pas eu le job. Le médecin qui s'occupe de sa femme a dit : « Je suis désolé. » Le consultant chargé de son recrutement a dit : « Je suis désolé. » La semaine passée, son banquier aussi a dit « je suis désolé », en lui refusant une nouvelle fois un prêt. C'est fou, le nombre de gens qui sont désolés pour lui. Il a revendu sa voiture, une Citroën poussive, il a décroché les seuls cadres qui avaient un peu de valeur. Il n'a plus le choix : adieu le pavillon. Il n'en parlera pas tout de suite à Olivia. Il faut d'abord qu'elle se remette. Sa dépression a affaibli ses défenses immunitaires ; elle a, en plus, attrapé une pneumonie. Elle pleure et s'étouffe tout le temps. Ses filles sont inquiètes. Elles pleurent chaque fois qu'elles vont la voir. Elles veulent aider. Elles ne savent pas comment. « Si on vous créait des sites web ? » « Si on vous aidait à développer vos réseaux sociaux ? » Raymond ne voit pas à quoi ça va servir. Il préférerait encore qu'elles aillent tondre des pelouses. Au moins, elles prendraient l'air.

L'agent immobilier est confiant. Le pavillon se vendra facilement. Rien que le terrain…

– De l'argent, il y en a encore.

– Où ?

– Vous seriez surpris. Les prix au mètre carré ne cessent de monter.

Si Raymond tient six mois avec le chômage et les allocations, il aura assez pour remonter la pente. 50 000 € une fois le crédit remboursé. C'est peu, tout de même, après des décennies de boulot ! Olivia lui avait bien dit d'épargner davantage. Mais non, il y avait une belle vie à mener. « On n'a que le bien qu'on se donne, mon amour. » Qui aurait pu anticiper ? Les plus belles voitures du monde… Combien de commerciaux en France avaient son expérience ? Chez MG, on a regretté son manque de connaissance en moteur électrique. Mais il doit les vendre, leurs satanés SUV, pas les construire, si ? Dans toutes les concessions où il a travaillé, il y avait un showroom et un atelier. C'est quoi, cette histoire ? Et qu'est-ce qui leur prend, tous, à vouloir tuer le moteur thermique ? Le diesel n'a jamais été aussi propre, la consommation d'essence continue de baisser. Il y a les filtres Bosch, les moteurs Mazda… Où vont-ils aller la chercher, leur énergie ? Les écolos ne veulent ni nucléaire ni charbon. Des éoliennes partout ? Des panneaux solaires sur tous les toits ? Il a lu plein d'articles, dans les revues les plus sérieuses. Il ne comprend pas. Antoine a pris de ses nouvelles, perplexe lui aussi. Il n'a pas plus de réponses.

– Je dois être trop vieux pour tout ça.

– Ne désespère pas, tu trouveras.

– Tu as bien fait de garder la Bentley. Bientôt, les *supercars*, ce seront les seules vraies voitures. Tu te rends compte ? 140 ans à la poubelle. Comme les chevaux.

Raymond est un authentique passionné. Il a visionné tous les épisodes de *Top Gear* et de bien d'autres émissions, dans plusieurs langues. Il a eu la chance de s'asseoir au volant de la plupart des modèles Bentley, bien sûr, mais aussi Rolls Royce, Aston Martin, Porsche, Ferrari, Lamborghini… Il a un faible pour les anglaises, mais s'accommoderait d'une belle italienne. La Roma était son fantasme ultime avant que tout s'écroule. Il se déteste d'avoir dû acheter une Citroën d'occasion. « Quelle horreur ! »

– Tu exagères… Et il y a de très belles électriques dans tous les segments. C'est l'avenir. Elles sont plus rapides, moins polluantes. Je me serais bien vu commercialiser un jour des Bugatti sur batteries.

– Quelle horreur ! Tu as entendu la Volkswagen I.D. R. ? Un sifflet à 400 à l'heure. Où est le beau son des douze cylindres ? Le charme du turbo qui se déclenche et t'enfonce dans ton siège ? Un monde sans bruit, c'est un monde d'ennui.

Impossible de le raisonner, ni de lui rendre le sourire. Il désespère de ne pas trouver de travail, mais détesterait consacrer la fin de sa carrière à une marque qu'il n'estime pas. Raymond n'est pas fait pour le nouveau monde. Il est pareil au père d'Antoine. Malheureusement, il est né dix ans trop tard. Sinon, lui aussi aurait pris sa retraite. Il l'aurait passée dans les souvenirs d'une époque où tout était mieux.

Antoine ne sait pas comment l'aider. Il faut d'abord qu'il s'aide lui-même. Une fois qu'il a terminé de payer son outil de travail, voiture et téléphone, que lui reste-t-il ? S'il s'en sort mieux que son ami, c'est parce qu'il n'a ni femme, ni enfants, ni propriété. Et son revenu, à lui, n'est pas garanti. Que se passera-t-il s'il perd ses clients ? Tous les jours il se tracasse. Il continue de calculer et recalculer ce qui rentre et ce qui sort, tel un comptable fou. En début d'année, il entrevoyait le bout du tunnel. Puis la danseuse est morte et un client régulier est passé à la concurrence. Comme les temps sont durs, une des sociétés de limousines qui a survécu à la crise a baissé ses tarifs.

– Ce ne sont que des Mercedes, mais vous comprenez, deux fois moins cher… Je suis désolé.

Il envoie des e-mails, identifie des prospects, cherche des adresses, obtient des avis clients… Et la tante Estelle ? Elle devient sénile. Elle le reconnaît à peine.

– Oh, Hubert, c'est si gentil de penser à moi. Quand viens-tu au château ?

Qui est Hubert ? Le château, est-ce la maison médicalisée dans laquelle elle réside à présent ?

La commerçante marocaine lui a parlé d'un ami algérien ; Antoine l'a rencontré, un monsieur moustachu dans la politique. Il va peut-être lui ouvrir des portes à l'ambassade de son pays. Tout est affaire de relations, tout se fait grâce à des gens qui connaissent des gens. S'il proposait ses services à Frem ? Il connaît du monde. Non, ce serait trop humiliant.

Et Marie ? Il a attendu quatre jours avant de la rappeler. Le premier contact ne s'est pas passé comme il l'espérait. Il ne veut pas paraître insistant. Elle lui plaît, ça n'a pas l'air réciproque, mais il veut y croire. Il est convaincu que leur histoire peut exister. Il lui prouvera sa valeur. N'est-ce pas ainsi, par l'épreuve et les preuves, que les plus belles histoires d'amour se construisent ? Le tout, c'est de savoir se remettre en question. Apprendre à interpréter les signes.

En est-il capable ? Il croit que son pire défaut vis-à-vis d'elle est son manque de moyens financiers, alors qu'elle voit en lui un commerçant enrichi incapable de sensibilité artistique. S'il était plus honnête avec elle, sans doute serait-elle plus indulgente avec lui. Hélas, il n'ose pas. Comment un simple chauffeur de taxi pourrait-il intéresser une violoniste belle et talentueuse ? Pour peu, on se croirait dans *Les Lumières de la ville*. Il est vrai qu'elle n'est pas transparente non plus. Par pudeur. Elle déteste qu'on la plaigne. Ses angoisses, elle les garde pour elle. Le RSA ne lui suffit pas, elle se débrouille seule. Toute aide de son entourage, peu importe les sentiments qui l'inspirent, l'enfoncerait. Et si elle n'est *a priori* pas sous le charme d'Antoine, le fait qu'il la prenne pour une musicienne reconnue lui remonte le moral. S'il y a un signe à interpréter de son côté à elle, c'est celui-là.

Lorsqu'il l'appelle, au bout de quatre jours, donc, c'est pour prendre des nouvelles, et surtout pour lui demander quand il peut venir la voir jouer. Elle manque de s'étrangler et de s'effondrer en larmes. Pas question de lui avouer qu'elle n'a plus ni scène correcte ni audience valable. Elle préfère paraître froide que minable. Elle lui raccroche presque au nez en prétendant que ses prochaines dates sont complètes. « Je suis désolée. » Il ne l'entend plus, mais elle s'est mise à pleurer.

Il est déçu, mais pas vaincu. Elle n'a pas l'air de vouloir le revoir. Cache-t-elle un amoureux ? Non. Il est sûr qu'elle est célibataire. Elle l'avait sous-entendu. Elle doit l'être. Le contraire lui briserait le cœur. La soirée lui a-t-elle déplu ? Elle avait adoré le repas, il en est certain. Mais l'ambiance ? Et s'il s'invitait, une fois de plus ? Il a son nom, désormais, il peut la trouver facilement. Il cherche, il cherche. Sans succès. Elle avait publié, à l'époque, des tutoriaux sur YouTube, on l'avait taguée dans des images de concerts… Rien depuis six mois. Il aurait dû la questionner. Fait-elle partie d'un orchestre ? D'un autre quatuor ? A-t-elle un nom de scène ? Pas la moindre idée. Frustrant.

Il réfléchit en travaillant. Les courses se succèdent à un rythme rassurant. Il est content. Pour l'instant. Sa situation évolue de semaine en semaine. Impossible de prévoir.

Un mardi, il a eu des touristes de Pékin. Il ne sait pas comment ils l'ont trouvé. Ils l'ont réservé *via* son site web. Motif : « Romantic tour of Paris », tarif avantageux pour couple amoureux. Quand Antoine est allé les chercher à leur hôtel, ils n'étaient pas deux mais six, dont trois enfants. Impossible de leur faire entendre raison. Pour ne pas perdre une journée, il en a mis quatre derrière, deux devant. Ils se sont plaints du manque d'espace et lui ont laissé des traces de chocolat fondu à l'arrière. Il a eu toutes les peines du monde à garder son calme. Que dire ? Il y a des sauvages partout. S'il veut les éviter, il n'a qu'à changer de métier. Il ne peut pas. Il ravale sa colère et retient la leçon. Il ajoute une clause sur sa page de réservation, en français et en anglais. Et sait déjà qu'elle ne servira à rien.

Le jeudi suivant, consolation, il a conduit Iva. Elle, au moins, elle est toujours sympathique et honnête. Est-ce parce qu'elle a l'argent facile, ou est-ce son caractère ? Sans doute un peu des deux. Drôle de fille. Il ne l'a plus vue depuis la conférence-dédicace. Comment s'est terminée sa soirée ? « Gentiment… » Elle a de ces mots ! Combien devraient-ils être au lit pour l'impressionner ? Elle a tout vu, tout connu, tourné toutes les pages du Kamasutra. Le corps, pour elle, n'est qu'un accessoire. Tant qu'il fonctionne, autant s'en servir. Et les sentiments ? Antoine l'a entendue converser avec des proches, sa maman, un soir, elle était très concernée, attentive. Visiblement aimante. A-t-elle déjà été amoureuse ? Il lui a posé la question. Elle n'a pas cillé, ni manifesté d'émotion. De qui ? Pourquoi ? Il n'a pas insisté.

Les assauts de la canicule commencent tôt, cette année. La climatisation tourne à plein régime. Les buissons sont envahis d'insectes. Iva agite un éventail en attendant la Bentley. Sa jupe est plus courte qu'une culotte, son chemisier plus échancré qu'un maillot. Antoine ne peut s'empêcher de déglutir en la voyant. Il s'étranglerait. Elle ne pourrait pas marcher dans certaines rues, à cause du manque d'éducation de beaucoup. Il n'oserait pas la déposer n'importe où. Voilà quelqu'un qui échappe complètement au puritanisme de l'époque. Elle le sait, elle s'en fiche. Plus c'est sexy, plus elle gagne. Et c'est elle qui fixe les prix. Allez parler d'une femme objet…

– Alors, chéri, tu es marié ?

– Pas du tout, qui t'a dit ça ?

– Alizée. Tu lui as même présenté ta femme. Marie.

– Alizée, c'est une de tes amies ?

– Oui. Une jolie blonde, genre mannequin, avec la bouche refaite. Pour cher. Tu ne te rappelle pas ?

Antoine est interloqué. Il tente de rassembler les pièces du puzzle tout en conduisant. Ça y est ! La soirée de Frem. Voyons… Il y avait des escortes ? En y réfléchissant, il se souvient d'au moins deux filles qui tranchaient avec le reste des invités. Plus jeunes et surtout plus belles. Comme il était absorbé par Marie, il ne les avait pas regardées attentivement. Mais maintenant qu'il y repense, elles avaient ce petit truc indicible… Et elles accompagnaient des types franchement moches. Il y en a un qui était adipeux et qui sentait le cigare. Tout de même… Comment peuvent-elles… ?

– Et toi, Iva ?

– Tu sais, ce n'est pas l'argent qui n'a pas d'odeur, ce sont ceux qui l'approchent qui ont le nez bouché.

Donc elle sait pour le dîner qui a suivi. Est-ce qu'elle ne risque pas de se vexer ? Il aurait pu lui proposer. C'est grâce à elle, indirectement, qu'il y est allé. Pas son genre. Elle est trop blasée. Elle aurait refusé, à moins d'être payée.

– Comment elle est ? Raconte.

– Je ne suis pas marié. C'est une… une amie.

– Elle te plaît ?

Antoine soupire et raconte toute l'histoire. Iva se rend cette fois à Dannemois. Il a le temps. Et il lui fait confiance. Elle l'écoute en tapant des messages sur son smartphone. Elle n'a pas besoin de lui poser des questions pour qu'il continue. De simples « et ? » suffisent. Il remonte à l'inauguration de sa concession – Iva fait partie des rares personnes au courant de sa faillite – et évoque même sa course erratique dans les couloirs du métro. Il termine sur sa frustration.

– Pas simple, ton affaire. Tu ne crois pas que tu te compliques la vie ?

Elle montre des passantes sur les trottoirs aux alentours.

– Regarde… Les opportunités de rencontres sont partout.

– Tu ne comprends pas l'amour, Iva.

– Je n'en ai pas besoin, nuance. Je n'ai plus seize ans, moi. Bah, chacun sa came… Tu veux que je te donne un conseil pour améliorer tes chances ?

Bien sûr qu'Antoine veut. Il donnerait les clés de sa voiture pour un conseil utile. Voilà : il ne faut pas qu'il la presse ou qu'il la poursuive. Il ne doit pas chercher à la voir dans ses concerts. Et il ne doit surtout pas révéler sa situation.

– Il y a un temps pour séduire, un temps pour expliquer.

Que sait-il de Marie ? Pas grand-chose. Qu'elle est belle, qu'elle lui plaît, qu'elle joue magnifiquement du violon. Ensuite ?

– …

– D'où vient-elle, qu'aime-t-elle, qui voit-elle ? Et si elle préférait les filles ?

– Impossible !

– Tu es con ou quoi ? Tout est possible. T'a-t-elle parlé de ses passions, de ses rêves ?

La réalité, c'est qu'il s'est contenté de l'admirer et de la désirer. Elle pourrait être psychotique, extraterrestre, complotiste, il ne le saurait pas. Il se sent terriblement stupide.

– Ce que tu sais, c'est qu'elle a accepté de t'accompagner, toi, un inconnu, dans une soirée organisée par un autre inconnu. Qu'elle a bien voulu jouer la bonne épouse au pied levé. Qu'elle en est restée, en ce qui te concerne, au commerce de voitures de luxe. Juste ?

– Oui, je crois. Je ne lui ai pas dit que…

– Que tu ne pourrais même pas me payer pour une heure ?

– Hmmm.

– Tu ne sais pas ce que tu manques, rétorque-t-elle en rigolant. Bref, elle te prend pour ce que tu n'es pas.

– Je ne sais pas.

– Moi, j'en suis sûre. Et ce dont je suis sûre aussi, c'est qu'elle n'a pas détesté la soirée. Elle te l'a dit, n'est-ce pas ?

– Elle a aimé le repas…

– Euphémisme, Antoine ! Cette fille est impressionnable, alors impressionne la. Ne la joue pas petit bras. Gnagnagna, j'aime ce que vous faites. C'est minable, ça. On ne vit plus dans ce monde-là.

– On vit dans quel monde ?

– Dans le même qu'avant, en plus dur. Celui de l'argent, du pouvoir. Tu en as, tu es bien, tu n'en as pas, tu n'es rien. Tu la veux, fais en sorte qu'elle te croie du bon côté.

– Tu m'encourages à persister dans le mensonge, Iva. Elle tombera de haut le jour où elle le découvrira. C'est inévitable. Il suffit qu'elle se renseigne.

– Les Anglais disent : « *First sell it, then solve it.* » Vends-lui ton histoire, ensuite tu verras. Si elle te plante quand elle sait, avec un peu de chance, tu l'auras baisée avant.

– Tu parles comme un mec.

– Comme quelqu'un de réaliste. Si les mecs sont plus réalistes que les nanas, alors, O.K., comme un mec.

Antoine réfléchit, fait semblant de s'intéresser à son GPS.

– En admettant. Jouer les grands seigneurs, c'est plus facile à dire qu'à faire. Je n'ai pas tes moyens, moi.

– Pas besoin de moyens, imbécile. Tu l'as payé, le dîner chez Frem ?

– Mais je ne pourrais pas lui rendre la pareille.

– Qui te parle de rendre la pareille ? Pour des gens comme lui, tu es un homme d'affaires qui compte.

– Pourquoi dis-tu ça ?

– Parce que tu es un des rares qui vend des choses dont ils rêvent vraiment.

– Je ne vends plus rien, moi.

– Ils le savent ? Non. Tant que tu fais illusion, tu seras invité, crois-moi. Dans ce cas, tu la feras venir.

– Je ne peux pas m'imposer. J'attends, alors ?

– Écoute… Les soirées vont se succéder. Chaque été, c'est le jackpot, tu n'as pas idée. Je vais me renseigner pour toi.

– Je ne veux pas te déranger.

– Tu ne me déranges pas, je serai contente d'y croiser un ami. On prétendra qu'on ne se connaît pas, comme ça, tu pourras te concentrer sur ta belle mais, moi, je saurai que tu es là. Et s'il y a un problème, je saurai vers qui me tourner.

– Je serai ton mac, alors ?

Iva éclate de rire.

– Sans la commission.

– Tu crois qu'elle viendra ?

– Tu veux que je te dise ? Si elle ne vient pas, c'est une conne. Laisse-la tomber.

Antoine acquiesce. Il a tellement envie de plaire à Marie qu'il a perdu tout jugement. Seul compte le résultat.

Chapitre 13

Iva avait raison : Marie est venue.

Il a fait exactement ce que sa cliente-amie lui a recommandé. Il s'en est rongé les ongles jusqu'au sang. Fin juin, enfin, des connaissances de Frem lui ont envoyé une invitation. Rien à voir avec Iva, elle n'était même pas invitée. Il ne se souvenait pas d'eux. Une belle opportunité, pas trop contraignante. Cocktail mondain, vernissage et petits fours. « Monsieur et Madame sont conviés… ». Avec un code d'activation pour répondre. On est VIP ou on ne l'est pas. Il a répondu avant d'appeler Marie. Tant pis s'il devait y aller seul. Ce serait de toute façon l'occasion de rencontrer du monde. Il devenait neurasthénique à force de vivre entre son appartement et sa voiture. Et ça le changerait des kebabs.

Il n'y est pas allé seul. Marie aussi se rongeait les ongles. Trois semaines qu'elle n'avait plus de vrai travail. Des remplacements au pied levé, pas trop loin, la cafétéria, quelques cours pour des enfants indisciplinés. La nuit, elle comptait ses sous, la journée, elle rattrapait le sommeil perdu en remplissant des papiers pour en demander. Elle était seule à périr. Pourquoi n'avait-elle pas le don de l'amitié ? Tous les garçons et les filles de son âge se promènent au moins deux par deux, non ? Elle avait eu des copains, oubliés. Le dernier, celui au revolver, parti. Des copines, disparues. Son violon était plus possessif qu'un mari jaloux. Il ne lui accordait aucune liberté. Si elle le négligeait une journée, il se mettait à gémir. Si elle l'abandonnait une semaine, ce qui n'était arrivé qu'une fois, il se refusait à elle. Il ne lui parlait plus que d'une voix criarde en attendant ses excuses.

Elle n'avait guère le temps de penser à Antoine, même s'il représentait une des rares lueurs d'espoir dans ses souvenirs récents. Il fallait qu'elle trouve un contrat fixe, ou au moins des prestations payées décemment. Elle aurait le temps, plus tard, de se demander s'il lui plaisait. Évidemment, la consolation d'un bon repas… L'inviterait-il à nouveau ? Elle ne pouvait pas provoquer les choses, et elle préférait qu'il reste sur l'image fantasmée de l'artiste épanouie.

Quand enfin il l'appela, après avoir mystérieusement disparu pendant des semaines, elle bégaya de joie. Il était comme un vieil ami prodigue reparu de nulle part. Un vernissage ? Sa femme ? Des petits fours ? Oui, bien sûr. Quand ? D'accord.

Elle avait un autre ensemble remisé dans une housse depuis longtemps. Un joli tailleur Promod. Parfait ! Elle serait belle, il serait fier d'être à son bras. Et Frem ? Non, pas là. Un autre cercle.

Le vernissage fut insipide, la foule inintéressante, les peintures excessives, la nourriture heureusement excellente. Tout comme le champagne, servi avec trop de générosité. Marie et Antoine repartirent saouls. Elle se mit même à chanter – très bien – du Véronique Sanson. « Les vapeurs d'alcool, ça, je les connais bien. Les cheveux qui collent au front des musiciens… » Antoine éclata de rire et applaudit, systématiquement complaisant avec elle. Il la déposa chez elle à minuit, rentra chez lui satisfait, s'endormit sur une note optimiste.

Une fois encore, il s'est abstenu de la recontacter avant d'avoir une autre opportunité. Il lui a envoyé un texto pour savoir si elle avait bien dormi et si elle était contente de sa soirée. C'est tout. Elle a répondu : « Oui, merci, courage pour ton travail. »

Elle persiste à le croire à la tête de sa concession Bentley. Comme le sujet ne l'intéresse pas, il y a peu de risques qu'elle découvre qu'il ment par omission. En plus, elle n'ose pas s'exprimer parce qu'elle se croit inférieure à lui sur le plan social. Il a de l'argent, des relations, elle, non.

Chapitre 13

Le romantisme de la misère artistique commence à la désespérer. Si Antoine savait…

L'opportunité suivante, c'est grâce à Iva qu'il l'a eue. Une fête décadente au possible. Une bande de copines people, blasées et loin de leur famille, ont réservé la salle Wagram pour leurs trente-trois ans. Ce n'est l'anniversaire d'aucune, peu importe. Elles ont décidé d'organiser un spectacle inspiré de l'Antiquité et ont invité les amis des amis, au hasard. Tous les participants doivent être habillés en Romains, Gaulois, Égyptiens… Ils seront groupés sur les gradins par type de costume. L'espace circulaire au centre sera recouvert de sable et décoré de façon à rappeler une arène. Il y aura des combats de gladiateurs, des démonstrations de danse et des animaux exotiques, suivis d'un marché aux esclaves et d'un banquet de Bacchus. À quoi tout cela peut-il bien correspondre ?

Marie a hésité. Le programme ne lui plaisait pas. Elle ne se sentirait pas à sa place. Ça faisait gosses de riches.

– Je ne les aime pas.

Antoine a dû insister. Ce serait drôle. Ils ne seraient pas obligés de rester. L'invitation, c'était comme deux billets pour une pièce de théâtre débile.

– Tu as vraiment envie de la voir ?

– Oui, oui, vraiment.

Il mentait. Le programme ne lui plaisait pas non plus. S'il insistait, c'était parce qu'il n'avait pas d'autre prétexte pour la revoir et que le temps passait trop lentement sans elle.

– D'accord, pour te faire plaisir.

– C'est gentil…

Antoine a trouvé des braies à louer et, selon les instructions de l'invitation, il s'est présenté avec Marie, en couple de chefs celtes, à 20 heures. Le spectacle venait de débuter.

Les gladiateurs sont des copains des filles. Rien n'est organisé. Ils sont supposés s'affronter par deux, en rounds successifs de trois minutes, munis de fausses épées, de casques d'escrime et de gilets matelassés. Très vite, ils se retrouvent une douzaine à s'affronter sans protection, surexcités et déjà éméchés. Il y a trois blessés et la sécurité de la salle doit menacer d'interrompre la soirée s'ils ne s'arrêtent pas. Une ambulance est appelée, les invités se réfugient dans les couloirs et se demandent s'ils doivent rester ou rentrer chez eux. Certains s'en vont. Le blessé le plus gravement atteint, on l'apprendra le lendemain, a perdu un œil.

Marie et Antoine attendent. Notamment parce qu'Iva, dans un costume très dénudé et aux bras d'un druide à la barbe blanche, est venu les saluer et leur a assuré que la suite en valait peine.

– Tu la connais ?

Il évite de justesse de se trahir.

– Non, pas vraiment. Je l'ai croisée à un cocktail. C'est une amie… d'un client.

– Toi et les mondanités ! Tu vis sur une autre planète.

– Que toi ?

– Moi, je ne fréquente jamais ce milieu. Enfin… Jamais sans toi.

Il le sait, et il veut croire, ainsi que lui a prédit Iva, que ce sera à son avantage.

– Tu t'amuses, au moins ?

Marie regarde la foule costumée autour d'eux.

– C'est dépaysant…

Elle se rend compte qu'elle a faim, mais elle ne le dit pas clairement.

– On mange bien…

Lui aussi a faim, et lui non plus ne le dit pas clairement.

– En général, oui. Ce soir, on verra.

Aucun des deux ne veut que l'autre sache dans quelle situation délicate il se trouve.

– Il n'y a pas que ça. Tu rencontreras peut-être des clients potentiels. Si ton agenda n'est pas complet. Tu te souviens de mon inauguration ?

– Oui, d'ailleurs, quand tu auras besoin de moi, je me libérerai.

– Je retiens, Marie. Je ne promets rien, mais si une occasion se présente… En attendant, reste à l'écoute et moi je ferai ta pub, d'accord ?

Voilà une bonne idée ! Pourquoi n'y avait-il pas songé avant ?

La soirée finit par reprendre. Musique à fond. Les copines organisatrices dansent. Leurs mouvements approximatifs servent d'introduction à d'autres danseuses et danseurs, professionnels cette fois. Elles leur cèdent la place sous les applaudissements. La chorégraphie devient de plus en plus érotique. L'audience hurle tellement d'excitation que la sécurité, inquiète, intervient une nouvelle fois. À ce moment, scène surréaliste, les organisatrices reparaissent habillées en félins : lionne, tigresse, panthère… Ce sont elles, les animaux exotiques annoncés.

La musique s'interrompt, un podium pareil à ceux des défilés de mode est rapidement installé et elles annoncent alors l'ouverture du marché aux esclaves. Marie et Antoine se regardent, perplexes. Trois beaux garçons et trois belles filles, parmi lesquelles figure Iva, sont présentés au public. Ils se tiennent en file indienne sur le podium, adoptant des poses suggestives et se tournant pour être bien vus. La lionne les met aux enchères un par un. Iva part pour 12 000 € : un tiers pour elle, un tiers pour une œuvre de charité, un tiers pour l'organisation. Elle appartiendra pour la soirée et la nuit à un couple d'hommes – sont-ils vraiment ensemble ? Antoine la croise plus tard, elle est contente de son affaire. Elle lui dit en confidence :

– Si taxi ne marche plus, essaie esclave, ça paye mieux.

Les enchères terminées, le podium est converti en une succession de tables. Le banquet est dressé, des dizaines de chaises sont apportées. Il n'y en a pas assez pour tout le monde. Des serveurs et serveuses à peine habillés de tabliers courts, nus en dessous, font passer des assiettes débordantes d'aliments mélangés et des pots remplis de vin. Ni verres, ni serviettes, ni couverts.

Antoine et Marie s'installent à l'écart, incapables d'adresser la parole à qui que ce soit. Ce n'est pas là qu'Antoine présentera du monde à Marie. Il est embarrassé et regrette de l'avoir emmenée. Il ne s'attendait pas à une telle décadence. Que va-t-elle penser ? Elle mange en silence, inexpressive. Elle vide son assiette et s'essuie les mains sur son costume. Elle ne pourrait plus rien avaler. Et pourquoi seulement du vin ? Il a dû insister lourdement pour qu'on leur apporte de l'eau. Comment est-ce possible ? Elle en a assez.

– J'aimerais rentrer à présent.

Elle ne doit pas insister. Il n'a qu'une envie : rentrer digérer son dégoût pour cette fête effectivement décadente. Pendant le trajet de retour, ils ne parlent pas. Quand il la dépose, il ne s'attarde pas. Elle rapportera elle-même le costume lorsqu'elle l'aura lavé. Il fera pareil. Une fois chez lui, il lui écrit : « C'était nul. » Elle ne répond pas. Il n'ose pas insister et quand il reçoit l'invitation la semaine suivante – décidément, il est dans de nombreux fichiers –, il se demande s'il doit la prévenir.

Mais Marie, bien que perturbée, n'est pas aussi négative qu'il le croit. Sa motivation première, se distraire et se nourrir gratuitement, n'a pas changé. S'y est ajouté l'espoir de trouver des clients par ce biais. Une éventualité à laquelle elle n'avait pas pensé avant qu'il la mentionne. À présent, peu importe le type de soirées auxquelles Antoine la conviera, elle est prête à l'accompagner. Elle attend donc son appel avec une certaine impatience. Elle dormait quand il a envoyé son texto. C'est pour ça qu'elle n'a pas répondu. Le lendemain, elle a oublié d'allumer son téléphone. Ensuite, c'était trop tard.

Chapitre 13

Le nouvel événement auquel il est invité est sage, idéal pour faire oublier l'autre, quoique périlleux. Il s'agit d'un ancien client de son père, un banquier d'affaire, qui inaugure ses nouveaux bureaux Porte Maillot. Il convie toutes ses relations professionnelles, présentes ou passées, à les découvrir. Là encore, il y aura largement de quoi boire et manger, mais lui le connaît et sait qu'il a fait faillite. Antoine a sans doute été invité par erreur. Un fichier mal actualisé, c'est fréquent. Il ne faudrait pas qu'il le croise, surtout pas avec Marie, car elle apprendrait immanquablement sa situation. Il contacte son père pour avoir son avis. A-t-il été aussi invité ? Pense-t-il qu'il doit y aller ?

– Absolument ! Moi, je n'irai pas, c'est trop loin pour me retrouver parmi mille personnes. Vas-y, toi. Tu rencontreras des gens qui comptent. Il faut que tu sortes la tête de l'eau, mon fils. Aie un peu d'ambition, bon sang.

Comme si c'était simple… Mille personnes… S'il y allait malgré tout ? C'est tentant. Il contacte également Iva par acquit de conscience. Non, elle n'est pas au courant, en revanche, elle devrait avoir un super truc à lui proposer bientôt.

Bon… Il n'aura qu'à éviter le banquier. Cela ne devrait pas être trop difficile. Marie ne se rendra compte de rien. Le tout, c'est de savoir si elle acceptera de venir. Il l'appelle et croise les doigts. Ouf ! Elle accepte. Il n'a pas besoin d'expliquer le contexte, juste la date. Elle s'arrangera pour être libre. Il avait peur de s'être brûlé à cause de ces filles stupides. Il s'est trompé.

Cette fois, il ne doit pas aller la chercher, elle vient en métro. Il la retrouve à la sortie Grande Armée. Elle est ponctuelle, magnifique. Il la complimente, elle rougit de fausse pudeur. Elle sait qu'elle l'attire, ça lui plaît, même si son esprit est ailleurs. Ils marchent jusqu'au bâtiment de la banque, un édifice tout en verre, décoré d'images projetées. On prend leurs affaires pour les mettre au vestiaire, Antoine guide Marie au hasard des salles ouvertes et à travers le grand patio central noyé de plantes. Il repère le banquier de loin, pris dans une conversation. Parfait, il sait où ne pas aller. Marie le suit docilement. Elle commente l'architecture et les tableaux contemporains au mur, impressionnée.

– C'est beau. Je n'avais pas eu l'occasion de visiter le siège d'une banque avant aujourd'hui, et toi ?

– Euh, si, ils sont tous pareils.

– Décorés d'œuvres artistiques ?

– Je crois. Des investissements. Un jour, j'ai vu un Matisse.

– Un vrai ?

– J'imagine.

– Ils ont de l'argent, mince !

– Tu peux le dire. Aucune crise ne les touche. Viens.

Marie observe tout, subjuguée, sans comprendre pourquoi son univers s'est écroulé et pas celui-là. Tout lui paraît opulent, disproportionné, fascinant et injuste à la fois.

Antoine a vu dans une salle des tables hautes sur lesquelles sont posés des plateaux de zakouski et, autour, des stands de différents pays qui proposent des tapas, des boissons, des desserts… Il emmène Marie à une des tables, puis va lui chercher un Perrier citron. Elle ne veut pas d'alcool. Avec la boisson, il lui rapporte une assiette couverte d'écailles de jambon catalan.

– C'est bon. Goûte…

Les invités sont vraiment nombreux. Son père n'avait pas exagéré. Comment se faire des contacts dans une telle cohue ? Antoine cherche des visages familiers, à la fois intrigué et timoré.

Un homme qu'il n'avait pas remarqué surgit dans son dos et le fait sursauter.

– Les Bugatti se vendent bien ?

Chapitre 13

Il était à l'inauguration. Mais, chance, il n'est pas parisien et rentre de l'étranger. Il n'a pas la moindre idée de ce qui s'est passé. Perdu dans la foule anonyme, il est simplement content d'avoir reconnu quelqu'un. Souvent, dans ce genre de contextes impersonnels, on noue des amitiés sans raison. Antoine, soulagé d'être assimilé à son passé florissant, présente Marie, « mon épouse », et se lance dans une grande conversation décousue. Il est question de politique, de voyages, de relations, de conquêtes, d'un peu tout, sauf de son business. L'homme, comme souvent dans ce milieu, ne parle que de lui. Il a fait des choses fantastiques partout où il est passé. Il a laissé une trace indélébile et a changé la face du monde... Jusqu'à ce que sa vision diverge de celle de ses actionnaires. Il réfléchit à une nouvelle orientation dans sa carrière. Forcément, elle se précisera bientôt et, forcément, il s'offrira alors une belle voiture. Par politesse, Antoine dit qu'il pourra compter sur lui pour lui offrir le meilleur service, sous-entendu les meilleures conditions. L'homme acquiesce et passe à d'autres anecdotes personnelles. L'honneur d'Antoine est sauf. Marie, quant à elle, ne remarque rien d'anormal dans la conversation. Elle sourit sans décoder, abasourdie par la foison du récit. Elle manque de pratique pour comprendre que la plus grande partie n'a aucun fondement. Être compte moins que paraître...

Chapitre 14

La ventilation de la Flying Spur rabat les cheveux de Marie sur son visage. Des frissons lui parcourent le corps. Les éclats du soleil crépitent sur les vitres teintées. Dans les champs, les troupeaux tanguent et les blés brûlent. C'est le jour le plus chaud de la canicule. Les orages se font attendre. L'autoroute est presque déserte. Les familles sont parties avant l'aube pour échapper aux démons de midi, les routiers se sont réfugiés sur les aires de repos pour y dormir.

C'est dans ce genre de moment qu'Antoine prend le plus de plaisir à conduire sa belle voiture. Il vole sur un nuage, à la vitesse du *cruise control*. Les lignes au sol disparaissent et les panneaux perdent leur sens. Le voyage pourrait durer indéfiniment. À peine entend-il la voix du GPS par-dessus les mélodies de sa généreuse playlist. Avant de partir, il s'était imaginé profiter des heures de trajet pour parler avec Marie, mais les embouteillages à la sortie de Paris l'ont assommée et elle s'est réfugiée à l'arrière pour se reposer. Quelques affalements plus tard, à peine éveillée, elle a découvert l'équipement connecté de la Bentley et ne s'est plus intéressée à rien d'autre. Couchée sur la banquette moelleuse, une jambe sur l'accoudoir, elle zappe depuis entre ses multiples programmes.

Antoine suit amoureusement les mouvements de ses doigts dans le rétroviseur. Comme il la trouve désirable, plus encore que d'habitude dans ce pantalon de toile légère et ce fin débardeur. A-t-il jamais vu des chevilles aussi fines, des épaules aussi délicates, des mains aussi élégantes ?

La route, Marie, la musique, Marie, son GPS, Marie… Une irrépressible sensation de bien-être l'envahit. Voilà deux mois qu'ils se voient et il n'a pas encore… Il ne sait pas si… Elle le suit, elle ne se méfie pas, elle est moins distante. Et ? Et il n'en sait pas plus. Ce n'est pas assez. Être bien n'est pas être heureux. Il faut qu'il lui parle, qu'il sache, qu'il avoue, qu'elle s'exprime. Il est décidé, ce sera ce week-end. Puisque la voiture ne se prête pas au dialogue, il faudra qu'il trouve un endroit plus propice. La montagne devrait en regorger.

Car c'est bien à la montagne qu'ils se rendent. Le super truc d'Iva, c'était un séjour à Courmayeur. Trois nuits, le week-end du 15 août. Enzo Lorioli invite. Un Italien donc, ancien P.-D.G. d'une chaîne de palaces. Il est parti avec un gros chèque au dernier confinement et il s'ennuie. Il n'a plus de cour, ses anciens collaborateurs lui ont tourné le dos ; il a peu d'amis, la plupart vivent au bout du monde ; il entretient des rapports difficiles avec sa famille, des Lombards archaïques et xénophobes. Il vit seul avec son chien, un grand lévrier, et avec des garçons de passage. Des inconnus qui vont et qui viennent. Il n'aime pas être seul, mais il n'est plus capable d'avoir des relations suivies. L'être humain le lasse. Il ne s'en cache pas. C'est pour cela qu'il organise des fêtes, auxquelles il convie sans cesse des gens différents. Éventuellement, de l'une à l'autre, il conserve un petit noyau de fidèles. À condition qu'ils ne deviennent pas envahissants. Dès qu'il sent une familiarité, il coupe les ponts. Parmi ceux qu'il supporte le mieux figure Karim Frem. Ce sera la quatrième fois que l'homme d'affaires est invité chez lui, la deuxième dans sa maison de Courmayeur. Un privilège inédit !

Malgré cela, Frem a hésité à venir. Il a peur de se retrouver entouré de mignons sans intérêt. C'est arrivé une fois. Il n'y trouve aucun plaisir. La qualité de l'accueil ne lui suffit pas. Il a besoin de croiser du monde, de voir des jolies femmes, d'en séduire quelques-unes. Il veut nouer des amitiés, se saouler, rire, chanter, baiser. Enzo l'a rassuré. Ils seront une trentaine, il y aura autant d'invités des deux sexes. Il y aura même des escortes. Et un représentant de Bugatti, sa marque fétiche. Il passera un bon moment, promis.

Les *escorts*, il les a sélectionnées sur une plateforme recommandée par Frem, justement. Alizée et Iva. Le représentant de Bugatti, c'est Iva qui l'a proposé. Enzo voulait comme d'habitude élargir son cercle. Bugatti ? Voilà qui est intéressant. Il est lui-même un descendant de l'illustre famille milanaise. Un petit monde.

Frem a entendu Bugatti et a aussitôt pensé à Marie. Il n'est pas certain que c'est d'Antoine dont l'Italien parlait, mais ce serait un heureux hasard. Elle lui plaisait bien, la petite violoniste. Elle n'avait pas l'air très attachée à son mari. Il est prêt à parier qu'en la jouant finement…

Le tunnel du Mont-Blanc est traversé avant 18 heures. Antoine s'est connecté sur la radio Valle d'Aosta. Quelques mots d'italien et il se sent en vacances. Ah, quel bonheur de traverser des frontières ! C'était quand, la dernière fois ? Le ciel est plus pâle, la chaleur est plus douce. Les nuages plongent vers la nuit, emportés par un vent d'altitude. Une station-service, le plein, un passage aux toilettes, un ristretto. Marie se dégourdit les jambes et inspire à pleins poumons. Elle n'a rien perdu de sa fraîcheur, elle a l'air heureuse.

La sortie suivante est déjà la leur. Antoine a réservé dans le centre. Une belle chambre, avec petit-déjeuner. Il a prévenu Iva qu'il ne pourrait pas se permettre de dépenser plus. Ce genre d'escapade n'est pas dans ses moyens. Comme il ne veut pas perdre la face, il a dû prendre un quatre-étoiles avec parking et spa. 200 € la nuit. Et encore, il a pu utiliser l'excuse du couple marié pour ne prendre qu'une chambre. Un miracle que Marie ait accepté. Un peu plus et il devait renoncer. Iva l'a rassuré : le reste est à charge d'Enzo. Il est généreux avec ses invités.

La réception les surclasse. Ils ont droit à une suite pour le même prix. Les touristes ne sont pas de retour en masse pendant l'été, il y a de la place. Marie souffle d'admiration en découvrant le joli salon d'angle, et les fenêtres ouvrant sous les sommets enneigés. Ouf, il y a deux lits. Elle pouvait comprendre que des réservations séparées seraient suspectes, mais de là à dormir avec Antoine… Quelle heure est-il ?

Chapitre 14

– Je vais faire une heure de violon. Je dois répéter tous les jours… Pas trop fort.

– Ça ne me dérange pas, au contraire.

Quelques gammes plus tard, une enveloppe est glissée sous la porte. Le programme du séjour. Antoine le parcourt tandis que Marie continue de jouer. Il ne comprend pas tout. Déjà, il y a un thème. Il ne s'y attendait pas. « Le dernier raid. » Pourquoi un raid ? Pourquoi le dernier ? Ensuite, les activités. C'est quoi, un safari d'aiguilles, une chasse aux étoiles ? Les mots-valises écofting, hélipente, varappel, auballon signifient-ils ce qu'il pense ? Le séjour s'annonce très exigeant. Iva ne l'avait pas dit. Était-elle au courant ? Ni Marie ni lui n'ont d'équipement adéquat. Il n'a pas les moyens d'en acheter. En plus, il n'est pas convaincu que ça lui plaise, à Marie. Elle est venue parce qu'il avait parlé d'un week-end relax. Trop tard. Il est 20 heures, on les attend au restaurant de Pierre Alexis, au bout de la rue. Le temps est splendide, ce n'est pas loin, ils peuvent y aller à pied. Il se renseignera discrètement quand il aura fait connaissance avec l'hôte.

Ils sont trente-six. Enzo a privatisé le restaurant. Le chef a concocté un menu spécial, avec beaucoup de champagne et des vins du Val d'Aoste. Tout comme Marie, Antoine voit tout de suite Iva, ainsi qu'Alizée. Très provocantes toutes les deux. La température s'y prête.

– Tu sais, ta copine, je pense que c'est une pute. L'autre aussi. C'est elle qui sniffait de la coke dans les toilettes de Frem.

– Ce n'est pas ma copine. Et c'est un vilain mot, « pute ». À propos de Frem…

Il vient justement à leur rencontre.

– Ah, le couple Bugatti, quel plaisir de vous revoir.

Marie demande discrètement à Antoine :

– Tu savais qu'il venait ?

– Non, je n'ai pas eu d'infos, tu sais.

Frem lui serre la main et, cette fois, embrasse Marie, tel un vieil ami. Elle rougit, muette. Il sent bon, il est bien habillé, il intimide Antoine. Un peu plus tard, il s'arrange pour être assis en face d'elle, prétextant que, lui non plus, ne connaît pas grand monde. Ce qui est faux.

L'hôte est un personnage étrange et malsain. Gros et athlétique à la fois, très grand, barbu, vêtu de façon excentrique et colorée ; on ne devrait voir que lui, mais il a l'air tellement blasé qu'il passe inaperçu. Ce que l'on remarque en premier, c'est son lévrier. Pelage gris ardoise, œil jaune perçant, oreille tendue, le chien accroche plus que le maître. Un garçon philippin le garde. Il le caresse, le force à se tenir assis, lui donne à boire. On sent qu'il y est très attaché. Ses manières sont délicates, ainsi que ses traits. Il porte un bracelet en cuir et or assorti avec le collier du chien. Enzo les appelle tous les deux « Nelson ».

Les autres convives ne sont pas moins malsains, le dîner permet de s'en rendre compte. Ils viennent d'un peu tous les horizons, principalement de Paris et de Milan, ce sont des bourgeois tout aussi las que leur hôte, affairistes, demi-mondains, politiciens, anciens sportifs, producteurs… Une galerie de portraits digne d'un magazine people bas de gamme. Les vêtements sont ostentatoires, les bijoux clinquants, les bronzages forcés et les rides botoxées. Mis à part les escortes et Nelson, Antoine et Marie doivent être les plus jeunes. Comment ces gens vont-ils participer aux activités prévues ?

L'explication vient en fin de repas. Enzo a attendu le dessert pour prendre la parole. Chacun en était resté à son mystérieux programme et avait les mêmes questions. Il se lève et fait tinter son verre avec un couteau pour obtenir l'attention. Aux tables, les conversations s'interrompent et les têtes se lèvent. Il baisse sur son nez les lunettes de lecture qui décoraient jusque-là sa chevelure poivre et sel, prononce quelques mots inaudibles. Quelqu'un à l'autre bout de la pièce crie « *più forte* ». Enzo répète en faisant des efforts pour être entendu. Sa voix est étonnamment aigue pour quelqu'un de cette carrure. On dirait qu'il le fait exprès. Il sort le programme de sa poche pour le commenter. Son intonation est morne, et il mélange le français et l'italien en bafouillant. Comment un homme aussi terne a-t-il pu manager des grandes équipes ? Difficile de l'écouter sans décrocher.

Ce qui est clair, c'est qu'il s'agit bien d'une dernière fois. Le titre du séjour est correct. Il va quitter Courmayeur. Sans préciser ni quand ni pour où. Pourquoi ? Il répond qu'il a fait le tour de la région, qu'il n'y découvre plus rien d'intéressant. Marie, qui est subjuguée par le paysage depuis l'approche des Alpes, murmure sa désapprobation à Antoine. Faut-il être imbécile pour trouver le Mont Blanc inintéressant ! Frem l'a entendue. Il précise que leur hôte est un homme terriblement morose. Elle le verra par elle-même durant le week-end. Il appuie ses mots d'un clin d'œil complice.

Pour ce qu'il qualifie de « dernier raid », Enzo a décidé de réunir en trois jours toutes les aventures qu'il a eu l'occasion de vivre dans cette région. C'est dense. Une activité le matin, une l'après-midi et encore une le soir. En crescendo. Pour ceux qui prolongeront le quatrième soir, les plus courageux, il y aura une expédition sur le glacier Miage. Ils auront droit à une surprise exceptionnelle. Frem fait signe à Marie qu'il la fera. Elle aimerait aussi, elle est curieuse. Dommage qu'il faille repartir avant. N'est-il pas possible de prolonger ? Antoine répond non. Le travail…

Évidemment, il est jaloux. Mais il n'y a pas que ça. Toute cette agitation prétentieuse l'irrite autant qu'elle le tracasse. Des hélicoptères, des canots, des 4 x 4, des fusils… Quelle gabegie ! Il commence à en avoir assez de tous ces étalages de richesses déjetées.

– Nous sommes trente-six chandelles allumées pour le bon plaisir d'un prédicateur dégénéré.

– Ne sois pas ronchon, Antoine. Que t'arrive-t-il ? C'est la première fois. On a de la chance, non ? Tu n'es pas content d'être venu ?

Évidemment, il a plus eu l'occasion qu'elle de vivre des expériences similaires. Il n'a pas autant de raisons d'être impressionné.

– Ce type – il désigne l'hôte – ne me plaît pas. J'ai un mauvais pressentiment.

– Tu as peur de quoi ? D'un accident ?

– Ça ne m'étonnerait pas.

– Oh là là, comme tu es négatif ! Reste à l'hôtel, dans ce cas.

Ce serait la pire des choses…

– Pas question ! Qui va veiller sur toi ? Je suis responsable, c'est moi qui t'ai fait venir.

– Je ne suis pas une petite fille. Et tu n'es pas mon mari.

Aïe ! Elle a prononcé cette phrase à voix haute. Pourvu que Frem n'ait pas entendu. On dirait qu'il a un petit rictus satisfait. Antoine foudroie Marie du regard. Elle met la main devant la bouche, à peine désolée de sa maladresse. Antoine a l'impression qu'elle a répondu au rictus par une expression complice. Il se trompe ?

Chapitre 15

Samedi matin, tir aux *clays*. L'activité a lieu dans une prairie louée par Enzo en dehors des villages. Il a fait venir des moniteurs d'Annecy. Ils apportent tout le matériel nécessaire. Ce sera plus tranquille ainsi.

– Réveillez-vous tôt, nous vous attendons à 8 heures. La journée est dense. Si vous n'avez pas de fusil, vous pourrez en louer un.

Ça commence…

Antoine et Marie mangent en silence dans le restaurant de l'hôtel décoré à la tyrolienne. Marie a pris un petit-déjeuner copieux, des saucisses, des œufs, du pain noir… Où met-elle toute cette nourriture ? Antoine sourit. Il ne veut pas lui déplaire. Il s'est juré de faire bonne figure et de ne pas gâcher le séjour. Un couple les reconnaît de la veille et s'invite à leur table. Ils ne sont donc pas seuls parmi les invités à avoir choisi cet hôtel. L'homme est chirurgien, la femme bénévole. Des Français originaires de Paris qui vivent à Vevey. La quarantaine, cuivrés, luisants de crèmes de soin.

– Ah, vous êtes bénévole ?

– Oui, je m'occupe des orphelins de Syrie. Vous savez combien d'enfants ont perdu leurs parents dans cette affreuse guerre ?

La voilà lancée dans le récit de ses périples au Moyen-Orient. Elle a fait plusieurs pays. Le plus dur, c'était l'Irak. Les autorités causent bien du tort à son association. Bachar n'est pas si terrible. Elle l'a croisé, il s'est montré charmant. Oh, elle n'est pas naïve, elle en aurait, des choses à dire sur les dirigeants de ces pays ! Marie écoute, captivée. Antoine trouve une excuse pour s'absenter.

– Vous voulez une autre tasse de café ?

Le mari n'écoute pas, il est plongé dans ses mails.

– Excusez-moi, la clinique. Vous savez ce que c'est…

Quand Antoine revient, la femme commente les plus beaux clichés de son Instagram. Elle et des enfants misérables, elle et des infirmières débordées, elle et des transporteurs concentrés. Elle et des enfants, de nouveau. Un bébé sur ses genoux. Une petite fille qui a des yeux affolés.

– On a failli l'adopter. Hélas, les choses ne sont pas si faciles…

Elle soupire.

Marie pointe une photo différente des autres. On voit la femme devant des boutiques dans une sorte de patio illuminé de milliers de lucioles.

– Oh, ça, c'est le City of Walk. Vous connaissez, bien sûr. Non ? Dubaï. J'y fais escale chaque fois que je vais dans un de ces pays. Nous avons des amis là-bas. Expats. Vous voyez ce sac ? Magnifique, n'est-ce pas ? Le magasin, là, sur la gauche. Allez-y de ma part. C'est mon chéri qui me l'a offert. N'est-ce pas, mon amour adoré ?

Antoine regarde sa montre. Il est temps d'y aller. Il n'en peut plus du verbiage de cette caricature de femme entretenue. On se croirait vingt ou trente ans en arrière. Le week-end va être long. Il adresse un clin d'œil critique à Marie, qui ne réagit pas. Elle demande :

– Vous êtes véhiculés ? Sinon, vous pouvez venir avec nous. N'est-ce pas, chéri ?

Que répondre ? Antoine laisse passer quelques secondes, dans le secret espoir que son silence soit compris comme une invitation à décliner. Ce n'est pas le cas. Le mari termine de ranger son smartphone.

– Avec joie, si ça ne vous dérange pas. Vous avez certainement une voiture plus confortable que la nôtre. Nous sommes venus avec la 911. Quelle sottise, vraiment ! Les routes sont dans un état, ici, j'ai mal partout.

– Je n'avais pas remarqué, répond Antoine.

– Forcément, en Bentley…

C'est Marie qui dit ça ?

Le couple est ravi de faire le trajet en Flying Spur. C'est l'occasion d'apprendre qu'Antoine représente la marque d'exception Bugatti et que Marie est violoniste. Ils ne creusent pas davantage, l'impression générale leur suffit. L'homme pose quelques questions sur les performances de la *supercar*, sur les différences entre la Veyron et la Chiron, c'est tout. La femme croit bon d'ajouter :

– Quel dommage que nous ayons quitté Paris, sinon nous aurions pu venir vous en acheter une.

Comme si…

Ils arrivent au champ de tir. Ils vont pouvoir changer de conversation. Antoine entraîne Marie vers leur hôte. Il veut savoir de quoi il retourne. Celui-ci est en grande discussion les moniteurs de tir et est rejoint par deux nouveaux invités, d'autres jeunes hommes, cette fois sud-américains.

Des équipes sont formées. Enzo donne les noms. Marie n'est pas avec Antoine. Elle est avec Frem. Fichu hasard !

Des armes sont distribuées. Les moniteurs expliquent leur maniement, puis proposent des entraînements sur cibles fixes. Les plus expérimentés passent leur tour. Pas Antoine. Il avait déjà tiré, mais il ne se souvenait pas que c'était aussi difficile. Ce sont les visées qui sont faussées ou juste lui qui est bigleux ? Il ne touche jamais le centre et se stresse. À l'autre extrémité du champ de tir, Iva monopolise l'attention. Elle fait mouche à chaque fois. Une vraie championne.

Alizée l'applaudit bruyamment. Une heure plus tard, la partie commence enfin. Ce sera une compétition entre équipes. Enzo a décidé qu'il y aurait un trophée pour les gagnants et que les perdants le payeraient. Antoine fulmine. Coup de chance, une femme qui était dans son équipe et qui visait encore plus mal que lui déclare forfait. Elle s'est fait blesser à l'épaule. Un des Sud-Américains la remplace. Il se révèle bon tireur. Les cibles d'argile partent à la volée. Celles qui sont touchées éclatent et retombent comme des étoiles filantes. Les autres se brisent en atterrissant au bout de la prairie. Il faut une dizaine de tirs pour qu'enfin Antoine trouve le truc. Marie, il la suit de loin, est plus douée. Elle a les bons réflexes. Elle saute de joie chaque fois qu'elle score. Son équipe ne gagne pas. Et celle d'Antoine ne perd pas. Tant mieux. La compétition se termine au bout d'une douzaine de sessions de lancers de cibles. Il est midi. Marie s'est amusée, Antoine s'est forcé.

Les moniteurs remballent. Le champ est couvert de milliers de morceaux d'argile. Personne ne ramasse. Le groupe part vers un village de montagne pour le déjeuner. Un cortège de belles voitures sillonne les petites routes : Porsche, BMW, Audi, Mercedes, Bentley.

Un pique-nique est prévu à l'ombre d'un sous-bois. Des paniers-repas sont distribués. Il y a des tables, des chaises, des boissons, tout ce qu'il faut. Antoine mange en silence. Frem tourne autour de Marie, puis Iva, puis Alizée, puis une autre femme qu'Antoine n'avait pas remarquée. Une rousse très maquillée. Enzo, pour sa part, joue au grand seigneur, entouré des deux Sud-Américains, au grand dam de Nelson, proche de l'apoplexie. Enzo embrasse, enlace, se prélasse, sans gêne mais sans jouissance. Quoi qu'il advienne, il garde cet air irrémédiablement blasé. Lorsqu'il a fini son repas et bu sa dernière gorgée d'une grande bière, il annonce l'activité suivante : rafting sur la Dora Baltea.

Des cabines sont prévues près de l'embarcadère pour se changer. Maillot ou combinaison, c'est mieux. Ah bon ? Antoine ne savait pas. Il n'a ni l'un ni l'autre. Il peut acheter, s'il veut. Un magasin un contrebas. Non, il ne veut pas. Il gardera ses vêtements. Tant pis, il sera trempé. On lui donne un gilet de sauvetage et on lui recommande de laisser ses affaires personnelles dans sa voiture. Marie avait anticipé. Elle a son maillot et une serviette de bain. Antoine la voit presque nue pour la première fois. Il manque de s'étrangler tant il la trouve attirante.

Chapitre 15

Les canots sont amenés. Une fois encore, des moniteurs vont expliquer comment faire quoi. Les flots sont tumultueux, le parcours est interdit aux moins de seize ans. Il y a quatre désistements de dernière minute. Enzo resserre les équipes. Chacune aura son pilote, un expert du rafting qui connaît la rivière à fond. Les canots démarrent l'un après l'autre. Pour pimenter l'aventure, l'activité est à nouveau conçue comme une compétition. Un contre-la-montre, cette fois. Antoine observe les membres de l'équipe du matin avec lesquels il est condamné à pagayer. À part le Sud-Américain, ils ont l'air lourds. On dirait qu'ils ont peur de l'eau. Il est vrai qu'elle est menaçante, explosant partout en énormes bouillons sur des rochers à peine visibles.

Quelle folie, cette descente ! Les canots voltigent et ricochent dans tous les sens. Les pilotes ont beau répéter en criant qu'il faut garder ses bras au-dessus des bords, plusieurs inconscients les laissent pendre sous leurs rames. Avant le tiers du parcours, il y a déjà trois blessés. À la moitié, l'équipe devant celle d'Antoine abandonne. C'était la plus malmenée. Il y aura quatre blessés de plus : deux poignets foulés, un muscle déchiré et une main cassée. À l'arrivée, le chirurgien et la bénévole du matin font un énorme scandale. Enzo est un irresponsable, un homme dangereux ! Ils claquent la porte le soir même. Antoine ferait bien pareil si Marie ne s'amusait pas autant. Elle est courbaturée de partout, ses doigts sont en sang, mais elle ne regrette pas. Et le violon ? Oh, ça attendra quelques jours…

On les ramène aux voitures. De là, ils retournent à Courmayeur. Sauf Iva et Alizée, qui partent chacune avec un client. Iva a conquis celui que tout le monde appelle « il Professore ». Frem a l'air contrarié.

En parcourant la route, Antoine se rend compte qu'il n'avait rien vu du paysage. Il était concentré sur ses gestes et sur les mouvements saccadés du canot. L'instinct de préservation est plus fort que celui d'admiration. La vallée est admirable, étagée, verte et fleurie, couverte de vignes et de jardins, dominée par des montagnes bienveillantes. Sur les promontoires qui la décomposent, des châteaux forts construits dieu sait comment surveillent les horizons raccourcis.

La journée n'est pas finie. Enzo invite tous ceux qui tiennent encore debout à une fête folklorique. Une quoi ? Une fête folklorique ! Chez lui. Il n'en dit pas plus. Marie veut y aller. Du moment qu'elle ne s'impose pas, elle tient à participer à tout. Antoine n'ose pas lui proposer ce qu'il a en tête : un dîner tranquille, à deux. Il aurait bien creusé un peu plus sa dette bancaire pour un restaurant charmant à Aoste. Ce serait une très mauvaise idée, il le sait. Elle refuserait et se plaindrait un peu plus de son manque d'allant. Il doit faire très attention à ce qu'il dit et ce qu'il fait. Ses chances de lui plaire s'amenuisent à mesure que l'écœurement le gagne. Comment peut-elle trouver son bonheur dans cette débauche ?

Il est urgent qu'il lui parle. S'il ne le fait pas vite, ce sera trop tard. Est-elle prête à l'écouter ? Avant de partir, il était plein d'espoir. Il la sentait ouverte, joyeuse. Elle avait perdu sa réserve d'artiste effarouchée. Les confidences, il en était persuadé, seraient facilitées par le voyage.

Le passage par l'hôtel est trop chaotique. Il n'ose pas ouvrir la bouche. Marie court, elle ne veut pas être en retard. Elle compare ses vêtements pour choisir ce qu'elle mettra au dîner. Elle prend une douche, se maquille, s'habille. Elle le sermonne, il est trop lent. Peut-être la fin de soirée sera-t-elle plus propice. Il aura pour lui le calme de la nuit et la douceur des lampes tamisées.

Leur hôte habite un chalet luxueux au pied des Grandes Jorasses. La vue est fantastique, le temps magnifique. Il a fait installer une scène sur la terrasse et placer des tables dans le jardin, sous des arbres décorés de lampions. Ils ne seront qu'une vingtaine. Les autres ont renoncé. Le rafting les a brisés. Marie est fière de faire partie de ceux qui ont tenu le choc. L'atmosphère prenante du soir d'été l'électrise. Elle a faim, soif, envie de danser. Il y a une éternité qu'elle n'avait pas eu autant envie de s'amuser. Antoine sent que la fête sera longue et que, s'il tente de la raccourcir, il se fera rabrouer.

Un menu campagnard est servi, des musiciens et des danseurs vêtus du costume traditionnel du Val d'Aoste montent sur scène. Ils sont autant que les invités. Leur spectacle est introduit par une démonstration assourdissante de longs cors des Alpes. Les hommes portent des redingotes noires et des chapeaux melon gris, les femmes des tabliers rouges et des coiffes noires. Une Italienne d'une cinquantaine d'années, blonde platine, s'est assise à la droite d'Antoine. Elle applaudit sans cesse. Marie, à sa gauche, applaudit presque autant. Lui qui voulait du calme et qui avait rêvé du silence de la montagne… L'Italienne est reconnue par les serveurs. C'est une ancienne vedette de la télé. Elle présentait un des programmes de jeux les plus populaires. La presse people l'avait perdue de vue jusqu'à son divorce, au début de l'année. Bien que de nombreuses rumeurs aient été colportées – fausses, elle tient à le préciser – elle est ravie d'être revenue dans la lumière. On vous oublie tellement vite, dans ce métier ! Et c'est tellement injuste !

L'ensemble folklorique est infatigable et parvient, en fin de repas, à imposer une farandole à toute l'assistance. Sauf à Enzo, qui l'observe d'un air songeur. Antoine résiste avant de se laisser entraîner. Il se sent ridicule. Sa résistance a permis à Frem, également présent, de s'intercaler. C'est lui qui emmène Marie par la main. Lorsque cette ronde puérile se termine, chacun va se rasseoir à sa place. Marie revient accompagnée du Libanais. Celui-ci salue d'abord la vedette de la télé, chaleureusement, puis Antoine, poliment.

– Ce n'est pas du Brahms, mais qu'est-ce que ça fait du bien ! s'exclame Marie. Tu t'amuses, chéri ?

Antoine hoche de la tête. « Oui. »

– Tu savais que Karim avait une collection d'instruments anciens ?

Antoine hoche à nouveau de la tête. Non. Il pense sans le dire : « Ben tiens. »

– Il m'a invitée à venir la voir. Il a des Augustin Chappuy…

– Ah ?

– Un des meilleurs luthiers français de la fin du XVIIIᵉ, bien sûr, reprend Frem.

– Bien sûr…

Antoine ne sait pas ce qu'est un luthier. Il est à deux doigts d'exploser. Il se contrôle.

– Qu'est-ce que j'aimerais jouer sur un de ses violons !

– Tu pourras, Marie, c'est promis. J'attends ta visite.

Frem la tutoie, à présent… Antoine fulmine, les poings serrés sous la table.

– Ta collection n'est pas à Paris ? Nous ne le l'avons pas vue, au dîner…

– Elle est au sous-sol, dans un espace protégé. Il y avait trop de monde. Au fait, je ne veux pas te forcer, Antoine, mais tu es aussi le bienvenu.

Il ne manquerait plus que ça !

– Les bois anciens t'intéressent ?

Sous-entendu : « Je sais que non, pauvre con. »

– Tout ce qui passionne ma femme m'intéresse.

Frem doit percevoir l'agacement d'Antoine. Il prétexte une urgence pour clôturer l'échange. Il prend la main de Marie et, par un geste théâtral, fait mine de la baiser.

– Le business n'a pas d'heure…

Avant de la lâcher, il effleure les doigts et tourne la bague qu'elle porte à l'auriculaire, un petit rubis cerclé de brillants, pour l'ajuster. Il salue ensuite brièvement Antoine et s'en va.

Cet homme a le don de se faire désirer. Sans doute mise-t-il sur son élégance et sa part de mystère. Antoine est furieux. Il est convaincu que Marie est en train de tomber dans le piège et il ne sait pas comment la retenir. Tout le reste de la soirée, il se torture à l'imaginer dans les bras de ce rival inatteignable.

L'ensemble folklorique a été remplacé par un DJ disciple de Guetta et de Garrix. La sono monte d'un cran, les tables sont retirées, le vin est remplacé par des cocktails. Chose incroyable, à minuit, des miniplateaux avec de la poudre blanche se mettent à circuler. Antoine demande ce que c'est. Le serveur, ébahi de sa question, lui répond que c'est de la farine. Heureusement que les propriétés voisines sont cachées par des arbres… Marie danse et chante, Antoine ne l'a jamais vue ainsi. Il se force aussi, boit de l'eau, parle au hasard, consulte sa montre, patiente. Pour s'occuper, il visite la maison. Un décor sobre en bois, germanique ou scandinave. Il s'attendait à quelque chose de plus de baroque, comme chez Frem. À l'étage, il se heurte à des portes fermées à clés. Derrière deux d'entre elles au moins, il entend des gémissements. Il lui semblait bien que plusieurs convives avaient disparu…

Enzo prend la parole vers 1 heure pour rappeler que le rendez-vous du matin sera à 9 heures, sur la piste des hélicoptères de La Palud. En bas de chez lui.

– La gueule de bois ne sera pas une excuse pour être en retard.

Marie a entendu. Elle n'est pas assez saoule pour perdre la notion du temps. Elle quitte enfin le dancefloor improvisé, où ils n'étaient plus que trois, et demande à Antoine s'il est prêt à rentrer. Cela fait deux heures qu'il est prêt. Il la guide titubante jusqu'à la Bentley. Il conduit doucement pour éviter qu'elle vomisse sur le siège. Elle ne prononce plus un mot. Son teint est gris, son œil vague. Ce n'est pas encore cette nuit qu'il pourra lui parler. La douceur des lampes tamisées ne sera pas d'une grande aide. En effet, une fois arrivés dans la chambre, elle s'écroule sur son lit, sans même passer par la salle de bains ni dégager la couette. Elle s'endort en culotte, une fine pièce de dentelle rose. Il la regarde, accablé.

Chapitre 16

Voilà : la gueule de bois ! C'est toujours comme ça. On est plein de bonnes résolutions, on va s'amuser sans exagérer. On avale deux verres, on se laisse entraîner, on oublie ce qu'on est capable de supporter et, le lendemain, on regrette. On a mal dormi, on a l'estomac lourd, la tête prête à exploser. On se réveille la bouche pâteuse, on jure qu'on ne boira plus, on évite les mouvements brusques, on souffre. On s'accroche à des comprimés effervescents, on attend que ça passe.

Marie s'est péniblement levée, après que l'alarme du Smartphone d'Antoine ait sonné plus fort qu'un carillon et qu'il l'ait secouée davantage qu'une bouteille d'Orangina. Elle l'a maudit et supplié qu'il la laisse tranquille, puis elle s'est souvenue de la piste d'hélicoptère et a posé ses deux pieds sur le sol. Elle a rêvé qu'elle volait dans une cabine transparente au-dessus des montagnes.

– Tu crois qu'ils nous emmèneront ?

Il la comprend à peine, tant ses mots sont mâchés.

– Si tu te dépêches ! J'essaie de te réveiller depuis dix minutes.

Qu'est-ce qu'elle a fait pour se sentir aussi mal ? Elle se souvient avoir applaudi, dansé, chanté et, c'est vrai, beaucoup bu. Sans remords. Elle n'a connu ces dernières années que la musique et l'ennui, la rupture et la solitude, l'angoisse et l'accablement. Si elle a un jour autant fêté, ses problèmes en ont occulté le souvenir. La prison ne serait pas pire. Elle regarde ses mains blessées par la pagaie. Elle ne regrette rien. Ni la migraine qui l'assomme, ni les gammes qu'elle sera incapable d'effectuer avant des jours. Elle n'est préoccupée que par le regard d'Antoine. Il a l'air furieux. Ça l'embête. Elle l'aime bien et elle n'oublie pas que c'est grâce lui qu'elle est là. Elle sait qu'elle est en liberté conditionnelle et, chaque fois qu'il la ramène, que sa geôle pourrait se refermer pour longtemps. Elle n'a pas d'autre complice. Personne ne s'est intéressé à elle comme lui. Le pire, c'est qu'il ne connaît pas la réalité de sa situation. Tôt ou tard, il la découvrira et il la fuira. Elle en est sûre. Il est trop bourgeois pour s'accommoder de sa misère. En attendant, elle profite. Elle prend tout ce qu'elle peut.

Antoine n'est plus furieux, il est désespéré. Il a mal dormi. Il s'est couché presque décidé à repartir à l'aube, en abandonnant Marie à Frem. Il aurait prétexté une urgence professionnelle. Ce ne serait qu'un mensonge de plus. Elle serait soulagée de ne plus l'avoir comme chaperon. Mais… Et sa fierté, alors ? Il s'est retourné dans tous les sens et n'a trouvé la paix nécessaire au sommeil qu'en se jurant d'affronter la vérité.

– Il faut que je te parle, Marie.

Elle ne l'écoute pas, elle file à la salle de bains prendre une douche. S'il y a une chance de prendre un hélicoptère, il n'est pas question qu'elle la manque.

– Tu as raison, Antoine, je dois me dépêcher.

– Je disais : il faut que je te parle…

– Plus tard, d'accord ?

Deux appareils les attendent sur le tarmac. Chacun peut emmener six passagers. Ils sont un peu moins de trente. Il faudra faire plusieurs voyages. Enzo n'est pas venu. Il n'avait plus envie. Le garçon philippin le représente. Il donne des explications laconiques. Ils seront déposés en haut d'une montagne. « *One of these.* » Ils redescendront à pied ou en parapente. Quoi ? Qui ? Quand ? Il n'en sait pas plus. Ils verront « *up there* » avec les « *coaches* ». Les invités ne sont pas contents. S'ils avaient su… La moitié se désiste. Nelson est embarrassé, il s'excuse sans fin. Marie, qui a retrouvé son énergie de la veille, est enthousiaste.

Antoine est sceptique. Le parapente ne s'improvise pas. Et pour marcher, ils n'ont pas de bonnes chaussures. Elle, des sneakers usées, lui, des baskets bas de gamme.

Frem les rejoint, évidemment en pleine forme et mieux informé. Il a déjà fait du parapente. Ils ne doivent pas s'inquiéter, chacun aura son moniteur. C'est très facile et très sympa. Et la vue ! Quand on est là-haut, avoir le monde à ses pieds, c'est merveilleux. Il mime des gestes et des poses. Antoine coupe court la démonstration. Il s'excuse et tire Marie par le bras. Ils font partie du premier vol. Frem est dans le dernier. Tirage au sort ! Cette fois, Antoine fera en sorte de ne pas l'avoir dans les pieds. Il dit en montant dans la cabine :

– Qu'est-ce qu'il est collant, celui-là !

Dès que les six passagers sont assis et ont mis leur ceinture de sécurité, les pilotes décollent. Le bruit des hélices est assourdissant. Ils portent des casques pour l'atténuer, de sorte qu'ils ne peuvent se parler, seulement admirer les contreforts qui défilent. Marie est en extase, Antoine, malgré sa mauvaise humeur, se laisse aussi gagner par la beauté vertigineuse. Bientôt, les villages se réduisent à des décors de petits trains électriques. Les parois, au contraire, prennent des dimensions dantesques. En se rapprochant des sommets, ils deviennent plus minuscules que des buissons dans la vallée lointaine. Toutes les proportions sont changées et, mieux que partout ailleurs, ils comprennent à quel point ils sont insignifiants. Quand l'hélicoptère, sans stopper son moteur, les dépose sur une vaste plateforme naturelle au pied d'un pic enneigé, il leur faut quelques minutes pour retrouver leur équilibre et s'adapter à l'altitude. Mille cinq cent mètres de dénivelé.

Un des « *coaches* » dont parlait le garçon philippin les accueille. Il leur montre le bout de la plateforme. Il y a une maison. Un refuge où ils peuvent acheter à boire et à manger. Derrière se trouve le ponton des parapentes, ainsi que le sentier qui rejoint la vallée. Son parcours est en partie visible parmi les sapins, plus bas. Marie demande s'il y a des contraintes pour le parapente. Avoir un minimum de pratique, par exemple. Non, ils peuvent faire confiance à ceux qui les guident, ils sont très expérimentés. Les vents sont favorables, il n'y a aucun risque d'accident. Il ajoute en riant :

– Sauf si vous ne les payez pas…

Antoine a-t-il mal entendu ? Qui était au courant que l'activité était payante ? Marie ouvre de grands yeux. Les autres haussent les épaules. Combien ? 80 € ? Ce n'est rien. Ils prennent les cartes de crédit ? Deux des six passagers choisissent le parapente. Ce sera moins fatigant que la marche. Combien de temps, le sentier ? Deux heures pour un bon marcheur.

– Vous serez en bas pour le déjeuner.

Marie prend Antoine à part.

– Tu as le vertige ?

– Pas vraiment.

– On prend le parapente, alors ? J'ai envie, pas toi ?

160 €. Antoine n'a pas les moyens. Il ne sait pas comment lui avouer. Comme il hésite, elle croit qu'il a peur. Elle ne veut pas l'humilier, pas le forcer non plus.

– Tu n'es pas obligé de m'accompagner.

80 €, c'est encore trop. Surtout, il veut absolument passer deux heures seul avec elle. Il est prêt à tout lui dire.

– Viens avec moi, Marie, prenons le sentier ensemble.

Est-ce de la peur ou de la radinerie ?

– Tu sais, je peux payer si ça t'embête. Je n'ai pas pris mon portefeuille. Je demanderai à Karim qu'il m'avance. Je ne suis pas pressée.

Cette fois, c'est trop. Antoine ne peut plus contenir sa rage, il faut qu'il explose. Il crie :

– Merde, Marie, merde. J'en ai marre de ce type, marre de cette histoire. Si tu veux coucher avec lui, vas-y. Moi, je rentre à Paris.

– Oh ! Tu deviens fou ? Je n'ai pas dit que je voulais coucher avec lui. Qu'est-ce que tu racontes ? Je veux juste lui emprunter 80 €, puisque tu n'as pas l'air décidé.

Antoine enfonce les mains dans ses poches et baisse la tête. Il souffle, et avoue enfin :

– Je suis pauvre, tu comprends ? Pauvre. Arrête de t'imaginer des trucs parce que tu me vois dans une belle bagnole. Je ne peux pas rivaliser avec ce type, il est millionnaire, moi, je suis dans la dèche.

Marie est interloquée.

– Et ton garage ?

– La crise l'a emporté. J'ai fait faillite. La Bentley, c'est tout ce qu'il m'en restait, alors je suis devenu taxi. Je ne gagne presque rien. Comment veux-tu que je paye ? L'hôtel et le trajet, c'était tout ce que je pouvais me permettre.

– Mais… Tu es invité partout. Je ne comprends pas.

– Ils me prennent tous pour ce que je ne suis plus… Je ne paye jamais, tu n'as pas remarqué ?

– Enfin, Antoine, pourquoi tu fais tout ça ?

Les mots suivants restent bloqués dans sa gorge. Marie sent sa détresse.

– Viens, tu as raison, prenons le sentier.

Ils s'éloignent du groupe qui les observe, excité de voir un couple en train de se déchirer.

Deux heures plus tard, tout a été dit. Dès qu'ils se sont retrouvés seuls sous les arbres, les mots se sont débloqués et Antoine s'est dévoilé sans filtre. Il fallait que ça sorte. Il a parlé dans le désordre des voitures, de sa jeunesse, de sa course dans le métro, de ses ambitions perdues, de Frem…

Il a mélangé dans une histoire confuse la mort de l'ancienne danseuse, la dépression de l'épouse de Raymond et l'emménagement dans le petit appartement du 15e… Il s'est perdu dans ses digressions. Marie n'a pas tout compris et elle a eu du mal à le croire.

Bon sang, ce n'est pas compliqué de se renseigner !

Il a sorti son smartphone et dès qu'il a eu de nouveau du réseau – le flanc de montagne est mal couvert –, il lui a montré des preuves. N'importe qui peut voir qu'il est chauffeur de luxe et non plus concessionnaire haut de gamme. Il suffit de chercher son nom sur Google. Comment est-il possible que personne ne le fasse ? Tout le monde se fiche de tout le monde, alors ? Marie a approuvé un peu bêtement, car elle non plus ne l'a pas fait.

Ça a été à son tour de mettre les mains dans les poches et baisser la tête. Elle devait bien reconnaître qu'elle n'avait guère pensé à autre chose qu'à ses propres problèmes. Lui, au moins, avait cherché à se renseigner sur elle. S'il n'avait pas réussi, ce n'était pas faute d'avoir essayé. C'est elle qui, par ses désastres successifs, avait disparu de la toile.

Alors, elle aussi a craqué et a tout avoué. Mais le déballage de ses vérités a été plus court. Tout ce qu'elle avait d'important à partager, c'est qu'elle était au fond du gouffre et que, si elle l'accompagnait dans ces événements d'une autre planète, c'était pour s'en extraire le temps de quelques distractions et repas gratuits. Aussi trivial que cela puisse paraître.

À la différence de Marie, Antoine a reçu ses aveux sans scepticisme. Il ne l'imaginait pas riche et pouvait concevoir qu'une violoniste ait une vie plus précaire encore que la sienne. Pendant la pandémie, il se consolait en dressant la liste des professions sacrifiées parce que soi-disant non essentielles. Les artistes venaient en tête. Qui a besoin d'art ?

Une seule révélation l'a vraiment surpris : Marie n'est pas intéressée par Frem.

– Pas du tout.

– Tu es sûre ?

– Évidemment.

– Il a tout pour lui : il est séduisant, il est riche… Tu lui plais…

– Ce n'est pas réciproque, que veux-tu que je te dise. Il est attentionné, il n'y a aucune raison que je le repousse.

– Parce qu'il peut te servir ?

Marie réfléchit.

– En tout cas, s'il insiste, je saurai le remettre à sa place.

Pour peu, Antoine lui aurait sauté au cou. Il s'est retenu. Mieux vaut laisser agir le temps. À présent que les faux-semblants ont disparu, il n'y a plus à forcer le destin.

Le sentier aboutit à un hameau proche d'une prairie où les parapentistes atterrissent. Quatre maisons. Des chalets de style italien. La façade crépie de l'un d'eux est décorée d'un motif sculpté en bois qui représente des paysannes au champ. Elles ont des sabots et portent des hottes remplies de sortes de baies. Marie demande à Antoine s'il veut bien prendre un selfie avec elle. C'est la première fois.

Le chalet décoré est une auberge où l'on sert des paninis, de la bière pression et de la grappa. Il y a quatre tables dehors. Elles sont occupées par d'autres promeneurs. À l'une d'elles se trouve Frem, en compagnie d'une jolie femme d'allure sportive, le visage tanné par le soleil de montagne. Une des monitrices. C'est elle qui a conduit sa descente. Il la dévore des yeux et la noie de paroles mielleuses. Quand il remarque Marie, il s'interrompt pour lui sourire.

Marie fait semblant de ne pas le voir. Elle entraîne Antoine plus loin. Ils s'installent à l'ombre, commandent des jus de fruits. Ils sont harassés, décontenancés. Comment vont-ils se comporter l'un vis-à-vis de l'autre ? Ils s'observent, troublés.

– Quel est le programme cet après-midi ? J'ai oublié…

Chapitre 16

Antoine sort le papier reçu le soir de leur arrivée et lit doucement :

– « Déjeuner alpestre au Grand Paradis suivi d'une initiation à l'escalade. Après avoir gravi une paroi de cinquante mètres, vous serez plongé dans le vide au gré des cordes de rappel… »

– Il est fou, Enzo.

– … « Si toutefois le vertige des hauteurs vous intimide, des guides qualifiés vous emmèneront découvrir quatre des plus belles forteresses de la vallée. La vie de château aux siècles passés n'aura plus de secrets pour vous. »

– Tu te sens l'âme d'un grimpeur ou celle d'un seigneur ?

– L'une est dangereuse, l'autre soporifique. Choisis.

– Le seul château fort que j'aie visité, c'est celui de Malbrouck, avec l'école.

– L'âme du seigneur. Je te suis.

– Mais ça te fait ch… Tu vois, c'est le problème. Toi, tu es blasé, moi, pas. Tu as envie de t'en aller, moi, de profiter.

À quoi bon le nier ? Il ne peut plus prétendre que tout va bien, puisqu'il a reconnu le contraire. À vrai dire, il ne s'était pas attendu à un tel retournement de situation.

Marie est perplexe. Les aveux d'Antoine ont changé le regard qu'elle porte sur lui. Il est moins superficiel qu'elle croyait. La vérité qu'il lui cachait le rend plus attachant, plus attirant, aussi. Mais elle a besoin de ce monde dont il lui a ouvert les portes. Par pitié, qu'il ne les referme pas ! Comment le faire passer outre sa lassitude, son dégoût, comme il dit ?

Chapitre 17

Frem est agacé. Sa monitrice n'avait pas le temps et Marie est subitement devenue distante. Quelque chose a changé pendant la descente, il ne comprend pas quoi. Que se passe-t-il ? Un accès de jalousie ? Contre qui ? La monitrice ? La starlette ? Les hormones, peut-être… Il cherche parmi le groupe un visage plus avenant.

Presque tous les invités d'Enzo, Frem, Antoine et Marie compris, font le tour des châteaux. Qu'est-ce qui lui a pris de proposer de l'escalade ? Ils ne sont que six à tenter la paroi rocheuse. Les autres, ceux qui ne sont pas blessés ou n'ont pas abandonné, se rabattent sur les lambris usés des vieilles demeures nobiliaires. La première déçoit, la deuxième surprend. Elle appartenait à des rois difformes obsédés par la chasse. Des trophées couvrent les murs, du sol au plafond, et la salle d'apparat n'est décorée que de cornes de chèvres disproportionnées.

– C'est affreux, dit Marie d'une voix suffisamment forte pour être entendue du guide et de tout le groupe.

– Vous savez, les goûts de l'époque étaient très différents des nôtres. Et il n'y avait pas encore d'espèces en voie d'extinction, répond le guide.

– Maintenant, on sait pourquoi il y en a.

Antoine approuve. Il n'est pas le seul. C'est choquant de voir autant de morceaux de corps ainsi fièrement affichés. Un débat se lance, Frem se retient d'y participer. Il adore la chasse. D'autres se chargent de remettre les choses à leur place : c'est une activité réglementée. Elle ne met pas en danger les populations animales. Il ne faut pas la confondre avec le braconnage. Oui, ces salopards d'Africains qui massacrent les éléphants et les rhinocéros pour vendre leurs cornes aux Chinois devraient tous aller en tôle. Pas nous, bons citoyens éduqués, sensibles au développement durable et connaisseurs de l'environnement. Nous, nous participons à la régulation des espèces. Marie et Antoine sont abasourdis.

– Ne vous laissez pas impressionner par ces parures, mademoiselle, reprit l'un des convives.

– Et la cruauté ? demande Antoine. Tuer sans autre raison que son plaisir, vous trouvez ça moral ? C'est dégueulasse.

Il commence à s'emporter. Marie prétexte l'envie de photographier le paysage, des vignes au pied des fenêtres, pour l'éloigner.

Ils terminent les visites avec un groupe clairsemé. Au quatrième et dernier château de l'après-midi, ils ne sont plus qu'une dizaine. Même Frem est parti. Il espérait une conquête facile, il ne l'a pas trouvée et s'est impatienté. Antoine est prêt à parier qu'il appellera une escorte quelconque. Il est du genre à avoir la contrariété libidineuse.

Un nouveau dîner excessif est prévu : grande fondue savoyarde et gages pour ceux qui perdent leurs bouts de pain. Quelle idée en plein été, par 30 degrés ! Marie et Antoine vont se changer à l'hôtel et se demandant s'ils vont y participer. C'est la solution la plus simple, sauf que, le lendemain, ils doivent se lever encore plus tôt pour leur dernière activité avant le retour.

Antoine n'a pas cédé, ils ne resteront pas une nuit de plus pour la randonnée sur le Mont Blanc. Leur dernière activité, c'est donc un vol en ballon au Grand Paradis. Départ à 7 heures du matin. Les vents à cette heure sont favorables et la température est idéale. Marie ne le manquerait pour rien au monde. Elle n'est jamais montée en ballon. Antoine, si. Il reconnaît que l'expérience est fantastique. Ce sera l'apothéose du séjour. Ils devront se lever à 5 heures.

Arrivés dans la chambre, ils se jettent l'un sur l'autre. Une pulsion. Toute l'énergie refoulée des révélations de la matinée doit sortir. Antoine est amoureux, plein de désir. Il a fait un premier pas irréfléchi et passionné, Marie s'est laissée entraîner, puis a répondu avec autant de fougue. Si ses sentiments ne sont pas aussi intenses, son envie est tout aussi sincère. Se sentir aimée par Antoine ne la laisse plus indifférente. Elle a besoin de ses bras et de ses baisers. Il l'embrasse bien, il la déshabille bien, il la pénètre bien. L'alchimie de leurs corps fusionnés est parfaite. Lorsque la tension sexuelle est retombée et qu'ils ont nettoyé leur sueur sous la douche, ils se rendent compte à quel point ils sont fatigués de leur journée et décident de faire l'impasse sur le dîner. Antoine envoie un texto d'excuses.

Ils mangent vite et se couchent tôt. La soirée romantique, ce sera pour une autre fois. Pour l'heure, ils sont épuisés. Antoine s'était promis d'envahir une nouvelle fois le lit de Marie mais, le temps qu'il se rafraîchisse, elle s'est endormie, et sa respiration ralentie l'entraîne dans son sommeil. Il ne se voit pas s'étendre, ni se lever, plus tard, lorsque le smartphone sonne. Il embrasse Marie sur le front, puis va ouvrir les rideaux et la fenêtre. La fraîcheur finit de l'éveiller complètement. Le ciel est encore plein d'étoiles que les premiers souffles de l'aube s'apprêtent à chasser. Marie s'étire dans l'air chargé de rosée et s'assied sur son lit, nue. Antoine frissonne et referme la fenêtre. La journée va être magnifique.

Six ballons sont gonflés dans un champ à la sortie du dernier village au bout de la route du Grand Paradis. Enzo a prévu large. De ses invités, ils ne sont qu'une poignée à être venus. La digestion de la fondue a été pour beaucoup plus forte que l'appel des nuages. Le compte est refait, les passagers sont répartis, le gonflement de trois ballons seulement est prolongé. Les trois autres, vidés de leur air, s'aplatissent en douceur sur le sol. Frem est là, seul, en pleine forme. Iva et Alizée aussi, sans leurs clients. Vu leur âge… Ils ont dû rester avachis sous les édredons. Iva vient saluer Antoine et comprend tout de suite que son rapport avec Marie a changé. Elle lui adresse un clin d'œil discret et, décidément subtile, s'arrange pour monopoliser l'attention du potentiel rival.

Marie est fascinée ; le spectacle des toiles encordées qui décollent à mesure qu'elles se remplissent prend toute son attention. Il faut du temps avant que les nacelles se détachent à leur tour de quelques centimètres du sol, et que l'accueil des passagers puisse commencer. Sa fascination est mêlée d'appréhension. Elle se sent minuscule et ne se souvient plus si elle a le vertige. Une fois qu'elle aura embarqué et qu'ils se seront envolés, il sera trop tard pour le découvrir. Antoine et d'autres la rassurent. Le vol en ballon est une expérience étonnamment apaisante. On n'est pris d'aucune angoisse mais, au contraire, d'un indescriptible bien-être. Le vertige ne fait pas partie des sensations ressenties. Elle verra. De toute façon, par sécurité, ils sont harnachés et attachés à la nacelle. Les accidents sont rarissimes, mais il y a déjà eu des suicides. Les organisateurs ne veulent pas prendre de risque.

Très vite, sans autre son que le « pschitt ! » du brûleur, des dizaines de mètres séparent les ballons du champ d'où ils sont partis. Marie regarde, bouche bée. En effet, elle ne ressent que l'envie d'aller plus haut. Le vent qui lui fouette le visage la déconnecte du réel. Les oiseaux curieux qui viennent à sa rencontre sifflent des chants familiers. La main d'Antoine qui serre la sienne est le seul lien qui l'empêche de les rejoindre. Elle voudrait que la sensation dure éternellement. Hélas, il y a dans la nacelle un autre couple, qui ne se laisse pas étourdir. À peine l'altitude de croisière est-elle atteinte qu'un flot de paroles sans intérêt ruine la beauté du silence. D'abord entre le mari et l'épouse, des commentaires imbéciles, ensuite à leur attention, des questions inutiles.

– Vous venez de Paris, n'est-ce pas ?

Antoine seul répond. Marie se concentre pour préserver son émerveillement.

– Oui, vous aussi ?

– Septième ! Il n'y a que là qu'on peut vivre depuis que la folle a pris le pouvoir.

– Ah ?

– La Bentley, c'est vous ?

Il approuve de la tête pour ne pas trop parler, conscient de l'irritation de Marie.

– Moi, je suis Ferrari.

– Ah.

– Stradale. Je voulais la Roma, mais mon épouse…

Antoine regarde le couple, surpris. La cinquantaine bedonnante, lui, le polo court sur un ventre distendu, elle, les seins lourds sous une vareuse décolorée, ils n'ont pas le physique de la marque. À la rigueur, il pourrait les imaginer dans les tribunes d'un grand prix. Et encore : grands gagnants d'un concours de club de lecture. Comment peuvent-ils piloter un monstre de 1 000 chevaux ? Déjà, comment peuvent-ils s'asseoir dedans ? Et qui conduit ? Elle ou lui ? Elle est presque plus crédible que lui. D'ailleurs, la femme reprend :

– Je n'allais quand même pas laisser mon mari acheter une fausse. C'est tout lui, ça. Au moins, on ne peut pas dire qu'il soit dépensier !

– Mais, poussin, on a déjà eu cette discussion mille fois : la Roma, ce n'est pas une fausse Ferrari, c'est la moins chère.

Elle prend Antoine à témoin :

– Qu'est-ce que je vous disais ? Trop raisonnable.

Lui aussi prend Antoine à témoin :

– Vous qui aimez les belles anglaises, vous ne trouvez pas que la Roma a un petit côté Aston Martin ? Moi, je la trouve magnifique…

– Magnifique, on s'en fiche. Elles le sont toutes. Que diraient les gens si je t'avais laissé faire ? Qu'on est cheap, voilà. N'est-ce pas, monsieur, qu'il ne faut jamais choisir une entrée de gamme ?

– Euh…

– Vous savez quoi ? La plupart du temps, c'est moi qui tiens le volant. Sinon, on n'avance pas. Oh, monsieur a peur des radars. Monsieur s'achète une voiture d'un demi-million et monsieur n'ose pas dépasser les limitations de vitesse.

Le ballon survole les abords d'un village plus grand, la vallée s'élargit et se couvre de sapins, le vent s'estompe. Marie cesse sa contemplation, elle est rassasiée.

– Vous avez de la chance, moi, mon mari – elle enlace tendrement Antoine – ne me laisse pas conduire. Vous savez ce qu'il dit ? Que c'est pour protéger mes mains.

Elle les baisse de façon à cacher les paumes brûlées par le rafting. Son intonation est devenue plus aguicheuse.

– Il prétend que c'est pour ne pas mettre en péril mes concerts. Il se moque de moi, n'est-ce pas ?

– Vous êtes musicienne ?

– Violoniste…

– Quelle chance vous avez. Nous adorons la musique classique ! L'année passée, nous sommes allés voir Yo-Yo Ma. Un des premiers concerts après les variants.

– J'ai déjà répété avec lui. Je préfère Andrew Walsh, personnellement.

– Vous tournez beaucoup ?

– Surtout à l'étranger. Je rentre justement du Japon. Ce week-end, c'était l'occasion d'une pause.

Que lui prend-il subitement de mentir ainsi ?

– Hélas, les affaires appellent mon mari à Paris. N'est-ce pas, chéri ?

– Oui, oui…

– Vous êtes parisiens, alors ?

C'est l'homme qui répond :

– Dieux merci, non ! Juste un pied-à-terre.

L'épouse ajoute :

– Nous vivons à Luxembourg. Et vous ?

– Neuilly. Hélas, nous n'y sommes jamais. Si seulement nous pouvions poser plus souvent nos valises. Nous finissons par perdre nos repères dans notre propre ville. C'est dur, la vie de citoyens du monde, n'est-ce pas ?

Antoine la serre de plus en plus fort, très mal à l'aise. Il ne comprend pas.

– À qui le dites-vous… J'en perds toutes mes amies.

– Pareil. Nous en parlions hier, n'est-ce pas, chéri ?

– J'y pense, si vous veniez dîner un soir ? Ainsi, nous pourrions vous montrer la Stradale.

Antoine comprend enfin.

Lorsque le ballon atterrit, à l'endroit prévu, les deux couples sont devenus d'excellents amis. Ils ont les mêmes passions : les belles voitures, les concerts prestigieux, les minitrips originaux, les grands hôtels et les restaurants étoilés. Marie a réussi à éviter de rendre l'invitation. Antoine la prend à part, tandis que les moniteurs ouvrent les traditionnelles bouteilles de champagne…

– Dis donc, tu aurais pu me prévenir. Des concerts autour du monde, des nuits dans des palaces… C'est qui, Andrew Walsh ?

– Personne. Hi hi ! Un violoncelliste de série télé. J'ai regardé un épisode en venant. Je me suis souvenue du nom.

– Tu oses, toi… Et s'ils vérifient ?

– Ça t'est arrivé ? Depuis combien de temps tu racontes des histoires ?

Elle a raison, bien sûr. Personne ne se renseigne sur personne. Les apparences, toujours les apparences…

Voilà Frem. Marie laisse Antoine. Qu'a-t-elle en tête ? Elle va chercher deux coupes et lui en apporte une. Frem a presque l'air irrité. Sa froideur soudaine avait suffi pour qu'il la range dans les poubelles de son dédain. Il déteste perdre son temps, surtout pour une femme. Il accepte néanmoins la coupe.

– Le vol t'a plu, Karim ? C'était une première pour moi. J'avoue que cela m'a stressée. Maintenant, ça va mieux.

En quelques minutes d'un échange faussement charmant, elle obtient qu'il renouvelle son invitation à venir voir sa collection. Elle ne sait pas s'il a répondu par simple politesse ou s'il a réellement envie de la revoir. Son regard est resté dur. Antoine étouffe de jalousie. Tant pis. Marie a les idées claires. Il faudra bien qu'il s'accommode de sa nouvelle façon d'agir. Désormais, c'est elle qui contrôle. Elle ne sera plus victime des circonstances.

Enzo fait le tour de ses invités pour savoir s'ils ont apprécié. Un hôte parfait et parfaitement blasé. Il ne sourit pas et ne se départit pas de son ton morne. On aurait pu penser que le programme, après tout choisi par lui, impacterait positivement sur son humeur ; ce n'est pas le cas. Il ne s'anime, un peu, que lorsqu'il parle de la dernière activité du week-end, la randonnée sur le Mont Blanc. Marie resterait bien. Elle n'insiste plus. Antoine veut partir tôt et être rentré avant la nuit. Il a déjà des courses planifiées dès le lendemain.

La suite de la journée mène les invités d'Enzo à l'autre bout de la vallée, au fort de Bard. Antoine et Marie prennent la direction opposée. Ils s'arrêtent à leur hôtel pour récupérer leurs bagages et s'en vont vers le tunnel et la frontière.

Chapitre 18

Il faut battre le fer tant qu'il est chaud et rappeler avant qu'il ne soit trop tard. Marie n'a attendu qu'une semaine avant de contacter le couple. Antoine aurait préféré qu'elle les oublie. Il les trouve ennuyeux. L'idée de passer une soirée entière avec eux ne le réjouit pas. Mais elle y tient. L'ennui est un prix à payer acceptable pour s'offrir la gratuité. En plus, elle est convaincue que, maintenant qu'elle a découvert l'art de l'affabulation, elle va pouvoir utiliser ce genre de fréquentations pour gagner de l'argent.

Il y a urgence. Ses recherches continuent d'être infructueuses, et ses prestations rémunérées – mal – la frustrent plus qu'elles ne la nourrissent. Elle se désespère de dépendre des aides publiques. Antoine lui a proposé de venir vivre dans son appartement. Elle éviterait ainsi de payer un loyer. Elle a refusé. C'est trop tôt. Elle a besoin d'espace et de certitudes. Le dénuement commun et la compatibilité palpable ne suffisent pas pour bâtir une vie à deux. Elle laisse les empressements médiocres à d'autres. Un jour, dans un cahier, elle a écrit : « Les décisions prises dans l'urgence manquent d'ambition. Sois ambitieuse, ne te hâte pas. »

Elle a donc recontacté les Luxembourgeois. C'est ainsi qu'elle a appris la disparition d'Enzo. Eux aussi étaient rentrés le troisième jour, sans attendre la fameuse balade sur les flancs du Mont Blanc. Mais à la différence d'Antoine et Marie, ils suivent les actualités. Dès le mercredi, les chaînes d'info en ont parlé. « Des sauveteurs sont mobilisés pour retrouver un homme d'affaires bien connu, Enzo Lorioli. » Aucune trace et peu d'espoir. Il était avec huit autres randonneurs, ils avaient marché ensemble de la pointe Helbronner au refuge du Requin où ils avaient prévu de passer la nuit. Le lendemain matin, ils devaient repartir jusqu'à l'Aiguille du Midi, d'où ils redescendraient sur Chamonix. Enzo serait sorti en pleine nuit et ne serait jamais revenu. Dans un premier temps, les autres avaient tenté de suivre ses traces dans la neige, sans succès. Ils avaient aussitôt appelé les secours de montagne, qui arpentaient depuis le plateau compris entre les Droites et le Dôme du Goûter. On pense que l'homme d'affaires se serait perdu et serait tombé dans une crevasse. En tout cas, tant que son corps n'est pas retrouvé, il est considéré comme disparu, pas mort.

– Sinon, vous êtes disponibles vendredi, votre charmant époux et vous ?

C'est la question que Marie attendait. Ça tombe bien, Antoine est libre. Il a souvent des courses, ce jour-là. Et, coup de chance, il a reçu d'autres invitations pour les jours suivants. En forçant un peu, Marie pense qu'il sera possible de se faire inviter au moins deux fois par semaine. Elle se fixe ce rythme comme objectif.

Le pied-à-terre parisien des Luxembourgeois se trouve à côté du Champ-de-Mars. Il s'agit un bel appartement au deuxième étage d'un immeuble haussmannien marbré et lustré. Il serait magnifique s'il n'était pas décoré à outrance de porcelaines. La fierté de l'épouse, qui est née à Limoges et s'est également prise de passion pour la marque Villeroy & Boch.

– Avez-vous déjà visité leur musée à Mettlach ? Je le parraine.

L'enchevêtrement de vitrines et de présentoirs illuminés rend l'atmosphère étouffante. Il y a des centaines d'assiettes, de plats, de tasses, de cruches, de chiens, d'oies… Cela rappelle à Antoine une tante de sa mère qui collectionnait les animaux en faïence. Il détestait aller chez elle, quand il était enfant, et il en a gardé une aversion pour ce genre d'objets. Il apprend au cours du repas qu'ils gèrent un fonds d'investissement familial de plus de cent millions d'euros. Ils pourraient se payer tous les vases Ming du musée de Shanghai. S'il fallait illustrer l'absence de lien entre fortune et raffinement, ils fourniraient un excellent modèle.

– Quelles taches, dit Antoine au creux de l'oreille de Marie.

– Chut ! Mange, ça va refroidir.

Le dîner est excellent, comme toujours. Un traiteur près de Matignon, des mets raffinés et des vins fins servis par des gens de maison comme dans les temps anciens. S'il y a bien un domaine où l'aisance retrouve le chemin du bon goût, c'est celui des repas. Rien à dire. Sur ce point, il comprend l'insistance de Marie. Sauf qu'elle voit plus loin, elle ne se contentera plus de manger à l'œil. Elle veut à tout prix tourner la page de cette crise qui l'a enfoncée dans la misère, et elle fera tout pour.

Au dessert, avant qu'ils descendent voir la Ferrari, elle parvient à détourner la conversation – arts décoratifs et disparition d'Enzo – sur la musique et ses concerts imaginaires. Pour remercier leurs hôtes de leur invitation, s'ils le souhaitent, elle va leur interpréter une des œuvres qu'elle est en train de répéter. Ils acceptent évidemment avec joie. L'épouse agite une clochette et demande au domestique qui y répond de servir le café au « petit salon ».

Marie a choisi le *Concerto en ré majeur* de Tchaïkovski. Elle n'osait plus l'interpréter à cause de son violon. Populaire, accessible, maîtrisable. Pile ce qu'il faut pour les impressionner. Elle en joue une dizaine de minutes et s'interrompt entre deux mouvements. « Bravo, c'est formidable, exceptionnel, une soliste émérite, vraiment ! » Se rendent-ils compte que le son est médiocre et que l'œuvre n'est pas terminée ? Avec de telles audiences, c'est certain, elle ne va pas se fatiguer.

– Merci, merci, vous êtes trop indulgents. Je n'ai pas l'habitude de jouer pour des amis. Vous savez, sur scène, on ne voit pas le public. C'est moins intimidant.

– Vous ne vous produisez jamais pour des audiences restreintes ?

– Rarement chez des gens. Je ne dois pas galvauder mes prestations. La première fois, c'était aux Émirats.

– Pour un cheik, je parie…

– Exactement ! Un cheik m'avait vue à l'Opéra de Dubaï. Il voulait que j'aille jouer chez ses parents. Naturellement, j'ai refusé.

Antoine n'en revient pas comme elle ment. C'est fou comme elle ment. Il est à deux doigts d'exploser de rire.

– Et ?

– Il a insisté et il m'a proposé un gros chèque. J'avais deux jours à tuer avant de reprendre l'avion et il faisait trop chaud pour découvrir la ville, alors j'ai accepté.

– Un chèque de combien ? Pardon, je suis indiscrète.

– 10 000 € ! Quatre fois le prix. Pour tout vous dire, j'ai joué deux fois en privé depuis, chez Xavier Niel et chez Vincent Bolloré, tous les deux m'ont payée…

– 2 500 € ?

– Exact.

Elle hésite et ajoute :

– Par heure. Rien d'excessif, vous voyez. Tant qu'on reste entre Français… Mais peu importe le prix, je ne joue plus que pour des proches. Je manque de temps, vous voyez.

– Vous rejoueriez pour nous ? Plus formellement, je veux dire…

Bingo, pense Antoine. Qu'est-ce qu'elle est maline !

– Hmmm… Je ne sais pas. Non, je rigole. Évidemment, pour vous, avec plaisir. Ou pour votre entourage. Uniquement sur recommandation, alors. N'en parlez pas à trop de monde. Promis ?

– Promis.

Le mari paraît songeur. Assez de musique ! Il se lève pour aller chercher la clé de la Ferrari. Il est impatient de la montrer. Elle est dans la cour de l'immeuble. On ne voit qu'elle : sa gueule ouverte plus large que celle qu'un grand requin, son fuselage rouge dessiné comme une balle de fusil, son petit aileron noir sur le toit écrasé, ses prises d'aération en triangle, ses énormes roues étoilées. Elle est sublime et effrayante, excessive en tout et, pour cela, ensorcelante. Il la démarre, puis emmène tour à tour Marie et Antoine dans les rues de la rive gauche. Il s'extasie ensuite devant la Flying Spur et demande s'il peut la conduire. C'est presque incongru de le voir à ce point fasciné par la Bentley.

– Vous ne m'en voudrez pas ?

– De quoi ?

– Eh bien, de prendre le même modèle que vous. Oh, je choisirai une autre couleur, rassurez-vous !

– Vous voulez acheter une Bentley en plus de la Ferrari ?

– Oui. La Stradale n'est pas pratique pour le shopping. Il faudrait que je me donne la peine d'aller chercher de la documentation.

– Chéri, si tu t'occupais de ça pour notre ami ? Il n'a pas le temps de courir les garages. N'est-ce pas ?

– Vous avez raison, Marie, mais je ne voudrais pas m'imposer. Je peux prendre rendez-vous dans votre showroom. Si vous avez les coordonnées d'un de vos commerciaux…

Ce qu'Antoine redoutait est en train de se produire. Heureusement, Marie réfléchit plus vite que lui.

– Ne vous embêtez pas, c'est lui qui va vous contacter pour un rendez-vous. Le temps du client qui se déplaçait est terminé. Je lui donnerai votre numéro.

– Vous êtes adorable, vraiment.

La soirée se termine. Après les embrassades et les remerciements, Antoine ramène Marie chez elle. Elle est folle. Décidément, elle est folle. Inventer des concerts imaginaires, passe encore. Mais là…

– Tu te rends compte ? Je ne vends plus de voitures, moi.

– Pourquoi pas ? Tu n'étais pas le seul concessionnaire Bentley, je suppose. Qu'est-ce qui t'empêche de t'arranger avec un autre ? Tu pourrais être un commercial free-lance, non ? Avec ton relationnel…

Il n'y avait pas pensé.

– Et mes courses ? J'ai besoin de mon salaire, je n'ai pas de temps à perdre.

– Tu veux être taxi toute ta vie ? Il y a de l'argent facile, ici.

– C'est l'artiste qui parle ?

Il dit ça, mais il sait que Marie ne voit plus les choses de la même façon. Il n'avait pas imaginé que ses aveux auraient cet effet. Évidemment, il ne les regrette pas. Il avait redouté qu'ils la fassent fuir et le contraire s'est produit. Elle s'est blottie dans ses bras et a partagé sa passion. Ses caresses le transportent, ses baisers l'enivrent. Il revit. Mais il a peur. La fille fragile et aérienne qui l'avait ébloui s'est-elle transformée ou a-t-elle toujours été ainsi ? L'avait-il mal cernée ? On se trompe souvent sur les gens quand on s'obstine à les aimer sans les connaître.

– Qui m'aime me suive.

– Tu as de ces mots. Nous ne sommes pas des voleurs.

– C'est là que tu te trompes, Antoine. Tu te fixes des barrières imaginaires. Exactement comme moi avant. J'ai ouvert les yeux pendant ce week-end. Les premiers dîners où je t'ai accompagné, j'avais peur. Je me sentais mal à l'aise, inférieure, je crois. Tu paraissais sûr de toi, c'était ton milieu, donc c'était normal. Moi, j'étais pire qu'un poisson hors de l'eau. Jusqu'à ce que je sache que tu jouais un jeu.

– Jouer un jeu, c'est exagéré. Je me contente de cacher la vérité.

– Quelle différence ? Une fois qu'on la cache, on peut la modifier. J'ai testé avec ces deux-là et, tu vois, ça a marché.

– Ça reste à voir.

– Tu veux que je te dise ? Je m'en fiche. Qu'est-ce qu'on risque ? Encore une fois : on ne vole rien ! Si j'ai la possibilité de vivre de ma musique, dois-je la rejeter ? Tu sais combien il me reste par mois quand j'ai fini de payer mon loyer et mes charges ? Et toi ? Si tu peux prendre des commissions sur des ventes de voitures, tu vas les refuser ? Nous sommes dans la dèche et nous avons la chance de fréquenter des bourgeois bourrés de fric. Est-ce si mal d'essayer d'en grappiller un peu ?

– Tout repose sur une Bentley. C'est presque absurde.

– Une voiture de luxe, un violon, des fables... Et eux ? Une loterie, un héritage, des fréquentations... Quelle différence ?

Antoine acquiesce. Ça ne sert à rien d'argumenter. Il faut qu'elle se fasse sa propre expérience. Tout ce qu'il peut faire, c'est la suivre et lui servir de garde-fou.

– Je ne sais pas comment on va se débrouiller. Éviter des questions embarrassantes dans un dîner, c'est plus simple qu'inventer une réalité parallèle. Tes bourgeois ne cherchent peut-être pas loin au-delà des apparences, mais ils ne sont pas complètement idiots. Si ça se trouve, nos futurs clients sont en train de taper nos noms sur internet. Dans ce cas...

– J'y ai déjà songé. Il faut qu'on se crée rapidement des comptes crédibles. Sites web, réseaux sociaux... Tu connais quelqu'un qui peut nous aider ? Parce que moi, non. Et toi ?

– Pareil, il faut que je réfléchisse.

– Occupe-toi de ça, moi, je fais le reste.

Arrivée dans son studio, Marie passe en revue les événements auxquels elle a participé avec Antoine depuis trois mois. Elle en a déjà rencontré, du monde. Et si elle établissait une liste ? Elle prend un stylo, un cahier, et note tous ceux dont elle se souvient. Elle n'a que peu de noms, quelques prénoms. Elle les classe, les décrit et les commente. À retrouver en priorité, devrait avoir du potentiel, à creuser, anecdotique. Du dîner chez Frem à celui chez la dingue de porcelaine, elle parvient à noter vingt-deux profils intéressants. Ce ne sera pas facile de les retrouver. Elle quatre contacts, Antoine peut-être six. Qui sait, Iva pourrait les aider à en identifier sept ou huit de plus. Un concert privé par mois, ce serait déjà génial. 2 500 € de plus. Elle sortirait enfin la tête de l'eau et, de recommandation en recommandation, elle finirait par retrouver un vrai contrat. On peut rêver. Et quelle est la commission sur la vente d'un véhicule de 240 000 € ? 6 000 €, ça ne doit pas être trop demandé. Il suffirait qu'Antoine en vende une par trimestre. Dès qu'il aura trouvé la bonne formule, il la remerciera de l'avoir poussé.

Courtier en produits de luxe. Ce n'est pas stupide. Elle écrit en haut d'une feuille blanche : « www.vipservices.com ». Est-ce une bonne piste ? Le domaine est-il disponible ? Chaque chose en son temps. Elle voit bien la structure du site. Elle note ses idées, le concept, les talents, les prestations, comment entrer en contact, les garanties… Il est minuit passé et elle n'a pas sommeil. Elle est extatique, elle rédige à toute vitesse, sans filtre.

À 3 heures du matin, elle a terminé et elle passe à sa propre page. Ce qu'elle avait posté est nul, il faut tout refaire. Elle doit ajouter des références, des extraits d'œuvres, un calendrier de concerts. Y a-t-il moyen de le lier automatiquement avec des programmes de salles prestigieuses ? Doit-elle prendre un pseudonyme, puisque son nom n'apparaîtra pas si on le cherche ? Lequel ? Celui d'une autre violoniste plus renommée ? Elle part dans tous les sens et oublie que ce sera vu par tout le monde. Avec quelles conséquences ? Aux premières lueurs matinales, elle s'endort enfin, ayant presque achevé les plans du site d'Antoine et de son compte Instagram et Facebook.

Chapitre 19

Le hasard fait parfois bien les choses. Alors qu'Antoine rumine les délires de Marie sur le chemin d'une première course matinale, Raymond l'appelle.

– Alors, ce week-end dans les Alpes ? C'était bien ? Et cette fille ? Quoi ? Vraiment ? Quelle bonne nouvelle, je suis content pour toi !

Il connaissait le contexte, pas les détails. Ils ne s'étaient plus parlé depuis trois semaines. Marie venait d'accepter Courmayeur. Il n'a toujours pas de travail. Deux refus en une semaine. Une reconversion ? Merci bien, pas à son âge.

Olivia va mieux. Elle est rentrée. Elle a changé de médecin et d'antidépresseur. Elle est plus positive. Elle a repris sa formation. Développement web. Oui, elle, c'est différent. Raymond n'en avait pas parlé à Antoine, mais elle avait commencé les cours en 2021. À cause de sa maladie, elle avait dû arrêter. Elle est douée. Elle progresse vite. Et ses filles l'aident. L'aînée veut faire ça comme métier, la cadette, évidemment, la copie. Elle dit pareil. On verra, elles sont jeunes. Il aimerait bien qu'elles laissent leurs écrans de temps en temps. Il croyait que les geeks étaient tous des garçons. L'important, c'est qu'elles soient épanouies et que la famille soit soudée. Olivia a donc replongé dans ses cours. Filles et mère ne se quittent plus. Il est content. À ce train, dans six mois, ce sera elle qui aura un boulot. Et un bon, encore. Alors que lui en sera encore à user ses pantalons dans les salles d'attente des cabinets de recrutement. Et Pôle emploi ? Trop vieux. S'il les écoute, il est déjà retraité. Sans la pension.

Chapitre 19

L'évidence ne se refuse pas, elle s'exploite. Antoine n'a pas à chercher loin, les pièces de son puzzle s'emboîtent à mesure que Raymond se raconte. Deux questions :

– Tu crois qu'elles peuvent déjà développer des sites web ? J'ai besoin d'un nouveau.

– Oh, oui, tu serais étonné. Quand elles me montrent ce qu'elles font, je me sens dépassé, je te jure… Un dinosaure.

– Et gérer des réseaux sociaux ?

– Genre Facebook, Instagram, tout ça ?

– Oui.

– Elles passent leurs journées dessus. Quand ce n'est pas YouTube ou Toc-Toc.

– TikTok… C'est un autre réseau. Tu penses qu'on peut vendre des Bentley en s'arrangeant avec une autre concession ?

– Quel rapport ?

– Une idée. Une opportunité, plus exactement.

– Comme si tu étais commercial free-lance ?

– Plus ou moins.

– Encore faudrait-il avoir des clients. Si tu leur en amènes, je ne vois pas pourquoi ils refuseraient. Moi, en tout cas, je n'en ai pas.

– Moi, oui… Sauf que je n'ai pas le temps de m'en occuper. Les Alpes m'ont déjà fait perdre cinq cents euros. Difficile de surfer entre chauffeur et vendeur.

– Concentre-toi sur la mise en relation, puisque tu as un carnet d'adresses. Moi, si j'étais toi…

– Marie m'a dit à peu près la même chose. Pour être franc, je n'ai plus la niaque. Je sens que je vais foirer.

Raymond ne prend pas le temps de réfléchir. Il s'emballe tout de suite.

– Ce serait très con. File-moi les contacts, je les active et on se partage les commissions.

– Je t'en donne déjà un. Si tu es d'accord.

– Pourquoi je ne le serais pas ? J'ai du temps, j'ai besoin d'argent et je m'emmerde. Il faut qu'on ait un partenaire et une méthode.

– Tu te souviens du gars de Lyon ? Il était assez remonté…

– Ah oui, je l'appelle. Sinon, pourquoi tu parles de web, qu'est-ce tu as en tête ?

– C'est plus que commercial free-lance. Il faut que Marie t'explique. Elle a une vue plus claire et c'est aussi pour elle.

– Oh oh, vous êtes déjà partenaires de jeu… En dix jours ! Vous ne perdez pas de temps. Bientôt un enfant ?

Antoine rougit.

Marie trépigne. Elle veut vite rencontrer Olivia et ses filles pour les briefer. Elle a tout en tête. Dès que son site sera en ligne, Antoine et son ami pourront commencer à appeler. Ils se présenteront en consultants experts pour clientèle d'exception. Une à deux semaines.

– Comme ça, vous aurez le temps de vous organiser avec votre partenaire. J'ai une liste…

– Une liste ?

– Les contacts à appeler en priorité. Tous ceux que nous avons rencontrés ensemble. J'ai besoin que tu les retrouves. Si tu n'y arrives pas, ta copine prostituée t'aidera.

– *Escort*, Iva est *escort*. Et je ne sais pas si elle voudra.

– Cesse d'extrapoler, vérifie. Demande-lui. De toute façon, on va changer d'attitude dès la prochaine soirée. On a perdu trop de temps. Tu me fais confiance ?

Chapitre 19

Antoine n'ose pas dire non. Une victime consentante.

Heureusement, c'est la rentrée et ses courses ont repris leur rythme de croisière. Ça lui évite de se stresser. Quoique : il y a des grèves partout, le trafic est plus dense chaque jour. Septembre a à peine commencé que la moitié des trains et des métros sont à l'arrêt. Des promesses qui n'ont pas été tenues, des dettes qui se sont creusées… La situation empire. Jusqu'à quel point ? N'y a-t-il pas de limite à la chute ? Les lendemains vont-ils déchanter jusqu'à la fin des temps ? Antoine compte les kilomètres parcourus au pas en calculant les euros perdus.

Au pire moment des manifestations dans Paris, sa cliente à lunettes américaines a décidé d'aller avenue Montaigne après les Deux Magots. En Bentley, naturellement. Le véhicule et le chauffeur, c'est comme un *dress code*. On ne se montre pas n'importe comment à certaines adresses. Valentino, Saint Laurent, Prada, Givenchy – pas Ralf Lauren, trop cheap, pas Versace, trop vulgaire – Nina Ricci, Max Mara… « Je n'ai plus rien à me mettre pour l'automne, vous comprenez comme c'est urgent, mon petit Antoine. » Il l'attendra, elle ira vite. Il sait qu'elle ment, qu'elle lui fera perdre du temps.

Une course longue, harassante et peu rentable. Sans la consolation de voir Marie, trop occupée par le développement de ses plateformes digitales. Il a pensé à elle toute la journée. Il pense à elle tout le temps. La découvrir pugnace, inventive et pleine de ressort renforce l'admiration qu'il avait déjà pour l'artiste sensible et poétique. Il l'aime, mais il se sent mal à l'aise. N'est-ce pas en voulant l'impressionner, sur les conseils d'Iva, qu'il l'a ainsi transformée ? Ne va-t-elle pas se mettre en danger à cause de lui ?

Olivia est très disponible et ses filles incroyablement douées. En quatre jours à peine, tous les développements sont terminés. Un expert dirait que le résultat n'est pas spectaculaire. Les fonctionnalités sont simples, la navigation, classique, le graphisme, dérivé de modèles existants. Bah, la vraisemblance est là, c'est l'essentiel ! Marie voulait qu'un contact qui visiterait les adresses en ligne pour vérifier qu'elles sont bien réelles reparte convaincu. C'est le cas. Raymond et Antoine sont bluffés. Le site qui leur est dédié vaut presque celui conçu à l'époque pour la concession. Il avait coûté combien ? Dingue ! Raymond est fier. Ça vaut du Zuckerberg et Bezos réunis.

Pendant qu'Antoine subissait les embouteillages, il a contacté le concessionnaire de Lyon.

– On ira chercher votre client et on le reconduira.

– L'inverse : vous amenez la voiture chez lui pour qu'il l'essaye avec nous.

– D'accord. C'est notre technicien qui supervise.

– Pas de problème, s'il ne se mêle pas de la vente.

– Deal !

Le Lyonnais se souvenait du showroom d'Antoine et il avait une haute estime pour son père. Il était en confiance. Restait à se mettre d'accord sur la rémunération. Un fixe, pas possible. Une commission classique, pas si simple. Quid de la facturation, des garanties, de la responsabilité, du SAV… ? Il faudrait que la concession reste impliquée à chaque étape. Du temps, donc de l'argent. Un *finder's fee,* plutôt. Moins élevé, moins discutable. Le siège ne mettrait pas son nez dans leurs affaires. Ils seraient en quelque sorte des ambassadeurs. Pas trop contraignant. Sur une vente simple, par exemple une Continental GT V8, ils toucheraient 12 000 €. Acceptable ? *Yesss* !

Raymond n'a même pas pris la peine de consulter Antoine. Avec leurs relations et leur talent combinés, il est persuadé qu'ils parviendront rapidement à en vendre une par mois. Comme avant, sans les emmerdes d'avant. À croire que Marie a déteint sur lui. Antoine, toujours sceptique, a accepté. Rêver n'engage à rien. C'est pareil quand on joue à la loterie.

Le site web en ligne et les explications de Marie, dignes d'un tutorial, partagées, Raymond veut immédiatement tester le couple à la Stradale. Ils l'appellent à deux. Antoine introduit, Raymond développe. Il ne doit pas forcer son talent. C'est l'homme qui a décroché, il confirme tout de suite qu'il est intéressé à l'idée de passer via eux si leurs conditions sont bonnes. Cela va de soi. Il est pressé : l'anniversaire de sa femme est dans un mois, il veut lui offrir une Flying Spur. Le délai, ça va ? Aïe, c'est court ! Est-il flexible sur les options et les couleurs ? Oui… Pas sur l'équipement. Il veut le top. Raymond n'en revient pas. La vente va se conclure à une vitesse folle. Coup de chance ?

Bon… Ce n'est pas encore fait. Il faut que le Lyonnais ait la berline, que l'homme la conduise, qu'il approuve, qu'il signe les papiers, qu'il verse l'acompte et les garanties, qu'il prenne son assurance, qu'on lui obtienne ses plaques. Raymond et Antoine se rappellent l'empressement de Frem. Lui aussi paraissait très sûr lui et de son intention d'achat. Il la voulait vite, sa Bugatti. Sa désinvolture en renonçant au pire moment leur avait donné un coup de massue terrible. Si une joie prématurée avait contribué à la faillite de la concession, ça avait été celle-là. Ils s'étaient juré de ne plus se réjouir trop tôt.

Une qui ne peut s'empêcher d'applaudir en apprenant la nouvelle, c'est Marie. La peau de l'ours est vendue, son idée fonctionne, l'horizon se dégage. Inutile de lui parler de circonspection. Elle est depuis trop longtemps au fond du trou pour envisager que la corde qu'elle a réussi à lancer pour en sortir puisse se rompre. Elle entend bien que la vente est loin d'être faite, elle ne retient que le signe avant-coureur. Si pour un tel montant un client potentiel a marqué un intérêt sincère, sans manifester une méfiance légitime, d'autres l'imiteront. Des transactions se feront, que ce soit celle-là ou une autre. Antoine la laisse planer. Son enthousiasme, même excessif, fait plaisir à voir. Il se tracasse, mais qui sait… C'est peut-être elle qui a raison.

Que doit-elle faire à présent ? Se consacrer entièrement à ce double projet, vendre des voitures et des concerts privés, ou continuer à chercher des contrats sérieux ? Elle joue encore deux fois par semaine à la cafétéria. Elle s'y ennuie, les gens ne l'écoutent pas, sa seule consolation est qu'elle choisit son répertoire et entretient ainsi son talent. Par hasard, elle est tombée sur une troupe qui se produit dans une salle près des Halles, le mercredi soir et le dimanche après-midi. Des musiciens et des danseurs. Ils sont plutôt bons. Les billets vendus suffisent à ce que chacun gagne une cinquantaine d'euros par représentation. Ils lui ont proposé de se joindre à eux. Il leur manque une violoniste qui sache passer du classique au jazz. C'est tentant. Il y a longtemps qu'elle n'a pas pratiqué le jazz. Après réflexion, elle refuse. Il vaut mieux qu'elle mette toute son énergie sur la préparation des concerts privés. Elle y croit à fond.

Elle refait ses comptes… Ils sont catastrophiques ! Pour qu'Antoine ne le sache pas, elle ravale sa fierté et appelle ses parents. Ils essaient une fois de plus de la faire revenir à Thionville, elle refuse une fois de plus. Ils lui proposent une fois de plus de l'aide, cette fois, elle l'accepte. Tout est de plus en plus cher. Un peu d'argent qui lui permettra de compléter son RSA et de tenir jusqu'en janvier. « Je vous rembourserai. » Eux aussi sont serrés financièrement. Moins qu'elle, tout de même. Elle déteste l'idée de dépendre d'eux.

Elle s'isole de plus en plus pour répéter : Schumann, Chopin, Debussy, Rachmaninov. C'est son caractère, elle déteste se disperser. Antoine obtient une nuit et une demi-journée par semaine. C'est tout, en dehors des soirées auxquelles ils sont invités. Il peut s'estimer heureux. Elle a failli ne lui octroyer que les soirées en question jusqu'aux concerts. A-t-il contacté la prostituée ?

– Iva ? Je n'ai pas réussi à la joindre.

– Secoue-toi, bon sang. Je suis sûre qu'elle peut nous retrouver la plupart des noms sur ma liste. Ces filles sont organisées.

– Ce n'est pas évident. Je ne veux pas m'imposer, non plus.

– Sinon, j'appelle Karim. Lui, j'ai son numéro. Il m'attend.

– Je vais rappeler Iva.

– Tu vois, quand tu veux…

Le raisonnement de Marie est simple : s'il est facile de vendre des voitures hyper chères à des gens qui se croient du même monde qu'eux, il doit l'être encore plus de leur vendre ses concerts. Ils ont sans cesse des dîners, des invités, des relations à impressionner. Elle est parfaite pour ça. Et le risque est nettement moins élevé, non ? Le parallèle paraît hasardeux. Est-il justifié ? Impossible de le savoir sans le tester. Justement, la première invitation de la rentrée arrive, chez l'éditeur de la femme au bouquin néocolonial. Antoine ne devrait pas être en terre inconnue si elle est présente.

Chapitre 20

Nelson s'est pendu. Pauvre garçon. C'est Iva qui l'a appris à Antoine. Il l'a enfin eue au téléphone. Elle revenait de vacances en Suisse. Après Courmayeur, Frem l'avait invitée à Genève. Un contrat de six jours. Elle était secouée par ce qui s'était passé au Mont Blanc. C'est pour ça qu'elle avait accepté. Sinon, le maximum, c'est 48 heures. Elle se méfie des clients qui s'attachent. Des réguliers pour quelques heures, d'accord, au-delà, non merci. On l'a déjà harcelée, ou pire.

– Pire ?

– Tu crois que j'ai quel âge ? J'ai vécu…

– Désolé.

– Parlons d'autre chose.

Frem, elle le connaît trop pour qu'il ose exagérer.

– Il pourrait ?

– Pas avec moi.

Ensuite, elle a loué une voiture et elle est allée à Lucerne. Besoin de s'isoler. Portable coupé, la paix. Du temps pour elle. Soins, massages, shopping, macchiato au bord du lac. Elle est rentrée la veille.

Le coup de blues est passé, mais c'était moche. Elle ne comprend pas comment on pouvait avoir des sentiments pour Lorioli. Ce garçon méritait mieux. Il était adorable. Il a arpenté toute la montagne. Il a participé à toutes les recherches.

Chapitre 20

– Tu vois, Antoine, l'amour est une maladie dégénérative. Moi, j'ai de la chance. Je suis immunisée.

Antoine ne relève pas.

– Nelson était fluet, plus fragile qu'une petite fille. Il tremblait comme une feuille, ses doigts étaient gelés, ses chevilles tordues, il boitait de plus en plus.

Lorioli, elle en est certaine, avait des idées suicidaires depuis longtemps et avait planifié sa disparition pour faire chier son entourage. Aucun respect pour son amant. Ni pour sa famille, ni pour les Brésiliens qu'il avait ramenés, pas même pour son chien. Une crapule, dans le fond. Elle l'avait senti dès qu'elle l'avait vu. Sa façon de saluer, sa moiteur, sa démarche…

Antoine aussi l'avait perçu.

La balade avait bien commencé, ils ne se doutaient de rien. Le groupe avait pris le dernier téléphérique, Enzo avait obtenu des autorisations pour marcher au-delà des heures normales. Des guides les avaient menés jusqu'au refuge. Il était plus taiseux que d'habitude. Frem, il s'en souvient, avait dit que c'était le type le plus morose qu'il connaissait. Tout le monde, sans doute, le remarquait et s'en fichait. Chacun son caractère.

– À la fin du dîner, un des participants lui a demandé des nouvelles de sa fameuse surprise. C'est quoi ? C'est pour quand ? Il a fait signe d'attendre et il est sorti. On pensait qu'il reviendrait avec quelque chose ou quelqu'un. On attendait et on spéculait. On imaginait qu'il avait invité une célébrité. Tu vois le genre. George Clooney ? Il est souvent en Italie… Ça m'aurait plu, mais bon… Il n'est jamais revenu. Les guides sont sortis, il faisait noir. Toutes les lampes possibles ont été allumées. Tu penses, en pleine nuit… Nelson a tout de suite paniqué et il s'est précipité dehors avec les pros. Les secours ont été appelés. Tu connais la suite, les chaînes d'infos en ont parlé. Huit jours plus tard, il n'y avait toujours aucune trace et les recherches étaient abandonnées.

– Pas de pas dans la neige ?

– Trop nombreux. On n'était pas les seuls. Ils en ont suivi plein, dans toutes les directions possibles, ils ont calculé le temps et la distance parcourue, sans succès. L'hypothèse d'une crevasse a été retenue sans preuve. La thèse du suicide est la plus probable, mais sans corps, sans note d'adieu, sans indice… Que veux-tu, il pourrait avoir décidé de s'isoler quelque temps, puis de reparaître. Donc pas de dernières volontés, pas de testament. Rien pour le Philippin. Nelson s'est retrouvé avec son homonyme canin dans une grande maison vide qu'il ne pouvait pas payer. Figure-toi que ce salaud ne lui permettait pas d'avoir un compte ou une carte de crédit. Il lui donnait du cash quand bon lui semblait. Il paraît qu'il appelait ça son « dimanche ». On n'aurait pas traité plus mal un domestique.

– Pourquoi ne l'a-t-il pas quitté ? Nelson, je veux dire, pourquoi n'est-il pas parti ?

– Parce qu'il n'avait nulle part où aller, que crois-tu ? Ses papiers n'étaient pas en ordre et sa famille au pays était très pauvre, pire depuis le virus. Tu sais, j'ai appris qu'il n'osait pas donner de nouvelles, tellement il était humilié de ne pas pouvoir aider ses parents. Bref : il s'est retrouvé sans un sou, il a appelé le seul entourage qu'il avait, c'est-à-dire celui d'Enzo, Karim notamment, en pure perte.

– Comment ça ? Ils ne l'ont pas aidé ?

– Non. C'est affreux. Pour eux, le garçon était pareil à un mendiant dans la rue. On passe devant en l'ignorant, peu importe qu'il crève, ce n'est pas notre affaire. J'ai entendu Karim le consoler, lui garantir que le corps serait retrouvé. Ce genre de choses. Pas un seul instant il n'a évoqué une aide financière. Je crois que Nelson n'a pas osé insister. Il était trop timide, peut-être trop gêné. Il se sentait sûrement inférieur. Est-ce qu'il s'est pendu par chagrin ou par désespoir, je ne sais pas.

– Les deux, probablement…

– Probablement. Les voisins l'ont vite trouvé. Le chien, l'autre Nelson, hurlait à la mort à ses pieds.

Chapitre 20

La voix d'Iva se brise à mesure qu'elle progresse dans son récit. Antoine est sonné. Il reste un long moment muet, avant de se rappeler pourquoi il l'appelait. Bien que ce soit malvenu, il lui parle de sa liste de contacts qu'il aimerait joindre. Elle lui demande de la photographier et de l'envoyer par texto, elle la regardera dès qu'elle pourra. Elle doit avoir la plupart des numéros de téléphone. Elle est très rigoureuse sur l'identification des gens qu'elle rencontre. Ça fait partie du job…

La soirée chez l'éditeur a lieu juste après l'appel avec Iva. Antoine est encore sous le choc. Il est allé chercher Marie. Elle est magnifique dans sa petite robe noire, lui, il est blafard.

– Qu'est-ce que tu as ? Tu as bu ?

– Non, je suis triste.

– Pourquoi ?

– Pour rien.

Il évite de lui relater le récit d'Iva. À quoi bon la perturber avec cette tragédie ? Il la regarde finir de se maquiller, au-dessus de l'évier de sa kitchenette. Elle rayonne.

– Tu m'aimes ?

Elle sourit, mystérieuse.

– Et toi ?

– Moi, oui.

– Tu es sûr de toi.

– De moi, non, de mes sentiments, oui.

– L'amour, c'est très engageant. Il faut se méfier du sens des mots.

– Je sais.

Elle l'embrasse, ses lèvres sont pourpres. Il doit faire des efforts pour retenir ses larmes.

L'éditeur est un fils de. Ils se sont tout de suite demandé ce qu'ils fichaient chez lui. Dans son bureau, plutôt. Dans le 11e. Une enfilade de pièces mal rénovées sous des verrières forgées, décorées de livres anciens et d'archives précieuses. Untel a vécu là aux temps glorieux selon le panneau-blason d'entrée.

Qui les a invités ? L'autrice-amatrice qu'Antoine avait rencontrée n'est pas là. Ni son mari, ni Iva… Ni Frem. Ouf !

Il ne connaît personne et ne sait pas comment entamer les conversations. Des universitaires télévisés, des antiquaires manucurés, des critiques écoutés… Son éducation est trop limitée dans leurs domaines d'expertise. Il n'aurait pas dû accepter de venir, ce n'est pas son public. Et les petits fours ? Bof. Picard, certainement. Le champagne ? Méthode champenoise, à la rigueur. En noyant de mousseux un pruneau bardé, Antoine se surprend à sourire, lui qui était si maussade. Il prend conscience qu'il est devenu, ou redevenu, plus difficile qu'un enfant gâté. Ah, on s'habitue vite !

Marie est plus à l'aise. Elle fait le tour des groupes. Elle s'immisce. Au premier, elle observe. Au deuxième, elle participe. Au troisième, elle monopolise. Que raconte-t-elle ? Intrigué et ennuyé, Antoine la rejoint sans se manifester. Il fait comme ces gens embarrassés qui ne savent pas comment exister dans les mondanités : il mime l'écoute en secouant la tête et en triturant son verre.

Une heure passe, elle termine son tour par un long échange avec l'éditeur. Il envisage de lancer une collection de partitions commentées par des experts. Ce sera pour un public mélomane et averti. Averti de quoi ? Antoine rit seul de sa plaisanterie.

Il a bu d'ennui, et ses paroles s'entrechoquent. Marie ne l'écoute pas. Elle cherche à savoir qui dans l'entourage pourrait être intéressé par son profil.

– Mon agent en a de bonnes. Figurez-vous qu'il voudrait que je me produise chez Drucker. Quand je dis chez, pas dans son émission, celle-là je l'ai faite. Vous la suivez ? Non, moi non plus. Vraiment chez lui, à la maison. Je ne sais pas si je dois accepter. Qu'est-ce que vous feriez, à ma place ? Oui, très bien payé… Vous accepteriez ? Vous avez plus d'expérience que moi. Vous êtes de bon conseil, je crois. Je devrais vous en demander plus souvent. Et vous, vous feriez appel à des musiciens comme moi pour de genre de soirée ? Et autour de vous ? Non, juste par curiosité. C'est nouveau pour moi, vous comprenez. J'ai quelques temps morts entre mes contrats, si ça peut faire plaisir… On ne diffuse jamais assez son art, n'est-ce pas ?

Comment pourrait-il être en désaccord ? Il se bat pour cela tous les jours.

– Voilà ma carte, le numéro de mon agent est dessus.

Lorsqu'ils s'en vont, elle en a distribué une vingtaine, chaque fois avec cette fausse réserve. Elle est très demandée, n'a que peu de temps à accorder à des privés. Même Drucker, elle le snobe. C'est dire…

– Je te parie que j'aurai des contrats avant une semaine.

– Ah bon ? J'avais l'impression qu'on perdait notre temps. Il n'y a pas d'argent dans le milieu de l'art.

Il tend la main vers elle en conduisant.

– La preuve.

– Tu te trompes. Ce sont les artistes qui crèvent de faim. Pas leurs marchands. Eux, ils se sont rarement mieux portés. Ceux que tu as vus, crois-moi, ils peuvent s'offrir ça.

Marie tend la main à son tour, vers le volant de la Bentley.

– Tu crois ? Je n'ai réussi à tendre aucune perche. Qui sait, tu auras probablement plus de chance.

Elle le prend par le bras, se penche vers lui par-dessus l'accoudoir et l'embrasse doucement sur la joue.

– On ne peut pas gagner à tous les coups, mon mari.

Ils sont arrêtés à un feu rouge. Il détourne le regard pour l'observer attentivement, comme s'il la voyait pour la première fois.

– Tout à l'heure, tu ne m'as pas répondu… Tu m'aimes ?

Elle reste silencieuse. Au bout d'une minute, quand le feu passe au vert, elle reprend :

– Je me demande pour lequel de nous deux ce sera plus facile. Pour toi ou pour moi.

– Ce n'est pas une compétition, Marie. Et tu ne réponds pas.

– Je sais. J'ai besoin de temps, Antoine. Toi aussi, d'ailleurs. L'amour est un luxe. Tu peux comprendre, non ?

Oui, il peut.

– Raymond devrait avoir la réponse de Lyon. Je l'appelle demain.

– Mon agent.

Il a en effet été décidé que son ami jouerait un double rôle, celui de vendeur de voiture et celui d'agent d'artiste. C'est un peu bancal, Raymond n'y connaît rien en musique classique. Bah, toute leur affaire est bancale, alors tant pis. Marie aurait aimé que ce soit Olivia qui la représente. Elle n'a pas voulu. Elle préfère rester cloîtrée dans son refuge et s'occuper du digital avec ses filles.

Cette fois, Marie passe la nuit chez Antoine. Le sexe est plus intense que les fois précédentes. Allez savoir pourquoi. Elle est tendue de désir à l'extrême et il est hyper réceptif. Leurs corps se découvrent une connexion quasi mystique. Ils jouissent deux fois en même temps et, ensuite, le cœur battant, vidés de leur énergie animale, ils s'étonnent simultanément de leur symbiose.

– Ça doit être ça, l'amour, non ?

– Dans ce cas, l'amour épuise. Tu te lèves tôt ?

Chapitre 20

Antoine répond « oui » et va à la salle de bains. Il se rhabille et dit qu'il a besoin de s'aérer un peu. Le mauvais alcool, le stress… Marie n'objecte pas, elle s'est endormie.

Dans sa rue, il croise des noceurs qui rentrent de nulle part et des sans-abri qui dorment par terre. Les vitrines sont éteintes et grillagées, sauf celles de bars peu accueillants. Un marchand de kebab sert une femme avachie. Antoine marche jusqu'au parc voisin et s'assied sur un banc. Le ciel est chargé d'étoiles à peine masquées par des nuages de fin d'été. L'air commence à se rafraîchir, Antoine frissonne.

Soudain, une vitre de voiture éclate. Il perçoit le bruit de milliers de morceaux de verres qui tombent en pluie fine, suivi d'une clameur furieuse. Des cris se mélangent, une bagarre commence. Il ne doit pas rester là. Un mois plus tôt, non loin, un adolescent a été poignardé. Ce sont des bandes rivales qui s'affrontent. Il s'éloigne en courant. Des lumières aux étages d'immeubles sont rallumées. Un peu plus tard, chez lui, il s'installe à la fenêtre tandis que Marie dort paisiblement, et reconstitue à l'ouïe une version tragique de la bagarre. Lorsque, enfin, la rue retrouve son calme, il se couche, mais passe le reste de la nuit à attendre le matin.

Chapitre 21

– Tu as bien dormi ?

Marie s'étire en repoussant les draps qui l'emprisonnent. Elle attrape son chemisier, se recouvre des seins aux hanches et s'assied sur le lit.

– J'ai trop bu, hier. Pas toi ?

Si. Il est détruit de l'intérieur. Pire qu'elle. Il n'a pas besoin d'un miroir pour savoir qu'il a très mauvaise mine. La nuit blanche a achevé de le décomposer. Le café coule, l'eau bouillante se fraye un passage à travers le calcaire du percolateur. Une tranche de pain de mie grésille dans le toaster.

– Si on partait ?

– De nouveau ? On vient à peine de rentrer.

– Je veux dire : si on déménageait, si on quittait Paris ensemble ?

– Tu es sérieux ?

Antoine observe les murs, le plafond, le parquet usé, les fenêtres sales.

– Qu'est-ce qui nous retient ?

Marie réfléchit.

– On n'est pas obligés de partir loin.

– Tu ne risques pas de perdre ta clientèle ?

Chapitre 21

– Je trouverai autre chose. Serveur, facteur, vendeur… jardinier, peu importe. Toi, tu peux jouer où tu veux. La musique est un langage universel, non ?

– Et ta voiture ?

– Je la vendrai. Comme ça, on aura de quoi voir venir, le temps de trouver autre chose.

– Tu oublies notre projet.

Antoine soupire.

– Quel projet, Marie ? Sérieusement… C'est un mensonge !

– Arrête avec ça. Ce n'est pas un mensonge. La Bentley, elle est réelle, elle t'appartient. Elle nous ouvre des portes.

– Tu as raison. Elle ne ment pas, c'est nous qui mentons.

Marie blêmit.

– Oublie ce que j'ai dit. Un coup de blues. Je suis crevé.

– Je vois… Tu ne vas pas abandonner ?

– Non, non.

– Tu sais, j'ai emprunté de l'argent à mes parents et j'ai refusé un autre contrat.

– Quoi ? Qu'est-ce que tu racontes ?

Comme Marie se tait, Antoine ne creuse pas. Il file sous la douche. Il doit se préparer. Il est déjà en retard pour sa première course. Un revenu certain, au moins. Marie rentre chez elle en métro, confuse et furieuse. Elle n'avait pas envisagé qu'il puisse laisser tomber. Pour la première fois, elle prend conscience qu'elle a besoin de lui. Est-ce ça, l'amour ?

Les jours suivant, tout s'accélère.

Raymond a la réponse de Lyon, elle est positive et le client demeure intéressé. Avec un technicien du garage, ils vont lui montrer la Flying Spur.

Un modèle gris anthracite sobre, presque discret. Antoine craint qu'il ne soit pas assez rutilant pour convenir comme cadeau d'anniversaire. Si, l'homme la trouve parfaite. Il voit même plus loin.

– On a une vieille Range au Grand-Duché. Je vais la revendre. Ainsi, on aura le choix. La Ferrari pour le plaisir, la Bentley pour les longues distances. Mon épouse a beau parler, elle aime le confort. Normalement, on fait les trajets Luxembourg - Paris en train, mais elle ne supporte plus. Vous voyez, la première... Je ne comprends pas pourquoi la SNCF ne met pas de meilleurs sièges.

Il ne demande même pas s'il y en a d'autres en stock. Après avoir roulé une heure, il confirme qu'il la prend et appelle sa banque. Le temps de signer les papiers et d'effectuer le payement, rubis sur l'ongle, tout est réglé. Antoine et Raymond n'en reviennent pas. La semaine suivante, leurs comptes sont crédités de 6 000 € chacun. Ils n'avaient plus vu de tels sommes depuis la faillite.

Marie exulte. Elle avait raison. En parallèle, Iva a envoyé une douzaine de coordonnées. Et il y a quatre autres soirées.

*

Quand septembre s'achève, ils ont rencontré assez de monde pour voir venir l'automne sereinement. Ils se partagent les tâches et les relances. Deux autres acheteurs potentiels sont identifiés pour des Bentley. Un troisième les a interrogés pour une Rolls-Royce Phantom. Plus compliqué à se procurer à cause des nombreuses options sur demande. Marie, représentée par Raymond qui joue bien son rôle de supposé agent, a noté quatre options pour des concerts privés. Une vraie diva surbookée. Seul souci : ils sont tous pour la fin de l'année. C'est tard. Il faut qu'elle en trouve pour octobre et novembre. Elle misait sur un par semaine. Pour une raison qui lui échappe, tout est plus lent pour le violon que pour l'automobile.

Raymond est aussi excité qu'elle. Il est convaincu qu'il a trouvé le travail idéal. Il cesse ses recherches pour se concentrer sur ses contacts.

Chapitre 21

Il envisage de créer une société et se convainc que cette approche est la bonne. Il a lu partout que les voitures, y compris haut de gamme, se vendaient de plus en plus en ligne. Pourquoi se concentrer sur une marque ? Ils sont en train d'inventer un concept de courtage personnalisé vraiment original. Ce qui leur manque, ce n'est pas un showroom, ce sont des modèles électriques. Il commence à se convertir et la Rimac devient son fantasme ultime. L'*hypercar* serbe remplace peu à peu la Bugatti.

Des trois, seul Antoine demeure sceptique. Il effectue ses courses quotidiennement, s'absente le moins possible pour participer aux appels et aux rencontres. Les soirées mondaines, qui ne lui plaisent plus du tout, lui suffisent. Marie n'arrête pas de répéter :

– Décoince-toi, voyons. Tu ne vas pas faire le taxi toute ta vie, si ?

Bien sûr que non. Mais il n'ose plus lui dire qu'il veut partir. Il a trop peur de la perdre. Cependant, l'altercation nocturne a achevé de la convaincre qu'il n'avait plus sa place à Paris. En plus, son espèce de double vie le rend schizophrène. Tôt ou tard, il se trahira ou il sera démasqué.

S'inquiète-t-il trop ? Il est angoissé également par Marie et Raymond. Ils n'avaient plus les moyens de rien et ils vivent encore plus à crédit. Qu'adviendra-t-il si les semaines passent sans autres ventes ? Ils n'ont à ce stade que des promesses. Et les promesses… Ils y croient tellement qu'ils ont déjà dépensé la première commission. Antoine ne sait que faire pour les inciter à la prudence. Ah, le rabat-joie ! Raymond a offert du matériel informatique surdimensionné à ses filles et à sa femme ; Marie a convaincu Antoine qu'ils devaient à tout prix renouveler leurs garde-robes. Il voulait tout laisser sur un compte d'épargne, elle lui a fait acheter deux costumes et deux robes à plus de 1 000 €, des chaussures, un sac griffé et des petits accessoires. C'est fou, de tirer le diable par la queue en Prada !

Le 9 octobre, ils ont une première opportunité de porter leurs nouveaux vêtements. L'homme qui cherche une Rolls-Royce les a invités à l'hippodrome de Longchamp pour un soi-disant déjeuner de travail. Ils n'ont jamais mis les pieds sur un champ de courses et c'est le week-end du Prix de l'Arc de Triomphe. Un nom qui claque… Marie a supposé qu'une tenue élégante s'imposait. Elle s'est fait plaisir. Elle resplendit.

L'homme dispose d'un salon privé qui surplombe les gradins. Antoine est surpris du monde, effectivement bien habillé, qui les arpente. Il s'attendait à un lieu décrépit et vidé de ses habitués d'autrefois. Tout est suranné, oui, mais la foule est nombreuse et variée. Il n'y a pas que des vieux à moustaches et des vieilles à chapeaux. Ni gentleman d'Epsom, ni dame en rouge. Quoique, en regardant de plus près, il est parmi les plus jeunes. Une vraie malédiction : à part dans son club de sport, qu'il ne fréquente pas assez, il ne croise jamais des gens de son âge.

Il semble que l'été indien se prolonge cette année davantage que les précédentes. Des records de température ont été battus, les inquiétudes pour le climat ont repris aux désastres de la crise la une obsessionnelle des médias. En attendant la fin du monde, comme il est bon de sentir les caresses du vent du sud. Vingt-cinq degrés, un air de juillet éternel. Antoine, assis sur une des chaises numérotées de la tribune, attend le départ d'une course avant de rejoindre Marie dans le salon. Le commentateur a fini d'énumérer les casaques et les pedigrees, un bref moment de suspense lui a succédé. Le signal est donné, les boxes s'ouvrent, les chevaux s'élancent. Le fracas attendu des sabots sur la terre battue brise le silence éphémère, des spectateurs se lèvent, certains applaudissent, d'autres se collent des jumelles sur les yeux. Le tour du parcours est accompli à une vitesse surprenante. De loin, on pourrait croire que l'animal est aussi rapide que la machine. Un grand prix de Formule 1 ne serait pas plus impressionnant. Au retour des compétiteurs, un podium se précise, des pronostics se confirment et d'autres se défont. Antoine n'attend pas le franchissement de la ligne pour rentrer. Marie lui fait de grands signes.

– Chéri, toi qui as une bonne mémoire, tu sais si je suis disponible le 1er novembre ? Madame…

Elle introduit une femme très apprêtée, la quarantaine, sosie d'une actrice de cinéma au nom oublié.

– … Madame a l'excellente idée d'organiser un concert d'Halloween pour ses enfants.

La femme ajoute :

– Les miens et ceux de quelques amies. Nous en avons assez qu'ils écoutent de la pop à longueur de journée.

– Figure-toi qu'elle est passionnée de Mozart, comme moi. N'est-ce pas, Madame… ?

– Stéphanie.

– Stéphanie aimerait que je leur joue le *Concerto n° 5*. Justement mon préféré.

Marie n'en pense pas un mot. Mozart ne la passionne pas et le *n° 5* a surtout le mérite d'être facile à jouer, même sur un mauvais violon.

– Je serais ravie de lui faire plaisir. Et puis, une audience d'enfants, ça me changerait du public des tournées.

Antoine est grisé. Il ne sourcille pas.

– Tu veux que j'appelle ton agent ?

– J'ai essayé, il ne répond pas.

– Dommage… Londres, c'est le 4 novembre. Si je ne me trompe pas, tu es libre. Sauf que tu dois répéter.

– Oh, pour faire plaisir à des enfants, je peux bien faire un sacrifice, non ?

Stéphanie gonfle de satisfaction. Antoine ajoute :

– Et sacrifier ton prix, je suppose.

C'est la phrase de Raymond pour banaliser le tarif proposé.

– Évidemment. Pas question que je demande 10 000 € à une amie. Un quart, pas un sou de plus. N'est-ce pas, Stéphanie ?

Que pourrait-elle dire ? La femme très apprêtée ne peut pas se permettre de s'étouffer sur un prix. Elle a un statut à défendre. Elle hoche la tête.

Comme elle ne s'y connaît pas mieux que les autres, elle doit supposer qu'elle fait une bonne affaire.

– Alors, c'est entendu. Chéri, tu feras bloquer la date pour moi ? Tu es un amour.

Stéphanie parvient à ajouter, au grand déplaisir de Marie :

– Je demande à mon mari et je confirme. Je vous appelle.

– Bien sûr...

L'homme qui les invite vient interrompre cette négociation feutrée. C'est pour lui qu'Antoine est là, ils ne s'étaient pas encore croisés.

– Cher Antoine, comment allez-vous ? Désolé, mon bookmaker m'accaparait. Non, c'est pour rire. J'ai rendu visite à l'heureux propriétaire de Darling d'Ela. À huit contre un dans la deuxième. Vous pariez ?

– Non, pas vraiment.

– Il faut un début à tout. Si vous voulez, on partage une petite mise à deux. 4 000 ?

Antoine ne sait pas quoi répondre. Il ne peut pas avouer qu'il n'a pas cette somme, qu'elle est énorme pour lui.

– Eh bien... Si vous le permettez, je préfère me familiariser avant de me lancer. Je... J'ai plus l'habitude de... euh... de la voile.

– Un beau sport ! Qu'à cela ne tienne. Nous jouerons ensemble la prochaine fois.

Si Antoine est là, c'est parce que l'homme veut avoir des nouvelles de sa requête. Les concessionnaires de la marque au Spirit of Ecstasy ont tous des délais de livraison horriblement lents. Il tente une filière différente. Des supposés spécialistes de la vente en ligne, Raymond et Antoine, capables, paraît-il, de court-circuiter les filières classiques et de livrer un véhicule en quelques semaines. Il déteste attendre.

Raymond a cherché partout, sans succès. Trop compliqué. Il voulait jouer le tout pour le tout en proposant une autre marque, mais il n'osait pas confronter son acheteur dans un contexte aussi snob. Antoine a pris le relais. Puisqu'il n'espère rien, il ose tout.

– Je vais être franc avec vous. Les Rolls, elles sont dépassées. Vous savez pourquoi ils sont si lents à les livrer ? Parce qu'ils veulent faire croire qu'ils sont au bord de la rupture de stock. C'est faux.

– Ah bon ? Vous croyez ? C'est pourtant une icône de l'automobile.

– C'était. Pour les Qataris et les Émiratis, elle le reste. Pour des industriels de votre calibre…

Il le dévisage en prononçant ces mots, un homme petit, sec et buriné, banal en fait, si ce n'est par l'assurance qu'il dégage. Richissime, cela va de soi. C'est un industriel mondialisé. Il possède des ateliers de confection en Turquie, des usines de fabrication de pièces pour avions en Chine, des chaînes de magasins en Amérique et une plateforme d'e-commerce en France.

– Avez-vous déjà essayé la Maybach Classe S ?

– Non. Je la visualise assez mal, je dois dire. Elle est un peu quelconque, non ?

– Au contraire, monsieur. Laissez-moi vous montrer.

Raymond a trouvé un exemplaire disponible à Munich. C'est celui-là qu'Antoine voudrait fourguer en remplacement de la Phantom. Elle est mieux équipée, elle a une meilleure tenue de route, elle est plus maniable… Hélas, elle est moins chère. Antoine, heureusement, a gardé quelques réflexes de son ancienne vie. Il dépeint la Maybach de façon parfaite et évite tous les écueils des questions pièges. Il obtient une tablette connectée et montre des images formidablement séduisantes. Comme l'industriel est impatient, il se laisse petit à petit convaincre que, effectivement, la vraie allemande est supérieure à la fausse anglaise.

– C'est vrai que ça change des Rolls. Vous avez raison, elles sont massives et ennuyeuses.

Les courses se suivent. La plus fameuse, le Prix de l'Arc de Triomphe, a lieu à 16 heures. Antoine et Marie ne l'attendent pas. Leur but est atteint et ils en ont assez. Les mondanités hippiques ne les ont pas particulièrement inspirés et Marie n'en peut plus de ses talons douze centimètres. Elle a mal de la nuque aux orteils. Ils prétextent une obligation pour s'en aller. Dès qu'ils sont dans la Bentley, elle retire ses chaussures et pousse un cri de soulagement.

– Il faut souffrir…

– On voit bien que tu n'es pas à ma place. Le jour où les hommes devront sortir en stiletto, ils apprendront l'indulgence.

– Tu es contente d'être venue, sinon ? C'était amusant de voir un champ de courses.

– Amusant, je ne dirais pas. Enrichissant, en tout cas. Tu as vendu une voiture et moi une prestation.

– Tu vas un peu vite… Tu as vu les chevaux ?

– Seulement sur les écrans, je ne suis pas sortie de la loge.

– Ils ne relèvent pas la tête tant que la ligne n'est pas franchie.

– Toi, si ?

Antoine fait signe que non.

– Nous ne repartons pas avec des signatures en bas de contrats.

– Je le sens bien quand même, cette fois. Ton type, là, tu l'as retourné, c'était incroyable. Chapeau !

– Tu t'intéresses à la vente, toi, maintenant ?

– Touchée. On informe Raymond ?

Chapitre 21

Ils mettent l'appel sur le kit mains libres et parlent avec leur ami pendant qu'ils traversent la ville. Celui-ci est béat d'admiration. Comme Marie. De vrais enfants. Antoine hausse les épaules en conduisant.

– Bof !

– Ne sois pas si modeste, Antoine. Vendre une Maybach à la place d'une Rolls, c'est fort. Ça nous fera 7 000 € chacun, tu te rends compte.

– S'il signe… S'il signe.

– On a le vent en poupe, je te dis. Cette fois, on ne va plus lâcher, hein ? Promis ?

Marie lève les pouces et ajoute :

– *Yeah !*

– Tu sais qu'on me propose un poste de directeur-adjoint dans un Franprix qui ouvre à côté de chez moi en mars ? Je vais ignorer. Je suis à fond.

Antoine est sidéré de l'apprendre. Depuis le temps que Raymond cherche du boulot, avec une famille à charge. Il voudrait le convaincre, au contraire, d'accepter. Il n'a pas le temps de répondre. À ses premiers mots, Raymond le coupe pour demander à Marie comment ça s'est passé pour elle.

– Oh, je ne vais pas t'impressionner, moi. Mozart n'est pas Daimler. Mais je crois que j'ai une cliente pour la fin du mois. Les choses s'accélèrent, tu vois.

Chapitre 22

Trois semaines ont passé. La Maybach s'est vendue comme un petit pain. L'industriel n'a même pas demandé son prix, 180 000 €. Lui aussi était pressé. Ou simplement blasé. Comme il fallait la faire venir de Bavière, Raymond s'est rendu sur place. Il a vérifié le véhicule dans le détail, il l'a essayé il a partagé des photos et des vidéos, cela a suffi. L'industriel a confirmé son achat et envoyé un acompte contre des garanties, et voilà. Le concessionnaire bavarois était bluffé. Il a proposé d'offrir le vol en first pour les acheteurs suivants. Raymond a gentiment refusé. La vocation de son service est précisément d'éviter aux clients de se déplacer. Le slogan de la petite plateforme Vipservices, c'est « votre rêve vient à vous ». Il n'allait tout de même pas se contredire dès le deuxième achat.

La Maybach n'est pas la seule vente d'octobre ! Pendant qu'Antoine attend son client ivoirien avenue Poincaré, il reçoit deux appels presque simultanés, l'un d'un des marchands d'art de la soirée chez l'éditeur, l'autre d'une banquière. Ils veulent des Bentley rapidement. Lui, un SUV, une Bentayga si possible noire, elle, un coupé, une Continental GT V8 d'office Snow Quartz. La couleur est primordiale. Elle est l'une des marraines des Nuits Blanches à Paris, et le blanc est son moyen de reconnaissance. La Bentayga sera facile à trouver, leur contact à Lyon en a une ; pour la Continental blanche, ce sera plus compliquée. Raymond cherche partout et n'en trouve qu'une, à Varsovie. Sous option d'achat.

Le client ivoirien d'Antoine est cette fois accompagné d'une dame âgée vêtue d'une de ces robes multicolores que peu de femmes savent porter avec élégance. Son visage n'est pas inconnu. Lors de la course, de l'ambassade de Côte d'Ivoire à l'aéroport Charles de Gaulle, Antoine comprend qu'il s'agit de l'épouse d'un président. Que fait-elle là ? Où va-t-elle ? Il ne le saura pas. Sa clientèle est mystérieuse et discrète.

Pour Marie, les nouvelles sont moins bonnes. Elle n'a pas eu la confirmation de son concert d'Halloween. Pendant des jours, elle a répété ce stupide concerto qu'elle n'aime pas. La femme du champ de courses ne l'a pas rappelée et, piégée dans la position de l'artiste trop demandée, Marie n'a pas osé insister. Le 30, elle a bien dû admettre que c'était plié. Elle en a pleuré.

Halloween a un temps de Toussaint. La fine pluie qui tombe sans interruption de nuages invisibles s'infiltre partout. Le sol est boueux, les caniveaux charrient des crottes de chiens et la nuit grignote l'aube.

Du côté de République, une manifestation a mal tourné. Un enfant bousculé par la foule a été piétiné. Des filles et des garçons habillés de noir ont cassé des vitrines en représailles, la police les a chargés, il y a eu plusieurs blessés. Les médias ne parlent que de ça, du matin au soir. Une marche blanche va être organisée, des commentateurs qui ont un avis sur tout s'écharpent comme d'habitude sur les plateaux. Tout est nul, rien ne va, aucune décision n'est juste, la méchanceté est partout. Comment garder le moral quand on n'a pas grand-chose et qu'on n'entend que des mauvaises nouvelles du matin au soir ? Antoine a coupé la radio et la télévision il y a longtemps, pas Raymond. Il s'abreuve, ainsi que Marie, de ce qui se passe, en intensifiant les drames. L'enfant est mort, les casseurs en noir ont frappé des agents à coups de barre de fer, des dizaines de voitures brûlent dans les banlieues, le ministre de l'Intérieur a reçu des menaces.

Marie est atteinte. Les images projetées par les récits de Raymond lui dépeignent une réalité plus sauvage que celle d'un pays en guerre. Comment est-ce possible ? Elle savait que le monde d'après était pire que celui d'avant, elle était de ceux qui en subissaient l'âpreté, mais elle croyait en une divine intervention qui finirait par arranger les choses. Sans doute était-elle déformée par l'harmonie des partitions qui façonnaient sa vie depuis tant d'années. Ou bien était-elle encore naïve. Elle l'est de moins en moins.

Elle peut bien se rêver charmeuse de serpents dans des salons sublimes, l'implacabilité de son dénuement se charge de la réveiller. Et elle est de plus en plus déchirée entre la conviction que ses projets vont réussir et le constat qu'ils ne se concrétisent pas. Elle n'a qu'un contrat sûr, pour un concert privé le lendemain de Noël. C'est insuffisant. Elle continue de jouer à la cafétéria et de relancer sans succès ses connaissances. Si elle rappelait la troupe des Halles ? C'est trop tard.

Antoine offre de la soutenir, dès qu'il touchera ses commissions. Elle refuse. Elle a sa fierté. Encore une fois, elle ne veut pas qu'il sache à quel point elle est mal. En fait, il s'en rend compte et désespère de ne pas pouvoir l'aider.

Combien de temps tiendra-t-elle ? Le plus important, c'est la nourriture. Les concerts sont une opportunité, bien manger une nécessité. Elle a pris l'habitude de fréquenter des bonnes tables au moins une fois par semaine. Davantage depuis Courmayeur. Septembre et octobre ont été sur ce plan des mois fructueux. Au point qu'elle a pu sauter régulièrement des repas quand elle était seule chez elle. Mais le mauvais temps et la conjoncture morose ont un impact négatif sur les mondanités. Alors qu'elle a urgemment besoin de multiplier les rencontres, Antoine et elle sont de moins en moins invités. Deux fois en novembre, une fois en décembre… D'autres occasions suivront-elles ? Quand ? En dernière minute ?

Vivre au jour le jour, voilà encore la plus sage des philosophies. Antoine vient de gagner un joli contrat comme taxi : deux Japonais pendant une semaine, en exclusivité. Il a réorganisé son agenda de chauffeur sans drame. Sauf de la part de la veuve Picot, qui a piqué une colère terrible. Elle a menacé de le gifler la prochaine fois qu'elle le verrait. Elle est incroyable, cette femme !

Les Japonais sont vieux, ils marchent difficilement. Malgré cela, ils veulent visiter Paris de fond en comble. Tout doit être parfait, peu importe le prix. Ils voyagent avec une jeune guide bilingue et ont réservé une suite au Crillon. Ils ne parlent pas, ils remercient de la tête, commandent du regard. Le jour de leur départ coïncide avec la seconde invitation de novembre. Antoine a juste le temps de les déposer à l'aéroport, de rentrer se changer et d'aller chercher Marie, qui mise énormément sur cet événement. Le contexte est idéal, le public prestigieux, et la première invitation n'a rien donné, à part un repas trop copieux. Il est vital de se rattraper.

Elle a enfilé son plus bel ensemble, passé deux heures au bar à ongles et rassemblé toute sa motivation. Ils seront une cinquantaine dans un grand salon du Cercle de l'Union Interalliée. Elle ne savait même pas que ce lieu existait. Un magnifique hôtel particulier, un palais, plutôt, en arrière-cour d'un immeuble haussmannien du faubourg Saint-Honoré. Ce sont des Anglais qui invitent, leur ambassade est mitoyenne. Grâce à sa voiture, Antoine a pu se garer dans la cour. Raymond, exceptionnellement, les accompagne. Il vient de toucher sa commission sur la Bentayga et a appris que l'option sur la Continental était levée. Il est bouffi de confiance.

Plus que les fois précédentes, Marie s'est demandé ce qu'elle faisait là. Tous ces noms à particules… Et aucune amorce ! Quand un visage familier lui a demandé s'il serait envisageable qu'elle forme un quatuor pour ses trente ans de mariage, elle a cru son heure arrivée. D'autres convives ont entendu la question et elle est devenue le sujet de toutes les conversations. « Une grande artiste parmi nous et on ne nous disait rien ? Quelle chance ! C'est trop rare, de nos jours… » Mais tel un mauvais soufflé, l'attention est retombée dès que le président de l'Union a fait l'honneur de sa présence. D'autres sujets se sont intercalés et le sien s'est évaporé. Antoine a tenté de le relancer sans succès ; Raymond est demeuré muet, impuissant. Le concert des noces de perle restera la seule opportunité du jour, sauf que la question était posée un peu tôt : c'est pour dans huit mois.

Les derniers jours de novembre, Raymond se rend à Varsovie pour la banquière. Il paye l'avion et l'hôtel de sa poche. C'est la première fois qu'il va en Pologne. Il ne connaît ni la langue, ni la culture. Du pays, il ne visualisait que Lech Walesa, des HLM rénovés, des plombiers débrouillards, des curés autoritaires et de la vodka bon marché. Une somme de stéréotypes. Il s'attendait à pire de la ville. Une déglingue post-soviétique, peut-être. Tout est organisé, les rues sont propres, les bâtiments bien entretenus.

Son contact est situé dans un quartier vaguement chic. La concession est moderne, bien équipée. Mais elle est entourée de poubelles qui débordent et de rats qui courent parmi les détritus. Il paraît qu'il y a des grèves. « Ah bon, ici aussi ? » Certains quartiers doivent être évités.

La Bentley blanche est bien là. Des commerciaux retirent la couverture de protection pour Raymond. Parfait ! Elle correspond à son cahier des charges. La banquière sera contente. « *I need to check in details.* » Le gérant du showroom, qui ressemble à un loup de Wall-Street, fait le tour avec lui. Il rechigne à lui donner la clé. Il prétend dans un anglais approximatif qu'elle est dans un coffre. Il n'est pas clair, il répète « *It's all good man ! It's all good !* » Raymond s'énerve. Il veut la clé. Le gérant temporise et demande qu'il revienne plus tard. Par une série de questions pas très subtiles, il essaie de savoir qui est la cliente.

Une journée de perdue. Raymond prétexte le *jetlag* pour rentrer à son hôtel et dîner seul. Le lendemain, il obtient enfin que la Bentley soit démarrée. Il va pouvoir inspecter le moteur, l'équipement et l'électronique. Il comprend immédiatement l'hésitation du gérant : le compteur affiche deux mille kilomètres. La voiture n'est pas neuve. C'est une catastrophe. À moins que…

Il appelle la banquière. Ça n'a pas d'importance, elle est pressée, elle a un événement en décembre. Qu'il négocie le prix. Il le fait âprement, obtient quelques milliers de roubles de remise. Est-ce suffisant ? Oui. Reste à organiser l'export et le transport. Raymond reprend l'avion bien plus tard que prévu. Mais il est content de lui. Il revit. Il appelle Olivia et Antoine en atterrissant à Roissy. Olivia a la voix des mauvais jours,

Antoine a la tête ailleurs. On dirait que l'un et l'autre se fichent de ses succès.

Olivia se sent seule malgré ses filles et sa formation. Elle est rattrapée par des pensées morbides. Ses nuits sont entrecoupées de crises de panique. Elle perd l'appétit. Elle a besoin de la présence de son mari et n'ose pas le lui dire. Elle se sent coupable.

Quant à Antoine, Il a en effet la tête ailleurs. Iva n'avait pas donné signe de vie pendant deux mois. Il ne pensait plus à elle et ne remarquait pas son absence. Ce n'est qu'en recevant son texto de réservation qu'il avait pris conscience du temps écoulé. Était-elle partie, comme en août ? Il l'a revue.

C'était pendant le voyage de Raymond à Varsovie. Elle lui avait demandé cette fois de l'emmener à Marne-la-Vallée. Une destination inhabituelle. Lorsqu'il l'avait prise en charge, vêtue plus sobrement que d'habitude, elle lui avait annoncé qu'elle allait rejoindre sa famille à Disneyland.

Antoine ignorait qu'elle avait une famille. Si, en Bulgarie. Sa maman, son frère et sa sœur. Elle était inquiète pour sa maman. Cancer. Son frère est un bon à rien. Sa sœur est mariée à un bon à rien. Leur père a disparu quand ils étaient enfants. Ce n'est pas plus mal, il battait tout le monde. Lui aussi était un bon à rien.

Le mois passé, l'état de sa maman avait empiré. La chimiothérapie qu'Iva lui payait dans un bon hôpital de Varna ne suffisait plus. Des métastases s'étaient propagées et le pronostic des médecins était à présent réservé. De plus, son amie Alyssa avait été battue par un client. Si, assez gravement. Viol, côtes et mâchoire cassées.

– C'est affreux, la pauvre. Quel est le salaud qui a fait ça ?

– Qu'est-ce que ça changerait de le savoir ? Le mot d'une pute contre celui d'un millionnaire…

– Pas de preuves ?

Iva avait haussé les épaules. En tout cas, cette histoire la faisait réfléchir. Depuis des années, elle finançait la construction d'une belle maison au bord de la Mer Noire pour sa maman. Le toit venait d'être posé.

– Tout ça pour ça, tu vois.

Antoine était désolé. Pas besoin d'en dire plus.

C'était la première fois qu'elle se dévoilait ainsi. Il ignorait presque tout d'elle. Il avait conclu à son accent qu'elle venait des Balkans. En y repensant, Iva, c'est typiquement bulgare.

– Mon vrai prénom est Ivanka. Je le déteste. Ivanka Trump, non merci.

Pendant qu'il la conduisait au parc d'attractions, elle racontait son histoire. Pourquoi éprouvait-elle subitement ce besoin ? Pourquoi avec lui, alors qu'elle était si secrète ?

– Parce que tu es un ami, Antoine. Je te fais confiance, je sais que tu n'attends rien de moi et que tu ne me feras jamais de mal.

– Oh non, certainement pas !

Son parcours correspond à ce que l'on imagine des jolies filles de l'Est. Famille modeste, pas de relations, peu d'éducation. La beauté pour seul atout, suffisante pour aspirer à une carrière de mannequin mal payé, trop banale pour être repérée comme actrice ou top-modèle. Elle aurait pu fréquenter des sites de rencontres et se marier à l'Ouest, elle avait préféré opter pour une voie plus rapide et mieux rémunérée.

En sortant de la chambre d'hôpital d'Alyssa, elle avait eu pour la première fois une vraie appréhension mêlée de dégoût. Elle ne s'était pas attendue à ça. Elle avait besoin de réfléchir et sa maman avait besoin d'elle. Quelques jours plus tard, tous ses rendez-vous étaient annulés et elle atterrissait à Varna, via Sofia.

Elle a passé trois semaines dans sa nouvelle maison.

Sa famille, ses anciens amis, ses professeurs, ses voisins, tout le monde l'accueillait chaleureusement. Ignoraient-ils sa profession ? Si non, ils passaient outre. En une semaine, elle avait oublié Paris et sa vie de poule de luxe.

– Oui, Antoine. Il ne faut pas se voiler la face, je suis une poule de luxe. Ou plutôt, j'étais.

– Comment ? Tu n'es plus *escort* ? C'est fini ? D'un coup ?

Elle avait hoché la tête.

– Dans mon métier, il n'y a pas de préavis. Quand on arrête, plus vite on part, mieux ça vaut.

– Tu vas rentrer vivre dans ton pays ?

– Oui. Ici, je serais en danger. Je sais trop de choses sur trop de gens.

– C'est sérieux ? Tu as un projet ?

– Tout à fait. J'ai eu quatre semaines pour le mûrir. C'est plus qu'il n'en faut. Une décision, ça se prend en quelques secondes. J'ai repéré une belle demeure ancienne près de la mer, à une dizaine de kilomètres de chez moi, là-bas. Un endroit magnifique, idéal pour une auberge de charme. Elle est en vente et j'ai les moyens de l'acheter. J'ai déjà soumis une offre. Je vais la transformer et en vivre.

– Aubergiste, toi ?

– Et restauratrice, pâtissière… Tout me plaît. Et ainsi, je pourrai m'occuper de ma maman. Eh bien ?

– Je ne sais pas quoi dire, Iva. Bravo. Tu as un aplomb qui m'impressionnera toujours. J'espère que tu réussiras. Ce n'est pas simple, de revenir sur ses pas. Tu devras retrouver une vie qui n'est plus la tienne.

– J'en suis consciente. Ce sera dur au début, mais tout vaudra mieux que ce que je vis ici.

– *Life is a-changin'*[1].

---

1. « La vie est en train de changer. »

– Exactement !

– Et pourquoi Disneyland ? Voilà un endroit qui ne te ressemble pas.

– C'était le rêve de ma maman. Elle voulait venir au parc un jour, avec ses enfants et ses petits-enfants. Moi, je voulais lui faire ce plaisir tant qu'elle pouvait voyager. J'ai invité toute la famille. Un adieu à Paris, en quelque sorte…

– Tu es une chic fille, Iva.

– Merci, Antoine. Tu me manqueras.

– Je ne te verrai plus avant ton départ ?

– Je ne crois pas. Pour être franche, cette course était l'occasion de te faire mes adieux.

Antoine avait eu les larmes aux yeux. Il perdait une amie.

Chapitre 23

Il est triste. Il est surtout perplexe. Voilà des semaines, des mois qu'il veut partir et qu'il se contente d'en parler. Ne serait-il pas bientôt temps de prendre une décision ? Et Marie ?

Elle a passé une nouvelle audition, sans succès. Pour l'orchestre Colonne, cette fois. Elle était étonnée d'être invitée pour une audition et n'y croyait pas. Trois fois dans le passé elle avait voulu se présenter, trois fois elle avait attendu une réponse en vain. Sans doute pour cette raison ne s'est-elle pas assez préparée. Elle devait interpréter une œuvre qui ne fait pas partie de la liste qu'elle répète sur son mauvais violon. Sur scène, à l'aveugle pour un jury composé de plusieurs membres de l'association artistique, elle a commis quelques imprécisions. Infimes, certes, suffisantes toutefois pour que le seul commentaire entendu après qu'elle ait terminé soit un poli « on vous rappellera ». Fichu, une fois de plus. Pourtant, son talent est reconnu et, chaque fois qu'elle est jugée par un professionnel, au-delà de ses approximations, un bel avenir lui est promis. Qu'est-ce qui lui manque ? Aurait-elle dû participer à plus de concours lorsqu'elle était plus jeune ? Elle avait failli être retenue pour le Reine Élisabeth, le besoin d'argent à court terme et une opportunité de contrat rapide l'avaient retenue. C'est si loin, à présent.

Au moins, le concert de Noël est confirmé. Elle touchera bien 2 500 €. C'est peu, comparé à ce que touchent Raymond et Antoine, mais ça lui permettra de ramener son compte bancaire à zéro. Il serait temps.

Les gens qui l'ont réservée ont insisté pour qu'elle joue des valses de Strauss. Elle aurait dû y penser. S'il y a bien un stéréotype lors de cette journée, ce sont les couples qui tournicotent sur des parquets cirés. Il lui reste trois semaines pour réviser son *Beau Danube bleu* et ses *Histoires de la forêt viennoise*. Sirupeux à souhait. Elle aurait préféré un concerto de Schumann…

Comme Antoine a reçu ses commissions, il a racheté des smartphones et offert en plus à Marie un soin de beauté complet. Il a insisté. Il ne voulait pas lui faire injure, mais elle en avait besoin. Surtout moralement. Et c'est vrai qu'elle en a profité. Ses magnifiques cheveux châtains fourchaient, ses ongles fins se fendaient, les cils de ses beaux yeux pâles se rebellaient et sa peau ternissait. Elle a même eu droit à un massage !

Après avoir terminé tout cela, bien sûr, elle s'est sentie plus belle, plus sûre d'elle. Le pas décidé de son reflet dans les vitrines des magasins l'a convaincue de son aura retrouvée. Les obstacles les plus hauts pourraient ressurgir, elle les franchirait. Donnez-lui une seconde chance d'affronter le jury qui l'a recalée, elle le ferait chavirer. Mais ce n'est qu'une illusion et elle ne dure que le temps du plus éphémère des brushings. Quelques journées de décembre suffisent à l'effacer.

Il pleut, il fait froid, la nuit tombe tôt, la période la plus désagréable de l'année commence pour tous ceux qui n'ont pas les moyens ou l'énergie de profiter du marketing de fin d'année. Les marchés de Noël s'installent, les vitrines des grands magasins s'illuminent et les avenues célèbres retrouvent leur lustre. Il y a autant de consommateurs empressés du Printemps à la Samaritaine que de manifestants énervés de Bastille à République. La ville, jusqu'aux soldes d'hiver, est schizophrène. Marie aussi, désespérée de ne pas réussir mieux.

Antoine ne sait vraiment pas comment l'aider. Lui-même peine à garder le moral, alors que sa clientèle, contaminée sans doute par la saison, est de plus en plus difficile. Il doit attendre, annuler, renégocier, subir remontrances et jérémiades…

Raymond garde le rythme. L'essai est presque transformé.. Une Aston Martin, cette fois, pour un trentenaire qui a fait fortune dans le digital.

Chapitre 23

Une application de cryptomonnaie. Si tout se déroule correctement, la vente sera conclue avant le Nouvel An. Ils auraient donc gagné environ 30 000 € chacun en à peine quatre mois. Si ça, ce n'est pas un succès ! Il faut qu'Antoine continue à lui trouver les bons profils. Des enrichis, désœuvrés, prêts à dépenser des fortunes pour tromper l'ennui. Antoine et sa Bentley amorcent, Raymond achève. Une routine rodée. Mais Antoine peine à se motiver. Il a dépensé ce qu'il devait, épargné le reste, toute son attention est sur Marie. Comment l'aider, bon sang, comment l'aider ?

Il roule, somnambule, plus attentif aux messages de son portable qu'aux remarques sèches de ses passagers. D'autres invitations, s'il vous plaît. Au moins ça. Il envoie des e-mails, attend des réponses. À peine remarque-t-il le gâchis qui l'entoure. La ville est devenue moche, sa décrépitude, anodine. Une seule soirée en décembre, ce n'est pas suffisant. Il est à deux doigts d'en parler en conduisant. Il s'en empêche, par peur de faire tomber le mur qui sépare sa vie réelle de sa vie inventée, persuadé que la première détruira l'autre. « Paranoïa ! » dit Raymond, qui rage de se priver ainsi d'un relationnel à portée de mains. Si Antoine trouvait une brèche dans son mur, il jure qu'il s'y engouffrerait.

Il finit par en trouver une, de façon tellement inattendue qu'il a hésité à la saisir. La veuve Picot n'avait plus fait appel à ses services depuis l'histoire des Japonais. Il craignait de l'avoir perdue et il la regrettait. Elle est étrange, mais fidèle et généreuse. C'est tout ce qui lui importe. L'avait-elle mis au purgatoire pour lui donner une leçon ? Un mois jour pour jour après lui avoir annulé une course en dernière minute, elle le fait appeler pour en commander une nouvelle. Il a un problème d'agenda, il se débrouille.

Lorsqu'il se présente à sa résidence, elle apparaît imposante dans un ensemble de cuir noir. Il lui dit bonjour en ouvrant la portière, tandis que l'éternel assistant, renonçant à ce rituel machinal, va s'asseoir sur le siège avant. Elle ne répond pas, ôte un de ses gants et, comme elle l'avait promis, l'utilise pour le gifler sèchement. Un véritable coup de fouet sur sa joue. Il sursaute de stupeur et porte la main à son visage rougi.

– Je l'avais promis, n'est-ce pas ?

Il hésite à répondre, ne sachant quelle attitude adopter.

– Ose dire que tu ne l'as pas méritée.

– Non.

– Non qui ?

– Non, madame.

Elle éclate de rire.

– Viens, je ne veux pas être en retard. Maintenant que je t'ai rappelé ton rang, nous pouvons reprendre notre relation normale.

– Oui, madame.

Il ne sait pas s'il a envie de l'étrangler et de la jeter dehors ou de se taire et d'oublier. Ce n'est qu'une cliente, après tout.

L'assistant n'a pas bronché. Il est clair qu'il craint sa patronne et, comme Antoine l'avait remarqué, il est évident qu'il s'en satisfait.

En cours de route, brisant le silence – elle ne veut entendre ni musique ni téléphone, aucun bruit qui ne serait de son initiative –, elle demande à son assistant :

– La violoniste, j'y pense, tu l'as, ou tu ne l'as pas ?

Au mot magique, Antoine tend l'oreille.

– Hélas, non, madame.

– Pourquoi ?

– Elle a envoyé son renom. Je continue de chercher. C'est une date très difficile.

Quelle coïncidence !

– Ah, pas d'excuse, hein ? Voilà une semaine que tu es au courant.

– Puis-je proposer davantage d'argent, madame ?

C'est trop beau !

– Fais ce qu'il faut, ne pose pas de questions inutiles. Ne me déçois pas.

– Comptez sur moi.

Il faut sauter sur l'occasion !

– Excusez-moi… J'entends que vous cherchez une musicienne ?

La veuve se tourne vers Antoine, qui a failli l'interrompre, et lui lance un regard glacial.

– Tu écoutes les conversations ? Concentre-toi sur la route. Chacun sa tâche.

– Je suis désolé, c'est parce que ma compagne est violoniste, justement.

– Tiens, tiens. C'est intéressant. Elle est bonne ?

– Vous l'aviez vue chez moi, lors de la présentation des Bugatti. Le quatuor ?

– Je ne me souviens plus. Elle se produit en solo ?

Avec une telle femme, Antoine n'ose pas trop mentir.

– Elle a manqué de peu une place de premier violon dans le prestigieux orchestre Colonne. Elle est entre deux contrats. Il y a quelques mois encore, elle se produisait rue Saint Honoré, au…

– Je ne te demande pas un roman. Oui ou non ?

– Euh… Oui.

– Oui qui ?

– Oui, madame.

L'assistant suit l'échange la tête basse, déshonoré. Il aimerait intervenir, avoir une alternative à offrir, il n'en a pas.

– Bien. Je cherche une violoniste pour une fête que j'organise chez moi, le jour de l'An. Peux-tu vérifier si elle est libre ?

– Je crois qu'elle l'est.

– Ne crois pas, sois certain. Appelle-la.

Le téléphone sonne, sur le haut-parleur de la Bentley. Marie répond, il la coupe tout de suite pour lui expliquer où et avec qui il est. Évidemment qu'elle est disponible le jour de l'An ! La veuve intervient :

– Combien pour jouer seule pendant trois heures ?

– Trois heures ? C'est très long, répond Marie.

– Tu joueras à ton rythme, ce que tu voudras.

– Antoine pourra venir ?

– Non. Combien ?

Marie ne sait pas quoi répondre. 2 500 € ? Est-ce assez ? Le triple ? Elle n'oserait pas.

– Il faudrait que je demande à mon agent.

– Ne me fais pas perdre mon temps avec un parasite. 5 000, plus le déplacement et le *catering*.

– Le ?

– Nourriture, boissons, tenue.

– Tenue… ?

– Alors, c'est oui ou non ?

Antoine intervient :

– 5 000 €, Marie. Et Madame Picot est une personne de grande qualité, comme tu sais.

– Elle n'a pas à te faire de faveur. Laisse-la décider.

Chapitre 23

Évidemment que c'est oui ! Deux concerts d'affilée, 7 500 € en une semaine, elle n'en espérait pas tant. Dès qu'elle a raccroché, la veuve remet son assistant dans la boucle. Il prendra ses coordonnées et fera le nécessaire.

– Montre-moi une photo d'elle.

– Euh… La voici.

Il tend son smartphone, ouvert sur un album de portraits de Marie.

– Elle est très jolie. Elle a l'air fine. Taille 36 ?

– Oui, pourquoi ?

L'assistant note.

– C'est costumé, je lui expliquerai directement. Donne-moi son numéro.

– Voici, madame : 06…

Et c'est ainsi que le mur entre ses deux vies s'ébrèche au profit de Marie. Antoine peut être content. Il a réussi à l'aider.

Noël approche. C'est un marchand d'art qui organise le concert pour lequel Marie répète les valses de Strauss. Deux semaines déjà, six heures par jour. Ça lui rappelle le conservatoire. Le 21 décembre, le marchand lui a donné rendez-vous pour une session préparatoire. Elle découvre qu'ils seront trois à jouer, dans trois salles différentes, pour une centaine d'invités. Un saxophoniste jazz, un pianiste pop-rock et elle, donc. Son instrument est celui qui produit le moins de volume. On ne l'entendra pas et, avec cette concurrence, elle finira par jouer pour des chaises. En plus, mauvaise idée, des invités ont été sondés sur ce qu'ils veulent entendre. Vivaldi, pas Strauss ! « *Les Quatre Saisons*, c'est facile, tout le monde connaît. » Elle proteste. C'est ça ou rien. Il lui reste quatre jours, un par saison. Elle peut oublier son réveillon avec Antoine et son aller-retour chez ses parents. Qu'est-ce qu'ils vont être déçus !

Antoine comprend. Il est triste, mais il connaît ses priorités. Ses parents, c'est une autre histoire. Ils ne l'ont plus vue depuis des mois et ils sont exténués de son manque d'attention. Sa mère pleure. « Tu ne nous aimes plus. » C'est affreux. Marie fait ce qu'elle peut pour se justifier, elle promet de revenir passer un long week-end chez eux en janvier. Ils n'y croient pas, son père s'emporte et lui raccroche au nez.

Des chalets brûlent en bas des Champs-Élysées. Un inconnu a sauté du Pont Alexandre III. Des inondations ont causé de nombreux dégâts. Le corps mutilé d'un vieux rocker célèbre a été retrouvé au fond de son jardin. Il est temps que l'année se termine. À minuit, le soir du réveillon de Noël, Antoine interrompt un jeu vidéo pour appeler Marie. Il pensait lui laisser un message. Elle ne dort pas. La quatrième saison lui résiste. Elle est crispée.

– Joyeux Noël, ma chérie.

– C'est gentil. À toi aussi.

– Tu m'aimes ?

– Oui.

– Tu veux vivre avec moi ?

– Va dormir, il est tard.

Chapitre 24

Le concert s'est passé exactement comme Marie l'avait prévu. Elle a joué pour une audience de passage, inattentive et indisciplinée. Les échos du piano et du saxophone l'ont tellement distraite qu'elle s'est trompée dans l'ordre des saisons. Personne ne l'a remarqué. Plus elle avançait dans l'œuvre, plus elle se trouvait nulle. Vivaldi a besoin d'ensembles cristallins, pas de solistes criards. Elle est déçue, elle s'en veut. Elle devait interpréter deux fois le tout, avec une pause d'une demi-heure. C'est exactement ce qu'elle a fait. Tous les invités se ressemblaient. Repus et maniérés. Elle n'a fait aucune rencontre. Elle avait espéré que, à la différence d'une banale soirée, un événement où la possibilité lui était donnée de faire la preuve de son talent lui permettrait d'accrocher facilement des clients ; elle s'était trompée. Elle n'a même pas été applaudie. À peine un « merci » formel du marchand au moment de lui remettre l'enveloppe contenant les 2 500 €, c'est tout. Elle s'est consolée en déposant les billets à sa banque et en imaginant ce qu'elle ferait si elle disposait d'une telle somme chaque mois. Grâce au concert suivant, elle sera tranquille jusqu'avril. Ce serait le diable si elle ne trouvait pas un autre client d'ici là.

Et si elle répondait enfin à Antoine ? Ils pourraient chercher un appartement plus grand et emménager ensemble. Elle sait qu'il l'aime et qu'il souffre du manque de temps ensemble. Il penserait peut-être moins à quitter Paris s'ils habitaient dans un quartier agréable. Est-ce qu'une rue de marché, un joli parc, des fleurs et des chants d'oiseaux lui suffiraient ?

Ils feraient les boutiques, les terrasses et les expos… Paris sous le soleil d'été leur appartiendrait. 5 000 € à deux, c'est possible, non ?

Raymond aussi rêve de ce qu'il pourrait faire avec l'argent gagné. Il n'a pas réussi à vendre l'Aston Martin. Ce n'est pas grave, il se rattrapera. Ce qui est bête, c'est qu'il a de nouveau dû s'absenter, cette fois la veille de Noël. Le véhicule identifié était à Andorre. Un long trajet depuis Toulouse. Il n'était pas là quand sa famille a mis les cadeaux sous le sapin. Des petites choses, pour lui, un livre sur l'histoire de Porsche et un pull moche marrant. S'il continue à ce rythme, il ré-envisagera Passy à l'automne. Oh, ce ne sera plus pour construire. Ce projet-là est abandonné. Tant mieux, il lui prenait trop de temps. Une simple location suffira. Une belle maison, avec un jardin, près du piétonnier et de la Seine. Il en a déjà parlé à Olivia. Pas encore à leurs filles, elles sont trop impatientes. Olivia n'a pas réagi comme il l'espérait. Il a l'impression qu'elle n'y croit pas. La seule chose qu'elle lui a demandée, c'est combien de fois il pensait s'absenter pour satisfaire ses clients.

– Autant de fois qu'il le faut, chérie. Tu as vu que je ne pars pas longtemps.

Il n'oserait pas le dire, mais s'éloigner lui fait du bien. Il étouffe. Olivia l'épuise avec ses déprimes à répétition. Et il y a Antoine. Lui, il l'angoisse à répéter qu'il veut arrêter. Sans son aide, le projet ne peut pas décoller. S'il avait les moyens, Raymond achèterait une Bentley et le problème serait résolu. Comme il ne les a pas…

Les journées entre les fêtes sont perdues. Les décorations moisissent et les magasins se vident. Les clients terminent leurs fruits de mer et attendent les soldes de janvier. Des promos ambiguës apparaissent dans les vitrines. Les touristes revenus après la crise disparaissent dans les musées ou les salles de spectacles. Un peu de neige est tombée, elle a gelé puis fondu. De petites tentes de réfugiés ont reparu sous les bretelles d'autoroute à l'entrée de la ville. Au métro Stalingrad, une opération d'évacuation de personnes en situation irrégulière a mal tourné. C'était attendu, ça a été filmé. Le gouvernement est appelé à démissionner. Un sous-secrétaire d'État l'a fait. Sans doute prépare-t-il une élection future. Sa stratégie occupe davantage les éditorialistes que les évacués de force sans toit ni papiers. Le foie gras de la Saint Sylvestre aura un goût amer.

Les invités de Jacqueline Boisseret, veuve Picot, vivent dans un autre monde. Leur conscience de la détresse des pauvres gens est très abstraite. Comment comprendre la misère lorsque l'on ne craint que l'ennui ?

La majorité ne se connaît pas, bien qu'ils se soient recommandés les uns les autres. La veuve a bien fait les choses. Pour elle, ce n'est pas une première, loin de là.

Marie a passé la semaine à répéter, de façon moins intense toutefois que pour le concert de Noël. Elle a carte blanche, du moment que son répertoire n'est ni trop vif, ni trop joyeux. Adieu Strauss et Vivaldi. Le timide assistant décrit par Antoine l'a appelée deux fois pour reconfirmer. Elle n'a aucun contact avec son hôte et il n'est pas prévu qu'elle en ait. Est-ce qu'elle la rencontrera ? Pas de réponse. Un point clé : elle devra jouer sans s'interrompre, quoi qu'il se produise, jusqu'à ce qu'il vienne lui demander d'arrêter.

Quoi qu'il se produise ? On ne lui a pas parlé d'autre chose que d'un concert. Que va-t-il se passer ? Rien qui la concerne. Qu'elle se tienne à ce pour quoi elle est engagée, tout ira bien. Inutile de poser des questions. Ce qu'elle doit savoir, elle le saura. Et pour la tenue ? Elle a prévu un tailleur bleu marine, est-ce bien ? Aucune importance, on lui prêtera des vêtements. Elle se changera sur place. Ah bon ? Quel style ? Pas de réponse.

L'immeuble de la veuve Picot, à l'entrée d'un parc ancien, est imposant. Il n'a appartenu qu'à des grandes fortunes, qui lui ont ajouté chacune leur tour une touche personnelle. L'une d'elles devait avoir lu Bram Stoker, car les aménagements datant de la fin du XIXe siècle sont à la fois slaves et gothiques. Les sculptures qui encadrent l'entrée principale et les gargouilles qui masquent les gouttières auraient pu être conçues pour les demeures hollywoodiennes de Béla Lugosi ou Boris Karloff.

Marie n'est pas accueillie par l'assistant, mais par un homme à la rigidité d'un majordome. Il l'accompagne vers un escalier de service qui mène à une annexe de l'immeuble, composée de petits salons, de débarras, de buanderies et de cuisines. Deux femmes habillées en soubrettes vont s'occuper de la vêtir. Marie ne comprend pas, elle prend peur. Dans quel guet-apens est-elle tombée ? Les jeunes femmes remarquent son malaise et la rassurent. Elle n'est là que pour jouer du violon. Elle ne participe pas à la soirée. D'ailleurs, elle ne la verra pas.

– Comment ?

Sans ajouter un mot, elles l'aident à se changer et à revêtir une robe noire dans une matière proche du latex, mais assez sobre. Si ses courbes sont mises en valeur, aucun centimètre de chair n'est découvert. Le col est haut, l'ourlet, plus bas que les genoux, les manches, longues ; des bas opaques ainsi que des ballerines assorties complètent l'ensemble. Quand Marie est vêtue, un plateau-repas lui est apporté. Les mets sont fins, aucun alcool ne les accompagne. Que de l'eau et un jus de fruits léger en petite quantité. Ceci pour ne pas perturber sa prestation.

Une fois son repas terminé, une des deux jeunes femmes la mène trois étages plus haut, dans un petit salon adjacent à des toilettes. Elle y attendra et en profitera pour faire pipi. Pas question qu'elle s'interrompe pendant qu'elle joue. En chemin, par des portes entrebâillées, Marie entend des voix et distingue des gens qui déplacent des matelas.

La dernière chose qu'elle reçoit la stupéfait au point de pousser un cri. Il s'agit d'une cagoule ouverte seulement au niveau de la bouche et des narines, qui se ferme par l'arrière. Elle devra la porter dès qu'elle quittera le salon. On l'aidera à la mettre, puis on la conduira jusqu'à la salle où a lieu la soirée. Marie proteste, menace de partir. La jeune femme la réconforte. Elle ne court absolument aucun risque. Simplement, une partie des invités souhaite éviter d'être reconnus. Sa rémunération vaut bien qu'elle respecte ce besoin de discrétion, non ?

Bientôt, des coups sont frappés à la porte du salon. Une voix masculine demande qu'elle se tourne vers le mur du fond. Elle la reconnaît, c'est celle de l'assistant. Elle obéit, il entre dans la pièce, prend la cagoule et la lui met. Ses mains sont gantées de dentelle et de cuir. Ensuite, le noir. Les pulsations folles de son cœur résonnent dans sa tête. Elle panique. Il lui donne son violon et son archet, vérifie qu'elle peut respirer, la prend par le coude et l'entraîne derrière lui.

– Faites attention, il y a trois marches en descente. Voilà, c'est bien. Tout droit, suivez-moi, laissez vos bras le long du corps. Maintenant, une marche en montée, parfait. Un peu à droite, attendez, j'ouvre une porte…

Elle suit en tremblant, ne reconnaît que le parquet à ses craquements. Une clameur confuse se rapproche, elle entre vraisemblablement dans la pièce où se tient la soirée. Une voix féminine, ce doit être celle de la veuve, dit :

– Bienvenue, mademoiselle. Nous comptons sur votre talent pour nous inspirer et nous libérer, n'est-ce pas, Mesdames et Messieurs ?

Marie est placée sur un espace surélevé, l'assistant lui fait sentir qu'il y a une chaise haute entourée de pupitres. Elle pourra jouer debout ou assise, déposer son violon à droite et prendre une bouteille d'eau à gauche, si vraiment elle a soif. Elle s'arrêtera le moins possible. Elle le sait.

Avant qu'elle se mette en place, le fond sonore est composé de bruits de verres qui tintent et de conversations anodines. Mais dès qu'elle a posé son instrument sur l'épaule – est-ce un signal ? – l'ambiance change. A-t-elle bien entendu des chaînes que l'on déroule, des cadenas que l'on ferme ?

Marie commence par la *Valse n° 2* de Chostakovitch. Simple et populaire. Un bon choix. Le son de l'instrument remplit tout son espace. Elle se rend compte que la cagoule étouffe les bruits éloignés. Elle n'est pas qu'aveugle, elle est également sourde à ce qui l'entoure. Au bout des six minutes que dure la version longue de la valse, elle pause quelques secondes. Ce n'est pas volontaire, elle est prête à démarrer le morceau suivant. Son instinct, sans doute. Un mélange de crainte et de curiosité.

Dans son silence, elle capte ce qui se passe au-delà de deux mètres d'elle. Des râles suggestifs et terrifiants. Elle entame une sonate de Schumann et la fait suivre, cette fois sans pause, du célèbre trio de Schubert, simplifié pour un solo.

La matière de la cagoule est chaude. Les gouttes de sueur coulent sur ses yeux, c'est très inconfortable. Il faut qu'elle boive. Elle cherche la bouteille de la main. Est-ce que ce sont des coups de fouet qu'elle perçoit, parmi des gémissements ?

Après avoir bu et s'être épongée comme elle peut, elle attaque le *Concerto en D mineur* de Katchatourian. Celui-là réclame une grande concentration. Elle ne le maîtrise pas parfaitement et elle n'a pas le luxe d'une partition sous ses yeux. Elle en joue dix minutes, puis doit déclarer forfait. Elle n'est pas contente. Quelqu'un l'a-t-il remarqué ? Non. Des murmures, des injonctions énigmatiques. On ne lui avait pas menti, elle ne participe pas. Elle n'est même pas spectatrice, elle ne sait pas ce qui se passe. Son imagination lui joue probablement des tours en dépeignant une multitude de scènes hallucinées. Des scènes qu'elle préfère effacer en jouant, car la simple idée que son cerveau puisse produire de telles images la traumatise. Løvland et son adagio l'emportent dans un songe pur et mélancolique. Debussy le suit, un caprice de Paganini, Chopin… Sibelius, lui aussi trop difficile et interrompu… l'*Opus 13* de Mendelssohn, son favori.

Elle s'arrête deux fois seulement, elle perd la notion du temps qui passe. Elle n'en peut plus. Qu'est-ce qui a été tiré sur le sol ? Et accroché en l'air ? D'où venaient ces gémissements ?

L'assistant vient l'arrêter avant qu'elle finisse l'*Opus 13*. Il lui retire l'archet de la main.

– Le temps est écoulé.

Elle souffle et boit une autre gorgée d'eau. Elle demande :

– Votre… événement… est terminé ?

Chapitre 24

– Non.

– Vous n'êtes pas satisfait ?

– Si. Vous vous posez trop de questions, mademoiselle. C'est au tour d'un autre musicien. Un pianiste.

– Ah, vous allez dresser un piano ici ?

Une autre main que celle de l'assistant, elle reconnaît la différence à l'odeur, se pose sur sa bouche. Oui, elle le sait, il faut qu'elle se taise.

– Ne touchez pas le personnel, s'il vous plaît, lance l'assistant. Vous le savez, ma maîtresse ne le permet pas.

Le personnel… ? Il ne manque pas d'air !

L'autre main quitte son visage, se pose sur une des siennes, prend l'auriculaire entre les doigts et ajuste sa bague, rubis vers le haut, avant de se retirer. Un soupir masculin vaguement familier accompagne le mouvement.

À l'aveugle, Marie est ramenée dans la pièce où elle s'est changée en arrivant. Elle se rhabille en tremblant. Ensuite, l'homme façon majordome la paye et la raccompagne à l'entrée et jusqu'à un taxi qui attend en double file. La soirée n'est pas terminée, sa prestation, si. Elle a joué deux heures au lieu des trois prévues et elle a cinquante billets de 100 € dans son sac. Les lumières de la ville clignotent sous l'effet de la bruine nocturne.

Elle est complètement perturbée. Que s'est-il passé ? Elle ne le sait pas, elle préfère ne pas le savoir, elle ne trouverait pas les mots pour l'expliquer.

Les jours suivants, elle est évasive, fuyante. Antoine la questionne, elle ne répond pas. Elle a gagné de l'argent, c'est le principal, non ?

Non, ce n'est pas le principal. Il s'inquiète. Si le concert s'était bien passé, elle serait radieuse, elle aurait cette petite lueur qui éclaircit son regard lorsqu'elle est enthousiaste. Elle ne l'a pas. Elle est terne. Quand Marie déprime, elle perd ses couleurs. Pour changer de sujet, elle lui dit :

– J'ai envie de vivre avec toi.

Chapitre 25

Antoine attendait ça depuis des semaines. Rien ne compte davantage pour lui que de vivre avec Marie. Ensemble, ils seraient plus forts, plus grands, plus tout. Il rit sans raison. Tout lui paraît beau. La grêle qui chante sur les pavés. Les néons qui dessinent des étoiles sous la pluie. Le brouillard qui rhabille les arbres dénudés.

Cependant, Marie a des exigences : changer d'appartement, rester dans Paris, garder la Bentley. Ça va prendre une éternité, de déménager. Les logements sont chers, la plupart au-dessus de leurs moyens. S'il pouvait vendre cette fichue voiture, il aurait de quoi fournir les garanties nécessaires. Elle ne veut pas, tant pis. Il continuera de rêver en attendant qu'elle renonce par elle-même. Déjà, il va passer du temps avec elle à chercher. Quelle chance !

Est-ce qu'elle renoncera ? La position d'Antoine est ambiguë. C'est lui qui est à l'origine de cette histoire absurde et c'est encore lui qui lui a trouvé son meilleur contrat. Il ne peut pas s'empêcher de l'aider. Il devrait.

Mi-janvier, il a revu la veuve Picot. Elle était ravie de la prestation de Marie. Elle a pris la peine d'en parler directement avec lui :

– Mes amis l'ont adorée. Elle a du talent, de la discrétion, une réelle beauté. Je me félicite de l'avoir choisie. C'était une première, certainement pas une dernière.

– Madame s'appuyait auparavant sur une playlist. Les musiciens ont eu un succès remarquable, remarque l'assistant.

Chapitre 25

– Les musiciens ?

– Il y avait ensuite un pianiste. Deux répertoires distincts qui se sont succédé tard dans la nuit, une…

– Venons-en eu fait ! le coupe la veuve.

– Madame a de nombreuses obligations mondaines, vous comprenez. Elle souhaiterait renouveler l'expérience. Si votre amie est disponible…

– Février, mars et avril. Mêmes conditions. Après, nous verrons.

– Auriez-vous la gentillesse de lui transmettre le message ?

– Voulez-vous que je vous donne son portable ?

– Nous l'avons. Elle n'était pas joignable, ces derniers jours.

Marie, pas joignable ? Pour une cliente qui paye 5 000 € ? Voilà qui n'est pas normal. Elle a dû faire une fausse manœuvre. Elle est si distraite, parfois.

– Je l'informerai dès que possible et je lui demanderai de vous rappeler.

– Dans les plus brefs délais, merci.

Les journées fraîches sont propices aux courses, moins aux soirées. Antoine est occupé de longues heures à son volant. Il aimerait avoir plus de liberté pour visiter les adresses repérées par Marie. Mais au moins, l'argent rentre…

Un seul dîner est prévu, un samedi, chez un ami d'un ami. Il est aussi question d'un week-end à la montagne, comme l'été, cette fois sur les pentes enneigées. À Megève, chez un des invités de Courmayeur. Pas le moment. Marie n'a pas la tête à ce genre d'escapade. À quoi a-t-elle la tête ? Elle fait l'amour mécaniquement, elle cherche des appartements machinalement, elle est présente et concentrée, mais pourtant absente et préoccupée.

– Hier, j'ai vu la veuve Picot.

Elle a une étrange expression quand il prononce le nom de sa cliente. Non plus préoccupée, mais soudainement traumatisée.

– Ça s'est mal passé, chez elle ?

– Non.

– Tu es sûre ?

– Oui.

– Ta tête dit autre chose que ta bouche, chérie. J'ai l'impression que tu ne me dis pas la vérité. Je m'inquiète.

– Pour rien, je te jure. Je n'ai rien vu et on ne m'a pas touchée. Je n'ai rien à raconter.

Elle ne ment pas.

– Tu y retournerais ?

Silence…

– Elle m'a parlé de ta prestation.

– Oh ! Et ?

– Et elle a adoré, elle aimerait que tu joues aux mêmes conditions en février, mars et avril. Tu te rends compte ? 15 000 de plus !

C'est énorme. Marie s'y attendait-elle ? Peut-être… Elle s'était imaginée rejouant dans cet environnement pesant et glauque. Et ? Problème ? Pas objectivement. Elle ne s'est pas sentie en danger. Mal à l'aise, oui. Elle a détesté jouer dans ces conditions.

– Elle voudrait une réponse rapide pour pouvoir s'organiser. Elle compte sur moi. Apparemment, elle t'a appelée plusieurs fois.

Marie avait vu le numéro et pensait l'avoir reconnu, sans certitude. Elle avait oublié de l'enregistrer. À chaud, un peu paniquée, elle avait supprimé les messages d'appels en absence. Que faire ?

– Tu me donnes quelques jours ?

– Moi, oui, elle, je ne sais pas. Tu la connais.

– Non, en fait. Dis-lui que je l'appellerai dès que je peux.

Quelles autres options a-t-elle ? Raymond, peut-être ? Son agent…

Raymond n'a rien pour elle. Il est concentré sur son sujet. L'essai lui a échappé, il veut sa revanche. Le trentenaire à la cryptomonnaie a renoncé. Pas grave, il a d'autres contacts. Il n'a pas oublié la leçon du père d'Antoine : le secret du succès, c'est quatre-vingts appels par jour. Et il y a ce dîner qui arrive. Quand la deuxième semaine du mois se termine, il a déjà deux nouveaux prospects chauds, cette fois pour des Porsche Taycan. Ses premières électriques ! Il a repéré un fournisseur à Nice, un autre à Madrid. Il va aller les voir. Désolé pour Marie, il n'a vraiment pas le temps de s'occuper d'elle. Que fait Antoine ? C'est lui qui connaît le plus de monde, non ?

Marie se méfie de lui, à présent… Il ne faut pas caricaturer, toutes ses relations ne sont certainement pas aussi bizarres que la veuve. Elle préfère malgré tout ne pas tenter d'autres expériences. Bon… Elle doit se débrouiller seule. Elle n'abandonnera pas ! Qui appeler ? Sous quel prétexte ? Que dire ? Une peur abstraite la paralyse. Elle est trop timide pour ce genre de choses. Coïncidence, alors qu'elle se pose ces questions, elle reconnaît un appel entrant dont elle avait cette fois enregistré le numéro : Karim Frem. Elle l'avait presque oublié. Est-ce qu'il ne devait pas l'inviter à voir sa collection ? Ils s'étaient quittés un peu froidement et elle ne s'était plus attendue à ce qu'il donne des nouvelles. Naturellement, elle n'en avait pas donné non plus. Antoine le déteste, elle n'allait pas prendre les devants. Que faire s'il l'invite ? Justement, c'est pour cela qu'il l'appelle.

– Allo ?

– Bonjour, Marie, je pensais à toi. Comment vas-tu depuis l'été ? Les semaines filent. Tu donnes souvent des concerts, je crois.

Comment le sait-il ?

– J'aimerais vraiment qu'on se revoie. J'ai également été très pris. Les affaires… Quand viens-tu chez moi ?

– Chez vous ?

– On ne se tutoie plus ? Mes instruments sont à Neuilly, tu te souviens ? Les Chappuy ?

– Si, bien sûr.

– Je te les montrerai. Et j'ai une proposition à te faire. Une proposition payée. On fixe une date ?

Elle hésite. Si elle en parle à Antoine, il refusera. Si elle y va seule, il sera furieux. Il vaut mieux qu'il ne soit pas au courant. Frem ne lui laisse pas le temps de se poser trop de questions. Il ajoute :

– Tu es toujours avec ton vendeur de voitures ?

– Antoine ? Oui.

– Ne le prends pas mal, je ne l'apprécie pas. Je préfère que tu viennes seule. De toute façon, ma proposition ne le concerne pas. Elle s'adresse à la violoniste.

– C'est que… Je suis très demandée.

– Pour 5 000 €, tu me trouverais une place ?

– 5 000 € ?

– Je connais tes tarifs… Lundi, à 16 heures. Je t'expliquerai. Ne sois pas en retard.

Et il raccroche, sûr de lui.

L'heure de rendez-vous est idéale. Antoine sera occupé par ses courses, elle n'aura pas besoin de lui dire. Tout de même, 5 000 €… Autant que la veuve. Marie pourrait se passer d'elle. Comment sait-il que c'est son prix, au fait ? La question lui sort de l'esprit. Ne reste que le montant : 5 000 € !

Chapitre 25

Le lendemain, elle perd son seul contrat stable. La cafétéria où elle jouait en se languissant n'a plus les moyens de la payer. Elle coûte peu, mais c'est déjà trop. La clientèle n'est pas moins nombreuse, elle est plus avare. Des mamies qui restent des heures à papoter en sirotant des cafés tièdes. Le patron aurait dû imposer des seuils de commande. Il n'a pas osé, par peur de faire fuir les habituées, aussi acariâtres que fidèles. Marie est victime de leur radinerie. Dire qu'elles se plaindront de ne plus l'avoir, elles qui ne l'écoutaient pas !

Quelles autres options a-t-elle ? Elle a raté sa seule audition pour un grand orchestre. Elle a snobé les offres moins prestigieuses. Elle a rappelé, encore une fois sans succès, tous ceux qu'elle connaissait d'avant. Il y a cet ancien professeur qui l'a invitée à rejoindre son quatuor, mais… bénévolement. Elle tourne en rond, le découragement la guette, comme l'année précédente. C'est décidé, elle ira voir Frem pour entendre ce qu'il a à proposer. Si ce n'est pas intéressant, elle acceptera l'offre de la veuve. Elle appelle l'assistant en tremblant et lui dit qu'elle ne pourra pas donner sa réponse tout de suite. Problème d'agenda. Le message sera transmis.

Le dîner lui offre une dernière chance d'éviter l'un comme l'autre. Ils viennent en terrain connu, Antoine est en forme, Raymond est galvanisé, Marie est prête à dépasser ses inhibitions. Cette fois, il s'agit d'un banquet pour une centaine de personnes dans une salle privatisée d'un palace. Les tables forment un grand U face à un podium et un grand écran. Des discours et des films sont prévus. L'occasion est le départ en retraite d'un ancien patron de pompes funèbres. Antoine le connaît grâce à des gens qui connaissent des gens. C'est l'épouse qui a tout organisé et qui a choisi les invités. Raymond devrait conclure une vente car, s'ils sont là, c'est d'abord parce que le retraité adore les Bentley et que sa femme l'encourage à s'en offrir une. Pour marquer le coup. En aparté, elle reconnaît qu'elle a peur de l'avoir sur le dos. Il était hyperactif, il va s'ennuyer, c'est sûr. Une nouvelle voiture l'occuperait au moins quelques semaines. Le temps qu'il y voie clair.

Les verres s'entrechoquent, les plats se succèdent, mêlés de bons mots. Marie trouve la soirée soporifique. Elle le fait remarquer à Antoine, qui approuve. Ils sont blasés, les efforts à fournir pour faire semblant de s'intéresser deviennent pénibles.

Marie se force et sonne faux, Antoine se disperse, Raymond s'en sort mieux. Il a réussi à se présenter à une dizaine de personnes, et le principal intéressé va venir le voir au dessert. Raymond dit à Antoine :

– Tu vois, si on se concentre à 100 %, on peut rentrer un max d'affaires. Focus, Antoine. Focus.

– Et Franprix ? Tu avais une belle opportunité. Tu as définitivement abandonné ?

– Évidemment, que veux-tu que je foute dans une supérette ? Tu ne trouves pas qu'on est mieux ici ?

Non, Antoine ne trouve pas.

– Qu'en pense Olivia ? Elle ne se sent pas délaissée ? Tu connais sa… sa fragilité.

– Oh, elle s'y fera. Quand l'argent va, tout va. N'est-ce pas, Marie ?

Elle écoutait distraitement, cherchant à repérer un client potentiel, persuadée d'avoir entendu parler musique classique, en bout de table.

– Oui, c'est mieux d'en avoir assez.

– Ah, hein ? Puisque c'est une artiste qui le dit.

Elle ne l'écoute pas davantage, elle prend son courage à deux mains et va trouver celui qu'elle pense pouvoir intéresser.

– Je me trompe ou vous parliez de Tchaïkovski ?

Le client potentiel est justement en plein débat sur l'interprétation du *Concerto pour violon en D majeur* par une finaliste du concours Reine Élisabeth. Il s'adresse à deux personnes qui ont l'air passionnées par le sujet. Les avis divergent sur la qualité de jeu. Prometteur ! Marie se présente, les trois la connaissaient déjà de vue. Ils se ferment. Comme elle ne suit pas le concours, elle est incapable de suivre leur conversation. Elle ne parvient même pas à placer quelques mots sur ses concerts privés. Ils font semblant d'être bienveillants à son égard, en réalité, ils l'ignorent.

Ce sera sa seule tentative de la soirée. Elle n'a pas réussi à capter d'autres attentions et a fini par ne plus vouloir que rentrer chez elle. Antoine laisse Raymond, visiblement plus chanceux ou plus convaincant, en compagnie du retraité. Son sourire est radieux lorsqu'il lui adresse un petit geste d'au revoir.

La nuit est glaciale et sans lune. L'épaisseur des nuages écrase la ville. Une panne de courant a plongé plusieurs quartiers dans l'obscurité. Antoine met un morceau de Lana Del Rey dans lequel elle explique comment disparaître. Il ne comprend pas les paroles et fredonne l'air, joyeux. Marie, elle, les comprend et écoute en silence, pensive.

En rentrant, Raymond chantonne aussi, satisfait. Il a rencontré le retraité et pratiquement conclu la vente. Les opportunités s'accélèrent. L'impatience des riches joue en sa faveur. Quand les concessionnaires imposent des mois d'attente, moyennant le respect précis des options demandées, lui garantit une solution en quelques jours. Il a bien compris que la rapidité l'emportait sur la précision. « Vous n'aurez pas la couleur demandée… Elle n'aura pas le surpiquage du logo sur les sièges… Ce ne seront pas des jantes 22 pouces… »

Il y a une Bentayga à Marbella qui pourrait convenir. Un acheteur s'est rétracté après avoir versé un acompte. Ça arrive régulièrement. Avec des hommes, surtout. Ils ont les rêves plus grands que le portefeuille. Ils se lancent dans des projets qui les dépassent et s'engagent à la légère. À leurs dépens. La somme de tous les achats perdus par manque de sagesse doit être édifiante.

Il sifflote en ouvrant la porte de l'appartement, grisé par tout l'alcool bu, oublie de se préoccuper du sommeil de ses filles et de sa femme. Ses filles ne se réveillent pas, sa femme ne dort pas. Elle est assise sur une chaise dans le salon, un livre sur les genoux, une petite lampe allumée. Elle ne lisait pas, elle observait les tours de la Défense au bout de son horizon. Les crises de panique la tiennent éveillée et les démons de la tristesse l'envahissent. Ce sont les signes de sa dépression qui reviennent un à un. Elle a peur de retomber dans le cycle des médicaments et de l'hospitalisation. Elle ne veut pas redevenir une charge pour son mari. Elle s'en veut, elle voudrait être plus forte, être comme avant. Elle se souvient de son insouciance et se demande ce qui l'a détruite. Est-ce la pandémie ou est-ce la quarantaine ? Y a-t-il un lien entre ? La peur qu'elle a ressentie pendant les confinements est-elle à l'origine de ses obsessions morbides ? Au moins, les angoisses qui la poussaient au bord de la crise cardiaque n'ont pas reparu.

Jusqu'à ce que Raymond, l'ayant vue dans la pénombre, lui saute dessus pour partager son excitation. Plus il développe le récit de ses rencontres et de ses succès, plus elle vacille. Elle ne sait pas pourquoi. Peut-être parce qu'il va repartir. Elle le félicite et l'encourage, tandis que son cœur s'emballe et qu'une douleur terrible lui vrille la poitrine. Si elle n'avait pas déjà connu pareils symptômes, elle le supplierait d'appeler les urgences. Elle souffle, tente de se calmer et, sans autre solution à portée de mains, attend que Raymond soit parti prendre sa douche pour prendre dans un tiroir la boîte d'antidépresseurs. Elle en avale un en pensant : « Advienne que pourra… »

Chapitre 26

À l'heure prévue, le lundi, Marie se présente à l'hôtel particulier de Frem, boulevard Charcot. La maison, pourtant écrasée par les bourrasques de janvier, lui paraît plus imposante que la première fois. Le mois s'achève comme il a débuté : maussade et désagréable. Une de ces journées d'hiver qui font douter du réchauffement climatique les moins sceptiques. Marie remonte le col de sa doudoune et rajuste son écharpe en attendant qu'on lui ouvre. S'il y a un avantage à ce mauvais temps, c'est qu'il lui offre l'excuse parfaite pour se couvrir de la tête aux pieds. Elle se méfie de Frem. Jeans, bottines, gros pull, bonnet, elle pourrait difficilement être plus discrète. Il n'y a guère que la finesse de son gabarit et l'arrondi de ses seins qui la trahissent. Mais on ne change pas un loup en agneau en travestissant ses proies…

C'est lui qui vient ouvrir. Il est seul. Un fond musical retient le silence. Il voyage doucement entre les parois des larges couloirs et des hauts plafonds. Frem est poli, charmant, enjoué. Marie retrouve l'image qu'elle avait eue de lui les premières fois. Il tient son smartphone en main, embrasse Marie sur les deux joues et l'invite à le suivre. Il a eu une bonne nouvelle de ses affaires ; il sifflote une danse hongroise.

– Je ne sais pas pourquoi, j'ai cet air de Brahms en tête depuis le matin. Ça t'arrive, d'être poursuivie par une mélodie ? J'ai mis exprès autre chose sur ma chaîne… Café ? Nespresso, court, long ? Débarrasse-toi, pose ton manteau, viens.

Il lui tend une petite tasse sur une soucoupe et l'entraîne dans un salon qu'elle n'avait pas encore vu. Une pièce calme au bout du rez-de-chaussée dont elle comprend que c'est son bureau. Mélange de mobilier classique et d'art contemporain, écrans connectés, MacBook fermé sur table fine, chaise à roulettes en cuir, fauteuils anciens, imprimante. Presque pas de papiers.

– Je travaillais, j'ai terminé. Figure-toi que je viens de gagner gros. Et sans efforts. Avant, tout était compliqué. Il fallait se battre pour chaque centime. Maintenant, je ne sais pas ce qui se passe, tout s'envole. Une stupide transaction et je suis plus riche d'un million.

– 5 000 €, c'est négligeable pour toi, alors ?

– Ha ha, tu ne perds pas le nord ! Si tu parles d'art, tout dépend du talent et de la rareté. Regarde…

Il montre une jolie toile.

– C'est un Kusama. Je l'ai acheté 30 000 €. Ce n'était pas excessif. Il reste peu de ses œuvres en vente. La plupart sont dans des musées. Tu vois la citrouille ? Elle ne ressemble à aucune autre. Et toi, ton talent, est-il rare ?

Marie contourne la question. Elle sait déjà que non, mais elle a un rôle à tenir. Sa rémunération, sans doute, en dépend.

– Karim, la valeur de l'art ne peut pas être jugée que par le prix auquel il se vend. Et tu ne peux pas comparer de la peinture à de la musique.

– Sur ce point, tu as raison ! Le musicien est plus proche de l'acteur. L'interprète, en tout cas. Toi, tu es une interprète, n'est-ce pas ? Tu ne composes pas ?

– Non. Il y a tellement d'œuvres magnifiques. Je ne vois pas l'utilité d'en ajouter. Il faut déjà plus d'une vie pour découvrir celles qui existent.

– Vaste sujet ! Je ne suis pas d'accord, enfin, bref… Tu es une actrice, tu as besoin d'une scène pour exister.

– C'est vrai.

– Tu vis, et en vivant tu donnes vie à des instruments.

– Oui. Il n'y a pas plus triste qu'un violon muet. Ou un piano, un hautbois, une…

– Exactement ! Ce qui justifie le prix de l'interprète, c'est le talent qu'il met à vivre et à donner vie. Tu es d'accord ?

– Oui, bien sûr.

– On en revient à la rareté. S'il joue une partition pour la première fois, s'il la joue vraiment bien, alors…

– Quand tu parles ainsi, je me retrouve au conservatoire.

– Oublie les premières, oublie le million, oublie Kusama. La plupart des musiciens classiques gagnent une misère.

– Ça ne veut pas dire qu'ils sont mauvais. Il y a des génies qui vivent dans la misère. C'est aussi une question de chance.

Frem sourit étrangement.

– As-tu de la chance, Marie ?

– Je ne sais pas.

– Aujourd'hui, tu en as. Parce que tu vas gagner 5 000 €. Peut-être même plus. Et, dans ton cas, c'est beaucoup. Ne dis pas le contraire, je ne suis pas idiot.

Que sous-entend-il ?

– As-tu fini ton café ? Accompagne-moi, je vais te montrer ma collection.

Derrière le bureau, il y a un ascenseur tout en verre, dans un angle du bâtiment qui semble avoir été prévu pour.

– Il y avait un escalier de service ici, avant. Il ne servait à rien. Je l'ai fait remplacer.

Il pose sa main sur un écran au-dessus du bouton d'appel. Marie a un instant d'hésitation. Elle est partagée entre la curiosité et la crainte. Presque par réflexe, elle dit :

– Je ne peux pas rester longtemps, Antoine m'attend. Il sait que je suis là.

Est-ce que Frem croit à ce mensonge ? Il recule lorsque la cabine s'arrête devant lui.

– Ah, bon… Cette fois, ce ne sera pas long.

– Cette fois ?

Il compose un code et déverrouille la porte, qui coulisse aussitôt sur le côté.

– Tu vois, je ne laisse pas entrer n'importe qui.

L'ascenseur descend au -1. La lumière en bas s'allume sur un couloir décoré de partitions encadrées.

– Je t'en prie.

Marie passe devant. Elle est nerveuse. Frem l'observe. Elle s'arrête devant le premier cadre et lit les notes inscrites. C'est un concerto de Mendelssohn.

– Tu peux garder un secret ?

– Peut-être… Lequel ?

– Je ne lis pas le solfège. On me prend pour un expert, alors que je ne suis qu'un amateur. Tu ne le répéteras pas, n'est-ce pas ?

Sur ces mots, il lui passe délicatement le bas autour de la taille et lui indique une autre porte sécurisée.

– Voici le lieu saint. Tu vas te régaler.

Il compose un autre code, la porte coulisse, des voyants changent de couleur et une vaste salle s'illumine. Marie entre. L'air est frais, parfumé d'une odeur de bois noble. Des vitrines alignées côte à côte au centre, des présentoirs le long des murs. Il n'y a pas de fenêtres, seulement des petites grilles d'aération. Dans chacune des vitrines et chacun des présentoirs, plusieurs instruments de musique. Sans que Frem ait besoin de l'y inviter, Marie va se pencher sur le présentoir le plus proche. La collection commence par des flûtes datant de l'Antiquité mésopotamienne. Elle se poursuit par des harpes romaines, des tambours aztèques. Puis des didgeridoos, des cornes, des trompettes… et des violons. Frem avait parlé de ses Chappuy. C'était une forme de modestie. Il a bien mieux. Une vingtaine de modèles, dont le plus ancien date de l'époque de Stradivarius.

– C'est inouï, Karim. Comment as-tu pu… ?

– Je n'ai qu'un mérite relatif, pour être sincère. Mon grand-père était violoniste, comme toi. Celui-ci lui appartenait. Il était soliste dans l'orchestre philarmonique du Liban. L'original, celui qui a disparu pendant la guerre. Ma mère jouait aussi. Mon père a démarré la collection pour elle, et je l'ai continuée. Elle te plaît ?

– Plus que ça !

– Tu vois, je te disais que tu allais te régaler. Il y en a pour une fortune !

Ça, elle le voit.

– Lequel est ton préféré ?

– Le plus cher ?

– Ce n'est pas ce qui importe…

– Je te taquine. Je les aime tous, je n'ai qu'un regret, c'est de ne pas les écouter.

– Pourquoi tu n'en joues pas ?

– Je ne suis pas musicien. J'investis. Et puis, je n'ai pas le temps.

– Dommage… Ils sont si beaux. Leur sonorité doit être magnifique.

– C'est pour ça que tu es là. Allons nous asseoir.

Il la prend par la main et l'entraîne dans une pièce adjacente, plus petite, fermée et ventilée. Marie est trop fascinée pour être encore nerveuse. L'aménagement est confortable, des sofas, un bar, un tapis de laine, une installation hi-fi ; la température est agréable, quasi tropicale.

– Quand je suis épuisé par le travail, j'aime me retrouver ici. L'acoustique est celle d'un studio. Elle a été spécialement étudiée pour la musique. De l'extérieur, l'isolation est parfaite. De l'intérieur, les ondes sont absorbées au pourcentage parfait. Tiens…

Il tend à Marie un de ses violons anciens ainsi qu'un archet.

– Fais quelques notes, ce que tu veux. Enlève ton pull, tu seras plus à l'aise.

Marie s'exécute, impatiente de découvrir le son de l'instrument et de la pièce. Elle ne porte sur sa poitrine qu'un débardeur plus moulant que son jeans. Frem s'étend sur un des sofas. Elle pose timidement l'archet sur les cordes, le fait glisser avec précaution, en tire une plainte discordante.

– N'aie pas peur, tu ne risques pas de l'abîmer. Ils sont tous bien entretenus, prêts à être utilisés.

Elle hésite encore un instant et se lance dans l'une des mélodies qu'elle a jouées chez la veuve. La plus facile et la plus douce de son répertoire récent. Quoi que dise Frem, elle reste prudente, déférente, presque. Concentrée sur ses mouvements, elle ne remarque pas qu'il la contemple, dévoré d'envie. Au bout de trois minutes, elle s'interrompt, conquise par la beauté des notes, mais consciente qu'elle en perd la notion du temps. Elle ne doit pas rester plus d'une demi-heure. Antoine l'attend vraiment, même s'il ignore où elle est. Elle ouvre les yeux, regarde sa montre.

– Oh ! Il faut que je m'en aille.

Frem se relève. Il s'approche d'elle, retire l'archet et le violon de ses mains, fait mine de l'étreindre. Elle se recule, il n'insiste pas.

– J'ai entendu ce morceau il n'y a pas longtemps. Il est envoûtant.

– C'est l'adagio de Løvland. *Secret garden.*

– Je ne le connaissais pas.

– Tu n'as pas vu *2046*, de Wong Kar-wai ?

– Je n'ai le temps de voir des films ! L'interprète précédente était belle, hélas, elle jouait sur un instrument criard. Son interprétation était banale.

Il s'interrompt, déglutit, puis ajoute :

– Je suis sûr qu'elle d'autres talents moins… communs.

Marie a un drôle de pressentiment.

– Voilà ce que je veux : que tu reviennes dans une semaine. Tu prendras plusieurs violons de ma collection. Comme nous le disions, les instruments ont besoin d'être utilisés pour vivre. Tu les feras vivre et je te payerai 5 000 €.

– Il y aura des invités ? Ce sera dans le grand salon ?

– Juste moi, ici.

Elle a envie de répondre « non », mais la nervosité la reprend. Frem a quelque chose de malsain sous ses manières charmantes.

– Toi tout seul ? Je… Combien de temps ?

– Deux heures. On verra. Je ne suis pas à une minute près.

– Et… hm… qui choisit le programme ?

– Toi. Les violons et le reste, c'est moi.

– Le reste ? C'est-à-dire ?

– Tout. Tu verras.

– J'ai besoin d'en savoir plus. Je ne peux pas… Non… Franchement…

– Écoute, tu es pressée de partir et je n'ai pas de temps à perdre. 10 000 € !

– Quoi ?

– 10 000 € et tu ne poses pas de questions. Tu viens, tu joues et tu fais ce que je demande. Je sais que tu peux quand tu es suffisamment motivée.

Il se frotte le pouce, l'index et le majeur en parlant.

– Je te connais mieux que tu crois.

Pour qui la prend-il ? Elle n'a pas le temps de l'envoyer au diable avec ses enchères et ses sous-entendus. Il lui tend son pull et la raccompagne au pas de course.

– La semaine prochaine, mercredi après-midi. 10 000 € en cash, sur place. J'attends ta réponse dans deux jours. Demain, je suis absent.

Antoine attend Marie à 17 heures avenue Matignon, elle a juste le temps d'arriver. En chemin, dans le métro, encore estomaquée, elle a un flash : l'homme qui l'a touchée chez la veuve, c'était Frem. Le prix, le geste sur la bague, l'impression familière. C'est évident. Ce salaud l'a reconnue. Une station passe. Dans le flou du tunnel, un doute : si elle se trompait ? Une station, encore. 10 000 €… C'est fou ! Et le risque ? Picot, Frem… Antoine ne doit pas savoir. Dernière station, Franklin Roosevelt. Si elle refusait les deux ? Elle se sent mal. Que dit son instinct ? Est-ce qu'elle a vraiment besoin de cet argent ? Oui.

Antoine est mal garé, il l'attend au volant. Avec la Bentley, elle le repère vite. Elle s'assied à côté de lui et l'embrasse. Il est trop heureux de la voir pour constater son embarras.

– Où allons-nous ? Tu disais que tu avais une surprise pour moi.

– Vas-y, je vais t'indiquer le chemin.

Il démarre et suit ses indications. Élysée, Saint Honoré, Marais, Bastille, Nation…

– Où m'emmènes-tu, Marie ?

– Si je te le dis, je gâche la surprise.

Le périph, Saint-Mandé, droite, gauche, une petite rue. Coup de chance, une place. Elle la montre, il se gare.

– Tu vois, là ? Le bois de Vincennes.

Elle se retourne.

– Cinq minutes à pied : Paris. Bon compromis ?

Il fait signe que oui. Où veut-elle en venir ? Elle a trouvé un appartement ? Elle marche quelques dizaines de mètres et s'arrête devant un immeuble dont elle connaît le digicode. Dans le hall, elle sonne, une voix âgée répond.

– Marie et Antoine !

– Je vous ouvre.

Ascenseur, cinquième, vue dégagée. Un monsieur d'environ quatre-vingts ans les attend sur le palier. C'est la surprise de Marie. Un coup de chance. L'oncle d'un voisin. Il est veuf et trop vieux pour vivre seul. Il a trouvé une chambre libre dans une résidence-service. Il doit la prendre au printemps. S'il pouvait trouver quelqu'un pour récupérer son bail, il serait bien content. Ça lui éviterait les ennuis d'une agence et du défilé des candidats. La propriétaire est d'accord, elle n'augmentera pas le loyer. Ses seules exigences : une garantie et six mois d'avance.

Grand quatre-pièces, rénové récemment, terrasse bien orientée, calme, commerces et parking à proximité. 2 400 € charges comprises.

Marie l'a visité seule une première fois. Elle voulait en avoir le cœur net avant d'en parler à Antoine. Elle a été conquise.

– Avec notre budget, on ne trouvera pas mieux. Qu'en penses-tu ?

Antoine doit l'admettre : L'appartement est parfait. Mais... rapide calcul... 16 800 €. C'est beaucoup. Il chuchote :

– Tu peux prendre un tiers à charge ? Ce n'est pas trop pour toi ?

Elle hoche la tête. Il poursuit son tour, sous le regard attentif du vieux monsieur, qui commente parfois telle ou telle chose, un robinet à remplacer, un entretien de chaudière à prévoir. Des détails. Tout est propre, en bon état. Nettement plus confortable que son petit deux-pièces ou que le studio de Marie.

– Quand doit-on répondre ?

Le vieux monsieur, de sa voix chevrotante et de son accent roulé, répond :

– Demain.

Antoine prend Marie à part.

– C'est rapide, non ?

Elle est décidée. Si elle avait le moindre doute, la deuxième visite l'a levé.

– J'aurai l'argent.

– Et dans six mois ? Si tu n'en as plus ? Moi tout seul, c'est juste.

– Tu n'as pas confiance ?

– Je ne sais pas. J'ai envie de vivre avec toi, je ne veux pas que ça te cause des problèmes. On peut déménager plus tard. Quand on est certains.

– On se débrouillera, Antoine. Il y a la veuve, et d'autres contrats vont suivre, j'ai confiance.

– Tu ne veux pas continuer les visites ?

Au lieu de lui répondre, elle dit à l'homme :

– Donnez-nous un jour de plus, monsieur, s'il vous plaît.

Il hésite un instant, consulte le calendrier illustré qui pend au-dessus de sa table de cuisine, avant de reprendre, comme s'il se parlait à lui-même…

– Mercredi, c'est bien. Le matin, avant midi. L'agence vient quand, déjà ?

Chapitre 27

Marie est résolue. Elle sait qu'elle a raison, ils ne trouveront pas mieux. Pas question qu'ils continuent à se retrouver des mois encore l'un chez l'autre ! L'inconfort finirait par désagréger leur relation. Antoine a insisté pour qu'elle réfléchisse vingt-quatre heures.

Après une nuit pluvieuse et un sommeil agité, elle opte pour la veuve. C'est la moins mauvaise solution. La moins dangereuse. Peu importe qu'elle n'obtienne pas l'argent aussi vite qu'avec Frem. Du moment qu'elle peut s'engager. Le temps de signer l'option, constituer leur dossier, passer les étapes de la machine administrative, la soirée de février aura eu lieu. Son compte sera approvisionné. C'est tout réfléchi. Elle est tellement sûre d'elle qu'elle rappelle le locataire avant Antoine et avant l'assistant.

Le locataire est content. Antoine ne décroche pas. L'assistant non plus. Elle envoie un texto à Antoine, puis réessaye l'assistant. Elle doit s'y reprendre plusieurs fois. Elle s'inquiète. Quand enfin il répond, il a l'air d'à peine se souvenir d'elle. « Ah, oui, la violoniste ! » Sa voix est mécanique, pareille à un répondeur de centre d'appels. Est-ce trop tard ? Oui, malheureusement. « Madame a pris d'autres dispositions. » Le pianiste de la dernière fois ? L'assistant se contente de rappeler les dates suivantes. En mars et en avril. Elle aura toutes ses chances si elle confirme à temps. Y a-t-il donc tant de candidats pour se produire à l'aveugle dans ce genre de soirée ? Elle n'en revient pas.

Au moment où elle raccroche, elle reçoit la réponse d'Antoine. Il est fou de joie, malgré ses craintes.

– On signe demain ?

– 11 heures chez lui. Dispo ?

– Oui. Je passe te prendre ?

– Merci.

– Ça ira pour payer fin février ?

– J'ai trouvé un contrat.

– Picot ?

– Un autre, plus vite.

– Génial ! C'est quoi ?

– Je dois répéter.

Elle prend son violon et le caresse comme à son habitude. Mars… Trop tard. Elle joue quelques notes d'une sonate de Saint-Saëns, s'interrompt, mécontente du son. Ses doigts tremblent. Elle pose l'instrument et prend son smartphone.

– Karim ? Je ne te dérange pas ?

Lui, au moins, a envie de l'écouter jouer.

– C'est oui pour mercredi prochain. 10 000 €, sûr ? Quoi ? Ma taille ?

Décidément…

– 36. Exact. Quelle tenue ? C'est important ? Oui, d'accord, pas de questions.

Frem était en réunion. Plus possible de reculer. Pourvu que tout se passe bien. Qu'est-ce que c'est encore que cette histoire de tenue ? Pourquoi refuse-t-il d'expliquer ? Elle en a marre des plans scabreux. Bon… Elle se tracasse peut-être pour peu de choses. Il y a des gens qui aiment voir les musiciens classiques en tenue d'époque. Genre Rondò Veneziano. Si ce n'est que ça… Et si c'est plus que ça ? Qu'il le garde, alors, son argent !

Chapitre 27

Les jours passent, elle essaie de ne plus y penser. Elle joue mal, la motivation ne vient pas. Elle se force, elle entend les fausses notes, les écarts de rythme. Il y a longtemps qu'elle n'avait plus été à ce point mauvaise. Désespérant.

Et Olivia ? Comment va-t-elle ? Pas mieux. Elle n'a pas de mélodie à interpréter, seulement des formations à suivre. Elle n'y parvient pas. Elle prend ses médicaments en cachette et subit leurs effets secondaires. Ses filles ne s'en rendent pas compte, elles sont à l'école. Son mari ne le sait pas, il est à Marbella. Son séjour dure. Il paraît qu'il fait beau, là-bas. Olivia s'imagine des choses. Est-ce qu'il la trompe ? La jalousie qui l'avait toujours épargnée la dévore à présent. Et elle se tracasse pour ses affaires. Raymond a l'air tellement sûr de lui ! C'est vrai que les premiers mois ont été encourageants, mais il s'emballe. Il refuse d'étudier les autres options, il parle de créer une société. Et s'il se trompe ? Parmi ses spams, elle a vu une publicité pour une plateforme de vente de voitures en ligne. Elle lui en a parlé et il a haussé les épaules. Vipservices est différent, original, haut de gamme. Ce qui est génial, c'est qu'il n'a pas besoin de gros moyens pour faire tourner le business. Si Antoine n'est pas motivé, il se passera de lui. Rien à voir avec l'époque où il était employé. L'argent, dorénavant, il le gardera. Oui, tout. Il se contredit.

Quand il l'appelle en atterrissant à Marbella, il ne remarque pas qu'elle cherche ses mots et ne le comprend plus. Les accents espagnols l'éloignent d'elle et de ses problèmes. Tandis qu'il s'enivre du climat méditerranéen, elle se cloître dans son salon gris. Elle n'a plus envie de rien, ni de sa présence, ni de ses caresses. Elle dépense ses dernières forces à réchauffer des plats préparés et à faire tourner des lessives. Sa dépression s'aggrave, elle le sent. L'hospitalisation n'est pas loin. Elle garde le numéro d'urgence à portée de mains.

*

Mercredi. C'est l'heure. Marie est une nouvelle fois devant la porte luxueuse du boulevard Charcot. A-t-elle une appréhension ? Oui. Peur ?

Non. Pourquoi aurait-elle peur ? Elle est ferme, décidée, elle ne se laissera pas maltraiter. Cette fois, elle a pris son revolver.

Antoine a des courses toute la journée, il la croit à un concert. Celui pour les enfants de la femme au champ de courses. Il n'aurait finalement pas été annulé, mais reporté.

Elle entre, l'immeuble est sombre, la porte a été ouverte à distance. Cette fois, il n'y a pas de musique d'ambiance. Où est Frem ? Elle l'appelle. Silence. Elle l'appelle encore. Il répond. Sa voix est lointaine. Il a crié : « Entre, entre, je viens. » La porte se ferme automatiquement. Elle n'ose pas traverser le couloir. Doit-elle aller vers le bureau ? À l'étage ? Attendre ? Le voilà… Il descend les escaliers, alerte, enjoué même. Très décontracté, pantalon ample de toile, pull marine et sandales, pieds nus. L'inverse d'elle, emmitouflée, formelle, tailleur et collants noirs, chaussures à talon épais, cheveux repris en chignon, léger maquillage. Glaciale. Sera-t-il découragé par son apparence ?

Elle a apporté son violon. Il lui prend l'étui des mains et le dépose sur une commode. Ascenseur, tablette, -1, cette fois il ouvre une autre porte.

– Tu pourras te changer ici. Les vêtements sont prêts. Il y a des toilettes et un évier, si tu veux. Je t'attends à côté.

Marie, évidemment, proteste. N'est-elle pas suffisamment bien habillée pour ses précieux instruments ? Elle a mis son plus bel ensemble.

– Si tu mets des robes en latex, tu mettras ça.

Il referme derrière elle. La pièce est bien chauffée, il y a une penderie, une table, des chaises… Elle se croirait chez la veuve. Mais les vêtements sont encore plus bizarres. Qu'est-ce que c'est que ce truc ? On dirait une tenue d'écolière japonaise. Elle ne va quand même pas… Elle veut sortir. Impossible. Elle crie. Il ouvre.

– Problème ?

– Je ne peux pas…

Chapitre 27

– Ce n'est pas ta taille ? J'en ai d'autres.

– La question n'est pas là, Karim. Ce truc, c'est pervers.

– 10 000 €. Tu les prends ? Il faut que je te rappelle ta prestation chez Jacqueline ? Ne me fais pas de leçon de morale, Marie. Si tu veux partir, c'est maintenant.

Elle devrait, mais elle ne le fait pas.

– Je te laisse.

Dix minutes plus tard, elle le rejoint dans le petit musée, très tendue. Est-ce qu'il la déshabille du regard ou est-ce qu'il se moque d'elle ? Il l'entraîne dans la pièce adjacente.

– Trinquons.

Il lui tend un verre d'une boisson sombre, entre le kaki et le noir. Elle la renifle, suspicieuse.

– Qu'est-ce que c'est ?

– Un amaro[2]. Ça te détendra.

Elle en a bien besoin. Comme il s'en est aussi servi un verre, elle en avale de grandes gorgées sans se poser plus de questions.

– Voici les violons que j'ai choisis. Tu as répété ton programme ?

Hésitante, elle fait signe que oui. Son cœur palpite tellement qu'elle n'est pas sûre de pouvoir tout jouer.

Il s'étend sur son grand divan, tamise l'éclairage et l'invite à commencer.

– Nous avons deux heures. Plus ou moins. Fais à ton aise, laisse-toi aller sans pression. Tiens, commence par Løvland.

Elle prend un Chappuy, le teste, sa sonorité est un peu rauque, moins belle qu'elle croyait. Et alors ? Au point où elle en est, elle s'en fiche. Elle

---

2. Digestif italien.

se lance. En dehors de la vibration de son archet sur les cordes, il n'y a aucun bruit. Après quelques minutes d'une envolée lyrique malhabile, elle finit par se déstresser. Les gestes viennent plus naturellement, elle le sent. Lui, aussi. Il se relève et l'attire sur le divan.

*

Les deux heures ont étonnamment vite passé. Dès qu'il l'a touchée, elle a perdu le sens des réalités. Une sorte d'hypnose l'a envahie au son de son propre instrument, et ce n'est qu'une fois en rue, rhabillée normalement, qu'elle a retrouvé ses esprits. Elle n'est pas sûre d'avoir fait tout ce que son cerveau a enregistré. Pourtant, si, son corps ne ment pas. Elle a mal des seins aux cuisses, et il y a même des traces de sang sur ses paumes. Qu'a-t-elle… ? Ou plutôt qu'a-t-il… ?

Antoine a essayé de l'appeler plusieurs fois. Elle n'a pas répondu. Elle parvient à peine à articuler. Réfléchir, se reprendre. D'abord, rentrer prendre une douche. Elle se sent de plus en plus mal. Une envie irrépressible de vomir. Rien ne remonte parmi ses hoquets douloureux, que de la bile et un fond d'alcool acide. Elle n'avait rien mangé avant d'aller chez Frem. Le téléphone ne cesse de sonner. Elle finit par décrocher.

– Je m'inquiétais. Pourquoi tu ne répondais pas ?

– Mode silencieux, désolée, Antoine.

– O.K., pas grave. Et ta performance ?

Marie sursaute. De quoi parle-t-il ? Ah, oui, le concert.

– J'ai l'argent. Je te rappelle.

– Tout va bien ?

– Oui, oui, je suis fatiguée, c'est tout. J'ai besoin de me reposer.

Un message. C'est Frem : « Bien rentrée ? Tu vois que tu as un talent rare. J'ai adoré. À refaire. Je t'envoie des dates. Mêmes conditions. »

De mieux en mieux… Doit-elle pleurer ou hurler ? Elle range l'argent et le revolver qui ne lui a servi à rien.

Le soir, elle mange une soupe minute, rien de plus. Son estomac reste noué. C'était tellement prévisible. Elle s'est jetée comme une idiote dans son piège. Et maintenant ? Maintenant, elle coupe tout, elle dort.

Février commence sous la pluie. Intermittente, violente, imprévisible. Antoine a moins de courses et moins de revenus. Il écoute la radio au volant, en attendant qu'on le commande. Les *news* sont répétitives et les commentateurs radotent. Leurs intonations faussement passionnées rythment ses heures.

Un rentier affadi par l'oisiveté lui a proposé un contrat pour un demi-jour par semaine. Il l'étudie sans conviction. Il n'a tellement plus envie qu'il en viendrait à espérer des successions de journées creuses par semaines entières. Les soirées, c'est pire. Trois invitations attendent ses réponses. Il en a déchiré une. Loin, tard, des inconnus. Les deux autres, s'il pouvait, il ferait pareil. Il a peur que Raymond l'apprenne. Il serait furieux. Les invitations arrivent systématiquement chez Antoine. Le relationnel, qu'il le veuille ou non, c'est lui. On continue de le prendre pour quelqu'un qu'il n'est plus depuis une éternité. Raymond lui a aussi laissé une liste de contacts à relancer. Il est parti à Marbella en pointant certains noms. « Je compte sur toi ! »

Quand est-ce que ça finira ? Sans Marie et l'appartement, il aurait tout envoyé balader. Faut-il se mettre une corde au cou pour être heureux ? Une belle voiture, un beau quartier, et puis quoi ? Il ne voit plus ses amis, il ne fait plus la fête, il a perdu le lien avec sa famille… Ses projets d'avenir ne riment à rien. Ils peuvent bien additionner leurs éventualités, si l'envie n'est plus là, ils seront dehors dans six mois. Dès que Marie rallumera son téléphone, il faudra qu'il la convainque de renoncer.

Mais Marie n'est pas prête pour ça. C'est incroyable comme la rage de réussir l'habite. Elle a dormi douze heures d'une traite, sans rêves. Elle s'est levée d'un bond, malgré une forte migraine. Ce n'est pas elle qui était chez Frem. Ni chez la veuve. Ça ne peut pas être elle. Impossible. Jamais. Les traces qui impriment sa mémoire sont celles d'un mauvais film. Une actrice qui lui ressemblait. Elle prend son petit déjeuner à midi et recontacte enfin Antoine.

– Coucou, mon amour. Je me sens mieux.

Quand elle l'appelle « mon amour », il perd ses moyens. Il voudrait exprimer son malaise, mais ne parvient à prononcer que des banalités. Marie les zappe.

– On va attaquer la suite. C'est quand, la prochaine soirée ? On en a combien en février ? Tu as passé des coups de fil ? On pourrait prendre des nouvelles des Luxembourgeois, qu'en penses-tu ? Tu te souviens du type qu'on avait rencontré avant de partir en Italie. Une bonne tête, celui-là. Oh, j'ai plein d'énergie ! Si tu veux, envoie-moi ta liste, je me charge de l'activer. Et Raymond ? Il faut que je le voie à son retour…

A-t-elle bu trop de café ? Son débit empêche Antoine de répondre. Il ne l'avait jamais entendue à ce point survoltée et confuse. Il ne parviendra pas à la raisonner. Tenir une simple conversation dans ces conditions est peine perdue. Il parvient seulement à demander :

– Tu es sûre que tu veux continuer ?

Évidemment qu'elle est sûre. On ne renonce pas en vue du sommet, même s'il est dans les nuages.

– Quand nous verrons-nous ? Tu me manques, chérie.

Elle cherche une excuse, des formalités administratives, des obligations familiales, des trucs du genre. Elle ne veut pas qu'il la voie. Surtout, elle ne veut pas qu'il la touche. Comment lui dire ?

Le lendemain, elle trie les contacts qu'il lui a envoyés. Une quarantaine de noms. Elle se noie dedans. En rouge, ceux qui pourraient lui convenir. Une douzaine. Les autres, ce sont plutôt des prospects pour Raymond. Elle vérifie aussi les dates des prochaines soirées. Celles pour lesquelles Antoine avait reçu les invitations. Il les a relayées, y compris celle qu'il avait déchirée. Il s'est senti obligé. O.K. pour les trois. La première, c'est le jour de la Saint Valentin. Drôle d'idée.

Cette fois, elle n'hésite pas, elle appelle les douze un à un. Les mots sortent tous seuls. Pas besoin de scénario. Vous vous souvenez de moi ? J'ai une annulation. J'ai pensé à vous. Je me souviens que vous aimez la musique. Si vous avez un événement prévu. Un anniversaire ? Un cocktail ? Elle a l'énergie du désespoir, ça se sent et c'est déplaisant. Les gens n'aiment pas se sentir obligés. Elle n'obtient que dix réponses, toutes embarrassées et négatives.

Et les autres, ceux pour Raymond ? Si elle les appelait aussi ? C'est le résultat qui compte. Deux jours. Que des échecs. Et si elle retournait chez la veuve ? Ou chez Frem ? Quelle horreur ! Non, tout de même pas… Elle devient folle. Sa migraine la reprend.

L'aiguille des secondes sautille sur le cadran de sa montre.

Un appel. Justement, c'est Frem qui tente de la joindre. Le karma… Elle n'ose pas répondre. Il laisse un message. Il veut la revoir, c'est tout. Son ton est amical, parfaitement détendu.

– Je serai à Neuilly dans dix jours. Je t'attends, tu vas bien t'occuper de moi.

Tout le corps de Marie est pris de frissons. Elle sort son revolver du tiroir, le fait tourner entre ses doigts, se calme, le range. Ensuite, elle efface le message. Dans son réfrigérateur, il y a une bouteille de mousseux. Elle la débouche et se sert un verre. Elle le boit d'une traite et met un peu de musique. De la pop légère. Angèle, doux et entraînant, parfait. Pendant quelques morceaux, elle reste immobile, absorbée par les paroles. Elle ne comprend pas tout. Elle se lasse, éteint.

Antoine commence à se poser de sérieuses questions. Quelque chose ne tourne pas rond. Marie ne donne plus signe de vie. Il veut bien croire qu'elle est épuisée, qu'elle a des formalités, pas au point de l'oublier, quand même. Elle veut rompre, ou quoi ? Que s'est-il passé, à ce dernier concert ? C'est l'appartement ? Il parvient à la joindre au bout de trois jours. Elle est distante. Froide ne serait pas le mot juste. Plutôt éloignée, comme prise dans un tourment qui ne se partage pas. Il la sonde sur ses sentiments. Sans succès. Elle répète que tout va bien, qu'elle a besoin d'un peu de temps pour elle, c'est tout. Il veut venir. Elle refuse. Elle n'ouvrira pas, il faut qu'il patiente. Elle ajoute : « On n'est pas mariés. »

Il tombe de haut, il en pleurerait. C'est sûr, elle va le quitter. Il est à deux doigts de prendre les devants. Puis il reçoit un message vocal de la fille aînée de Raymond et Olivia. Il ne savait même pas qu'elle avait son numéro. C'est la première fois. Elle est en pleurs. Sa maman est hospitalisée. Le médecin est venu la chercher. Son papa n'est pas rentré. Elle est seule avec sa sœur. Elle est embêtée… Dans la précipitation, on ne lui a pas laissé d'argent et elle doit faire des courses. Est-ce qu'il peut lui en prêter ? Naturellement. Où est son père ? Bloqué en Espagne. Est-il au courant ? Oui, il va rentrer dès qu'il peut.

Que fiche Raymond ? Comment peut-il être absent quand sa femme va si mal ? Ça crevait les yeux, il l'avait prévenu. Antoine est furieux. Il tombe sur sa boîte vocale. C'est devenu une spécialité, de l'éviter, ou quoi ? « Rappelle-moi, nom de Dieu. » Un peu plus tard, tout de même, Raymond se manifeste.

– Désolé, je faisais le plein.

– Où es-tu ? Qu'est-ce que tu fous ?

– Ne t'énerve pas, je ramène la Bentayga par la route. C'était la seule solution. Je t'expliquerai à mon retour. En tout cas, ça s'est bien passé.

– Putain, je m'en fous, de cette bagnole. Tu sais qu'Olivia est à l'hôpital ?

– Oui, elle m'a prévenu. La dépression. Je m'en doutais un peu.

– Tu t'en doutais et tu es parti ? Et tes filles ?

– Oh, elles sont grandes, je suis là dans deux jours.

Mais elles ont besoin d'aide tout de suite et il n'est pas là. Il aurait pu prendre le job qu'on lui proposait chez Franprix. Non, il fallait qu'il se fasse plaisir. L'argent, toujours l'argent, quelle folie ! Il y a plus important, non ? Un jour, il se retrouvera seul.

– Par pitié, revois tes priorités, Raymond ! Il n'y a pas si longtemps, tu étais un mari amoureux et un père attentionné. Qu'est-ce qui t'est arrivé ?

Raymond est estomaqué, il ne sait pas comment réagir. Il se justifie et finit par exploser. Il en a marre qu'on le prenne pour un con. « Merde ! » Et il raccroche au nez d'Antoine. Un copain perdu, aucun autre de retrouvé. Ce n'est pas possible ! Ils ne vont pas se tourner le dos ainsi. Antoine est déçu, furieux ; il s'en veut. Si seulement il pouvait lui ouvrir les yeux. Il est lui aussi au volant et c'est de son kit mains libres qu'il a joint Raymond sur une autoroute espagnole. Il donne un coup de poing sur le tableau de bord et manque de se casser un doigt. Il lui faudrait un marteau. Plus les jours passent et plus il déteste sa Bentley.

Chapitre 28

La mauvaise foi de Raymond n'était peut-être pas palpable pour Antoine, mais elle est réelle. Il a à peine raccroché qu'elle lui vrille l'estomac. Il tarde, alors qu'il devrait se presser de rentrer. La vérité, c'est qu'il avait besoin d'air. Il se sent si bien sur les routes espagnoles, fenêtre ouverte, musique à fond, qu'il a choisi l'itinéraire le plus long. Impossible de rejoindre Paris en moins de deux jours. Il s'était convaincu que sa famille pourrait attendre ; il ne sait plus quoi penser.

Peu importe où se trouve Raymond. Cela n'empêche pas Antoine d'aller voir Olivia. L'après-midi est calme, sans clients, Marie est calfeutrée dans son mutisme, le moment est idéal. Antoine se présente à l'accueil de l'aile où on l'a installée, un bouquet de roses à la main. Il patiente jusqu'à ce qu'on l'informe que, hélas, il est venu à un mauvais moment. Olivia passe des examens, il devra revenir un autre jour. Antoine décide d'aller porter les fleurs à ses filles. Elles sont chez elles. La visite ne sera pas longue. Elles sont absorbées par un jeu en ligne. Une échappatoire.

De son côté, Marie s'acharne à relancer tous les contacts qu'elle peut. C'est devenu obsessionnel. Elle ne pense qu'à sa liste depuis la veille. Untel n'a pas répondu, Unetelle a mal compris, il faut, elle doit. Et Frem qui ne la lâche pas. Il a de nouveau laissé un message. Angoissant, cette fois :

– Dois-je passer par ton mec pour que tu répondes ?

Surtout pas ! Que faire ? Il faut qu'elle lui réponde.

Chaque fois qu'il se manifeste, c'est plus fort qu'elle, il faut qu'elle triture le revolver. Si seulement elle avait d'autres contrats… Elle tourne en rond. Les murs de son studio lui paraissent plus proches, le plafond plus bas. Elle n'a plus qu'une option : la veuve. L'assistant décroche, pareil à lui-même, quoique moins indifférent. Il y a du progrès. Justement, il allait reprendre contact. Pour mars et avril, oui, la confirmation ne peut attendre. Est-elle disponible et prête à s'engager ? D'une voix timide, elle demande si ce sera le même type de soirée que la précédente. Chacune est différente, il ne peut pas le garantir. Sera-t-elle habillée comme la première fois ? Probablement. Cagoulée ? D'office. Marie n'a qu'une envie : refuser. Elle accepte.

Maintenant, elle va pouvoir parler à Frem. Elle laisse passer une heure. Quand elle a la force, elle le rappelle.

– Eh, c'est ma péripatéticienne préférée…

Elle est muette de haine.

– Je rigole. Tu sais que je t'aime bien. Dis, je commençais à m'impatienter.

– Je suis très prise.

– Dans toutes les positions. Haha !

– Je devrais t'enregistrer, salaud.

– Ouh… Calme-toi ! Sérieusement, je te taquine. On s'est bien amusés, la fois passée.

– Parle pour toi. Qu'est-ce que tu m'as fait ?

Du doigt, elle ôte la sécurité du revolver.

– Comme si tu ne le savais pas. Coquine, va ! Bon… Note dans ton agenda le 20, même heure. Et laisse de côté tes humeurs. Elles nuisent à tes talents.

– Je ne viendrai pas. Plus jamais.

– Même pas pour 10 000 € ? Je tiens mes engagements, moi.

Elle a l'index sur la gâchette. Si elle le tenait en joue, elle tirerait.

– Non. Je ne veux plus te voir.

– Pourtant si, le 20. Même endroit, même heure.

– Non, non, non.

– Tu sais que tu ne peux rien me refuser. Donc… ?

– Je porterai plainte.

– Ouh, j'ai peur !

Elle serre le revolver dans son poing et tente de garder son calme. Que risque-t-elle de pire que ce qu'elle a vécu ?

Il ajoute :

– D'abord, j'informe ton mec minable, ensuite je te jette de chez Jacqueline, enfin, j'explique à tout mon entourage qui vous êtes tous les deux. Je peux aussi acheter un réseau d'affichage pour le dire, j'ai les moyens, tu te souviens.

Elle ne sait pas quoi répondre.

– Ne te complique pas la vie, tu sais que c'est un bon deal. Tu as mieux ailleurs ?

Elle soupire. Non, bien sûr.

– Alors ?

– J'ai besoin de réfléchir.

– Je veux une réponse tout de suite. Tu peux, tu viens d'en donner une à Jacqueline. Tu vois, tout se sait très vite.

Marie repose le revolver et inspire longuement.

– Tu me jures que ça restera entre nous ?

– Oui.

– Que tu ne vas pas me forcer à venir trop souvent ?

– Si ça peut te rassurer, je me lasse vite et je suis rarement à Paris.

Chapitre 28

– Bon, d'accord. Je viendrai le 20.

La conversation s'arrête là. Marie écoute le gargouillis de l'eau dans les canalisations usées, le vent qui s'infiltre le long des fenêtres et les saccades de l'ascenseur entre les étages. Elle essuie les larmes qui ont coulé jusqu'en bas de ses joues. Qu'est-ce qu'elle a fichu ? Elle cherche la définition du mot péripatéticienne. Elle trouve : « Terme familier pour nommer une prostituée. Personne qui a pour métier la prostitution, qui livre son corps aux plaisirs d'autrui pour gagner de l'argent. »

– Il a raison !

Elle est stupéfaite. Il faut qu'elle annule. C'est un malentendu, une erreur, ce n'est pas elle. A-t-elle le choix ? 10 000 €. Elle regarde ses doigts. Si elle s'en coupait un ?

Maintenant, c'est Antoine qui se manifeste. Son visage apparaît à l'écran. Il ne faut pas qu'elle lui parle, elle pourrait tout lui avouer. Tout détruire par désespoir. Elle écrit : « Je ne peux pas te parler, je passe des appels, j'ai trouvé deux contrats, je continue. »

Une minute plus tard, Antoine répond : « Laisse-moi te voir. Je m'inquiète. » « Pas maintenant, attends un peu. » « Tu ne vas pas me quitter ? »

Est-ce qu'elle devrait ? Il ne l'aide pas…

Elle éteint son smartphone et va chercher le fond de mousseux dans son frigo. Elle en boit de grandes rasades au goulot. Les bulles et le goût ont disparu, il ne reste que l'alcool acide. Sa tête se met à tourner. Si elle jouait ? Elle n'a plus tenu son violon et son archet depuis… Quelque chose de joyeux. Brahms, une danse hongroise.

Antoine a attendu une réponse en vain. Il ne comprend pas. Marie ne va pas le quitter comme ça, sans un mot, par simple absence ? Il se pose toutes sortes de questions. Qu'a-t-il fait ? Il tourne et retourne tout sans trouver aucune explication. Quelque chose s'est passé au concert précédent, c'est sûr. Il doit la confronter, ce n'est pas possible de continuer ainsi. En plus, elle lui manque à mourir. Il a son code, ses clés, il va aller chez elle. Il annule une course. Mauvaise toux, risque de contagion. L'excuse parfaite. « Soignez-vous bien, mon petit Antoine. » Pour toute autre raison, cette cliente serait de très mauvaise humeur.

Marie ne trouve pas les notes. Ses gestes sont justes, elle connaît l'œuvre, pourtant la mélodie sonne faux. Est-ce son humeur ? Elle est sombre, elle a besoin de tragique. Mahler ? Elle essaie… Pire. Chopin ? Incompréhensible. Elle cherche la partition, la place devant ses yeux. Du chinois. Elle ne parvient plus à déchiffrer en jouant. Une débutante. Est-ce l'alcool ?

Elle a appris à gérer ses nerfs avant une prestation. Les mouvements lents du taï-chi, les positions du yoga, les mantras de la méditation. Elle se prépare une infusion et exécute un peu des trois, sans se presser. Quand elle se sent suffisamment calme, elle choisit une œuvre plus accessible, sans grandes émotions. Ses doigts refusent de se placer. À devenir folle. Elle souffle, recommence. Elle se met à trembler. Nul. Nul et nul, elle a perdu son jeu. Ce n'est pas possible ! Cette fois, elle panique. Elle se souvient d'avoir lu l'histoire d'un grand pianiste qui avait dû abandonner sa carrière suite à la mort d'un enfant. Le traumatisme avait anéanti son talent. Il ne s'en était pas remis.

« Mon Dieu, c'est mon cas ! »

Tout lui apparaît évident. Elle n'a enchaîné que des erreurs. Elle s'est obstinée à se tromper de priorité. Elle a confondu l'art et l'argent. Elle a façonné un personnage qui l'a dévorée. Fichu. Le pire, c'est qu'elle ne voit pas comment elle aurait pu faire autrement. Dès la crise, une mécanique implacable s'était mise en place. Son univers avait disparu, il n'y avait aucune chance que ses rêves le recréent. Elle s'y était accrochée parce qu'elle était incapable de faire son deuil. À quoi bon ? Elle pouvait bien se passer de revenus et de reconnaissance puisque, de toute façon, elle n'en aurait plus. Quand on croit trop à ses rêves, on finit par se perdre. C'est ce qui lui est arrivé : elle s'est perdue.

Chapitre 28

Antoine se gare dans la rue. Il y avait du trafic et, comme d'habitude, trouver une place assez grande a été difficile. Il marche vers l'immeuble de Marie, décidé à ne pas la laisser fuir la réalité.

Marie prend le revolver de Frem et le plaque contre sa poitrine. Est-ce qu'elle se souvient d'avoir ôté la sécurité ? Elle presse sur la gâchette. Le coup part, tandis qu'Antoine monte les marches. Un voisin entend la détonation sourde. Il est policier et sait reconnaître le bruit d'une arme. Il se penche à la fenêtre pour voir chez Marie, inquiet. Il repère immédiatement son corps étendu sur le sol. Elle est consciente et grimaçante. Antoine arrive à ce moment sur le palier et s'apprête à sonner.

Le voisin sort tel un diable d'une boîte, un pied de biche dans une main, un smartphone dans l'autre.

– Elle s'est tirée dessus !

– Quoi ? De qui parlez-vous ?

– Marie, elle est par terre, vite, j'ai les secours en ligne.

Antoine, contaminé par l'affolement du voisin, sort sa clé mais ne sait pas quoi en faire.

– Ouvrez, vite, vite.

Elle est par terre, couverte de sang, et gémit encore.

– Vous avez noté l'adresse ? Dernier étage, exact. Une balle dans la poitrine, exact. Vivante, oui. Très bien, compris. Nous sommes deux. Nous vous attendons. Faites vite.

Antoine revoit la vieille danseuse et le garçon philippin. La mort rôde autour de lui. Dans l'épouvante de la scène, le sentiment qu'il éprouve est davantage la haine que la terreur. Une haine terrible pour la Bentley, d'une manière ou d'une autre cause de tout. Il va lui faire payer.

– Qui êtes-vous ? Moi, j'habite à côté.

– Antoine. Son fiancé.

– Je ne savais pas qu'elle avait quelqu'un.

– Nous allions déménager pour vivre ensemble. J'allais… la demander en mariage et…

Il ne termine pas sa phrase. Il se précipite. Le voisin le retient.

– Attendez, je vais prendre des photos. C'est une scène de crime.

– Crime ?

– Je me comprends. Il y a une arme, il y aura une enquête. Les photos peuvent servir. Donnez-moi quelques secondes.

Dès qu'il le libère, Antoine va s'agenouiller à côté de Marie. Il la prend par le poignet et malgré lui touche son ventre ensanglanté. Elle est livide. Il ne sait pas quoi faire. C'est la fin du monde. Il dit quelques mots futiles, elle ne l'entend pas, elle a perdu connaissance.

Chapitre 29

Marie n'est pas morte. Lorsque l'infirmière a appelé Antoine, c'était pour l'informer que son pronostic vital n'était plus engagé. Elle allait s'en sortir. Il venait de réduire à néant cette voiture qu'il considérait comme responsable, et ne pensait qu'à retourner auprès d'elle. Tant pis s'il ne pouvait pas la voir aux soins intensifs, il attendrait dans les couloirs le temps qu'il faudrait.

Il a attendu, on l'a renvoyé chez lui, il est revenu, il a patienté des jours avant qu'on l'autorise à la voir. Il a bavardé avec des patients accablés et sympathisé avec des brancardiers éreintés. Il a tué les heures en avalant des litres d'eau chlorée et des kilos de snacks aromatisés. Il s'est perdu plus d'une fois dans l'immensité des couloirs anonymes.

Les appels, puis les messages irrités, se sont accumulés sur son téléphone en mode silencieux. Il n'a répondu qu'aux parents de Marie, qu'il ne connaissait pas et qu'il avait dû prévenir, et aux policiers venus prendre des dépositions pour leur enquête. Raymond, enfin rentré, a été mis au courant dieu sait comment et est venu le troisième jour. Antoine a bu un café avec lui, il a pris des nouvelles d'Olivia et l'a renvoyé. Que pouvait-il lui dire ? Il ne savait même pas ce qui s'était réellement passé. Il a répété ce qu'il avait dit à la police : il ne s'était pas du tout attendu à ça ; il ignorait d'où venait l'arme. Le père et la mère de Marie ont voulu prendre la route immédiatement. À quoi bon ? Ils ne la verraient pas, ou à peine plus que lui. Un corps inerte emmailloté dans des draps blancs, relié par des tubes à des machines abstraites. Il leur a promis de ne pas la quitter et de les avertir dès qu'elle serait éveillée.

Il n'a pas raconté à Raymond ce qu'il fait de la Bentley. Il a eu peur de sa réaction. Il craint aussi une autre enquête. Contre lui, cette fois. Que risque-t-il si on retrouve la carcasse ? Il ne regrette pas son geste, cependant, plus il cogite, plus il se pose des questions sur ses conséquences. Il n'a pas la moindre idée de ce qu'implique l'abandon d'un véhicule en pleine nature.

La seule personne à qui il a envie d'en parler, c'est Marie. Il est partagé entre excitation et appréhension. Comment réagira-t-elle ? Sera-t-elle soulagée d'apprendre que ses chaînes sont brisées ? Elle est libre à présent. Y compris de lui, si elle le souhaite…

Parmi ses appels en absence, le quatrième jour, il reconnaît le numéro de la propriétaire de l'appartement de Saint-Mandé. Il l'avait presque oubliée. Doit-il attendre que Marie soit à même de se décider ? Non. La liberté, toute la liberté. C'est ce qu'il pense. Il l'informe que, malheureusement, il va renoncer à son option. Ça tombe bien, elle a un candidat qui propose plus et, tout bien réfléchi, elle ne voit pas pourquoi elle n'augmenterait pas son loyer si elle en a la possibilité. Elle ajoute : « Vous comprenez, l'argent est important pour moi. » Plus pour lui. Un tracas de moins.

Marie a quitté les soins intensifs. Elle est réveillée, il peut la voir. Il entre dans sa chambre, elle ouvre les yeux et le reconnaît, elle a la force de sourire. Vivre, voilà la vraie priorité. Elle tend la main, il la prend et s'assied. Qui est le plus intimidé des deux ? La première heure qu'ils passent ensemble est silencieuse. Il n'ose pas poser de questions, Marie est trop faible pour articuler des mots. Les expressions des regards et les pressions des paumes suffisent. L'infirmière qui vient pour la toilette le fait disparaître. Il est tard.

Le lendemain, lorsqu'il reparaît, avec un beau bouquet de fleurs, les parents de Marie sont déjà là. Ils sont effacés et vêtus aux couleurs vives d'une mode qui contraste avec leur teint blafard. Le père a un collier de barbe qui sent la pipe, la mère des bijoux fantaisistes. Ils sont partis de chez eux dans la nuit pour arriver tôt.

Chapitre 29

Ils ont beau savoir que leur fille est tirée d'affaire, ils la traitent comme une mourante. Ils sont tellement prévenants qu'ils en deviennent irritants. Antoine s'est à peine présenté qu'ils l'assaillent de questions. Il se répète. Il leur avait dit ce qu'il savait. Leur présence l'empêche de parler à Marie. Il souhaite qu'ils partent, mais ils s'éternisent, bien qu'elle réagisse à peine à leurs marques d'attention. Sans doute surjoue-t-elle la faiblesse pour les décourager.

Ils ne peuvent malgré cela pas s'empêcher de se lancer dans une longue argumentation à deux voix pour expliquer à quel point elle serait mieux chez eux, dans le cocon rassurant de ses racines. Ils ne comprennent décidément pas qu'ils sont trop différents d'elle et que son retour serait désastreux.

Vers midi, l'appétit déclenché par la vue d'un plateau-repas, ils s'en vont en jurant qu'ils reviendront vite. Enfin, le moment attendu par Antoine ! Et peut-être par Marie car, la porte à peine fermée, elle dit :

– Je n'ai pas voulu me suicider. C'est un accident. Le coup est parti tout seul.

– Mais pourquoi ? À qui était ce revolver ? Pas à toi, tout de même…

– Oh, à un type que je connaissais.

– Qui ?

– Je ne sais plus, il y a longtemps.

Inutile de creuser. Elle ne s'exprimera pas davantage sur ce sujet. Antoine sent qu'il serait malvenu d'insister. C'est ainsi qu'il aborde le reste. Tout le reste : l'hospitalisation d'Olivia, l'appartement perdu, son travail interrompu et, aidé d'une profonde inspiration, la Bentley détruite.

– Comment ça, détruite ?

Il inspecte la chambre, comme s'il pouvait y avoir des micros et de caméras, avant de se pencher vers elle et avouer à voix basse qu'il l'a jetée dans un plan d'eau profond.

– Si tout va bien, personne ne la retrouvera avant des années.

C'est une blague ? Non. Il est sérieux, précis, raisonné. Il ne ment pas.

– Il fallait que ça s'arrête. Je venais te le dire. Quand je t'ai vue étendue pleine de sang, ça m'a décidé. Dès que tu as été prise en charge à l'hôpital, j'ai foncé. C'était la meilleure manière.

– Tu aurais pu la vendre, si elle te gênait à ce point.

– Je pensais te perdre, pour moi, c'était de sa faute. Je la haïssais, tu comprends ? L'argent m'aurait brûlé les doigts. Et c'était tout de suite qu'il fallait que ça s'arrête. Pour toi comme pour moi.

– Et pour Raymond ?

– C'est délicat. Il faut que je l'informe…

Marie s'assoupit. Bientôt, un médecin vient contrôler ses données. Ensuite, ce sont ses parents qui reviennent. Antoine prétexte une urgence. Il va attendre dans le hall qu'ils soient partis. Plus tard, alors qu'il ne les a toujours pas vus redescendre, Raymond justement se présente à l'accueil, bouquet à la main. Antoine le cueille au passage. C'est le bon moment, même s'il préférait l'éviter. D'abord le moral d'Olivia et des filles, ensuite la santé de Marie, les bonnes nouvelles, les visites autorisées… Enfin, la Bentley. Par où commencer ? Et la vente de la Bentayga ? Raymond va lui transférer sa commission. Ce n'est pas urgent. Antoine hésite, il se perd en détours inutiles. Jusqu'à ce que, par hasard, Raymond demande où il a garé la Flying Spur et qu'Antoine réponde sans réfléchir : « Nulle part. » Il retrouve grâce à cela une contenance et parvient à dire l'essentiel : elle est détruite, il a tout arrêté. Il répète en version courte le récit qu'il a fait à Marie, un peu plus tôt. Raymond est d'abord ébahi, puis effondré.

– Et moi, alors ?

– Si j'étais toi, j'arrêterais aussi.

Il baisse la tête. Il s'attendait à quelque chose du genre. Il est sous le choc de la double hospitalisation et a déjà pris conscience de l'inadéquation de ses actes. Mais il n'est pas prêt à tout remettre en cause. Et s'il limitait ses déplacements ? S'il se concentrait sur une seule marque ? Si Antoine se contentait de le parrainer auprès de ses contacts ? Si…

– Je ne peux plus rien faire pour toi, Raymond. Rappelle Franprix. Trouve un job près de chez toi.

– C'est dégueulasse. Tu me mets dans la merde pour la deuxième fois.

Il se plaint, pourtant il sait qu'Antoine a raison. Sa femme et ses filles ont besoin de son attention. Il se déteste d'être un mauvais mari, un père absent. C'est dur, tout de même, d'admettre qu'on s'est trompé. Surtout quand l'erreur est le résultat de la seule décision que l'on avait envie de prendre. Bah ! Décider, c'est renoncer. Raymond méditera tout cela plus tard. Il veut aller saluer Marie. En fin d'après-midi, il s'en va muet, de remords autant que de confusion.

Les parents de Marie reviennent une fois de plus le lendemain. Ils avaient réservé un hôtel dans Paris pour pouvoir être près de leur fille. Et ils auraient prolongé leur séjour si Marie ne leur avait demandé de la laisser se reposer. Elle n'en pouvait plus de leur prévenance. Quand elle serait remise, elle leur ferait signe et ils se reverraient, promis.

Leur présence pesante aura eu au moins un effet bénéfique sur Antoine : elle lui a fait penser à ses propres parents. Le soir, seul chez lui, il les appelle l'un après l'autre. Il ne s'était plus manifesté depuis des semaines auprès de son père, depuis des mois auprès de sa mère, plus encore auprès de son frère. Avec son père, l'échange est décevant. Il ne parvient pas à être sincère. Il transforme le drame de Marie en simple accident et n'évoque pas la destruction de la Bentley. Avec sa mère et son frère, c'est plus facile, bien qu'il y ait beaucoup plus à dire, étant donné qu'ils ne connaissent rien de sa vie récente. Ils en étaient restés à la faillite et au taxi snob. Ils lui avaient proposé, une fois de plus, qu'il les rejoigne aux Canaries. Il avait décliné poliment, une fois de plus.

Les policiers qui avaient pris la déposition d'Antoine et du voisin se présentent à la chambre de Marie le sixième jour. Ils vont clôturer l'enquête, leurs dernières questions sont de pure routine. La piste criminelle a été écartée, c'est bien un banal accident ou une malheureuse tentative de suicide. Peu importe. Ils ne sont pas psychiatres. Il ne leur manque que l'origine de l'arme. Ils veulent vérifier que son propriétaire avait bien le droit de la posséder.

Pour Marie, c'est l'occasion de dénoncer Frem. Si elle porte plainte pour viol, qu'il y ait ou non des preuves, on l'écoutera. Il est impliqué dans plusieurs affaires, d'autres enquêteurs seraient heureux de trouver un prétexte pour le faire tomber. N'importe lequel. Mais non. Ça la traumatiserait encore plus. Seul le silence peut lui offrir un semblant de rédemption. Et Antoine ne doit pas savoir. Personne ne doit savoir. Tant pis, Frem payera plus tard. L'enfer finit toujours par rattraper les crapules.

Lorsqu'enfin elle est capable de se lever, Marie est transférée dans un centre de convalescence. Elle y passe des heures à enchaîner les séances d'exercices de revalidation, ce qui lui laisse peu de temps pour réfléchir. Elle s'écroule de douleur et de fatigue chaque soir. La balle a brisé des côtes et perforé un poumon, elle a énormément de mal à respirer et à supporter les efforts.

Antoine lui rend visite sans cesse et, sinon, il court entre les administrations pour demander de l'aide. Sa situation n'est pas simple. Il était autoentrepreneur, il a perdu son outil de travail et ne peut pas le justifier. Qu'est-ce qui lui a pris ? La colère est mauvaise conseillère. Imbécile ! Il aurait pu tirer 50 000 € de sa Bentley. Ou plus. Il ne peut même pas demander de l'aide à son père. Comment lui expliquerait-il ? Un ami ? Lequel ? Il les a tous perdus de vue…

Heureusement qu'il a mis un peu d'argent de côté. Les commissions sur les ventes, les pourboires, 50 € par-ci, 20 € par-là. Il a de quoi tenir quelques mois en coupant partout : le parking, le club de sport, les rares sorties…

Il mange mal, il enrage, mais il a de la chance. En traversant la rue, littéralement, il a trouvé un job. Assistant dans un restaurant, le soir. Un remplacement. Il prend les commandes pour le *take-away* et gère les additions. Ça l'occupe et, ainsi, il ne puise plus dans sa petite épargne. Il la garde pour le jour où Marie sera sortie.

Pour faire quoi ? Que veut Marie ? La violence de ce qu'elle a subi l'a assommée. Antoine n'ose plus rien lui demander. Quand il est près d'elle, souvent, il se tait et l'écoute. Elle parle peu. Mais sans besoin de longues phrases ni d'emportements, il comprend qu'elle ne l'accable pas et ne remet pas en question leur amour. Ils sont sans travail et presque sans ressources mais, au moins, ils sont ensemble. C'est l'essentiel. Il fera ce qu'elle voudra, quand elle le saura.

Désormais, Antoine appelle souvent sa mère et son frère. Merci WhatsApp ! C'est étrange, comme l'épreuve lui a permis de renouer le contact avec eux alors qu'elle l'a éloigné un peu plus de son père. Une évidence perdue se récrée d'échange en échange. Il retrouve des atomes crochus et des valeurs communes, et comprend enfin pourquoi ils étaient partis, à une époque où, adolescent, il se croyait au centre du monde.

Un matin, tôt, Raymond vient sonner à sa porte. Il ne s'était plus manifesté depuis l'hôpital. Il aurait pu téléphoner, envoyer un texto, rédiger un mail… Pas question ! Il fallait qu'il voie Antoine en tête à tête. Comme lui, il a passé la majorité de son temps à soutenir une malade. Comme lui, il a gambergé, médité, envisagé la suite. À la différence de lui, il a tout clarifié. Il est venu le dire. Le dire et s'excuser. Il s'est comporté de façon égocentrique, il a mal réagi, il est désolé.

Oh, ce n'est pas grave, il s'est passionné pour un projet qui aurait pu fonctionner. Quand on est passionné, on s'emporte. S'il doit s'excuser auprès de quelqu'un, c'est Olivia. Raymond l'a fait. Ils ont eu une longue discussion. Il a regretté de l'avoir négligée, ainsi que leurs filles. Il a juré que plus jamais…

Il a rappelé Franprix, le poste à côté de chez lui était encore disponible, il l'a pris. Il restait une commande engagée, heureusement pas trop éloignée, il l'a honorée. C'est également pour cela qu'il a voulu venir plutôt que téléphoner. Il est honnête et il connaît la situation précaire d'Antoine. Il tient à partager sa dernière commission. Voilà : 3 000 € chacun. Ce n'est pas nécessaire. Si, Raymond y tient. Le partage est symbolique autant que juste. Il consacre la fin d'une période de sa vie. Un peu comme le paquet de cigarettes qu'un fumeur doit jeter à moitié plein au moment d'arrêter. En partant, il embrasse Antoine au lieu de lui serrer la main. Son au revoir est un adieu.

L'émotion, quoique contenue, est forte pour Antoine. Et le symbole est réel pour lui aussi. L'écho des pas de son ami qui s'éloigne dans l'escalier ressemble à une dernière scène de film. Dès qu'il ne l'entend plus, il se précipite sur son ordinateur. Son instinct le guide. Il se connecte sur sa page de chauffeur. Il l'avait laissée dormante, actualisée d'un texte justifiant une absence pour raisons familiales impérieuses. Les messages s'étaient accumulés pendant des jours, intrigués ou irrités, puis dépités. Il n'avait répondu à aucun par écrit, alors qu'il l'avait fait maladroitement par téléphone. Il regrettait d'avoir traité de « vieille bique » sa cliente à lunettes américaines.

Une fois connecté, il efface le contenu. Ce n'est que le début. Annuaires, réseaux sociaux, blog, e-mail, il supprime tout. Pas facile. Heureusement qu'il est méticuleux. À midi, il vide la corbeille dans laquelle il a glissé ses archives, c'est fini. Aucun retour possible. Il l'annoncera à Marie dès qu'il la verra.

En y repensant, il se dit que c'est fou, tout de même, que personne ne se soit inquiété pour lui. Avant de les jeter, il a pris la peine de consulter ses messages. Pas un ne prenait de ses nouvelles. Il devait pourtant sembler évident qu'il avait un sérieux problème… Des clients qu'il conduisait parfois chaque semaine depuis une éternité… Que des plaintes. Pas une marque de sympathie. Une seule exception, surprenante et laconique, la veuve Picot. Un magnifique arrangement floral est arrivé de sa part au centre de convalescence. Une note manuscrite l'accompagnait : « Fais ce que tu veux, vis libre et sans contraintes. »

Dans la lumière fragile du printemps qui l'éblouit, Marie paraît radieuse. Le matin, elle a repris son violon pour la première fois. Elle a posé l'archet sur les cordes et joué quelques notes d'une mélodie facile. Elles étaient harmonieuses, elle a pris du plaisir. Elle ne sait pas quand elle pourra interpréter des œuvres plus complexes. Ce n'est pas grave. Elle se lève et vient s'asseoir sur les genoux d'Antoine. Elle l'embrasse. Il sourit à son tour.

– Emmène-moi, Antoine. Allons vivre ailleurs.

– Où ?

– Loin de Paris !

– Et ta carrière, tes contacts ?

– Je m'en fiche. Partons.

Chapitre 30

Cinq mois ont passé.

À Lanzarote, les pieds de vigne sont des bijoux dans leurs écrins, isolés les uns des autres par des murets qui les protègent des bourrasques de poussières. La terre est volcanique. Elle a été pulvérisée par une éruption au XVIIIe siècle. Une partie du paysage est lunaire. Par endroits, il est recouvert de scories géantes. Les plantes sont rares et les animaux, invisibles. Les vignobles de La Geria poussent au pied de collines aux sommets évidés. Les cactus en forme de raquettes empilées poussent par grosses touffes le long des routes et des champs. Ils servent d'abri pour les lézards et quelques oiseaux intrépides. Il arrive que des dromadaires se croisent entre les villages. Ce sont ceux du Tamanfaya, le parc national. Ils promènent les touristes et recréent pour eux un bout de Sahara au large des côtes atlantiques.

La Geria est un minuscule hameau épars sur le chemin qui relie le Sud au Nord. Les maisons qui le composent sont toutes des propriétés viticoles. Des petites haciendas, blanches et bordées de tonneaux pour bien signifier leur vocation. Au centre, l'une d'elles a été transformée en bodega. On y propose des dégustations, des souvenirs et des informations. Son magasin vend toutes les appellations du terroir. Des blancs, des rouges, des rosés au goût caractéristique. Le cépage local est le malvoisie. Il produit un vin corsé aux saveurs exotiques.

On entend parler toutes sortes de langues. Les retraités de septembre succèdent aux dernières familles d'août. En venant plus tard, ils espèrent profiter des belles journées d'été sans en subir les foudres. Hélas, la chaleur ne diminue pas et, si le vent se lève, il n'annonce pas encore la douceur de l'automne. Au contraire, il ranime les braises de la canicule et rend le moindre effort étouffant. Le soleil de midi assomme, tout le monde se plaint. Les travaux débutent tôt et reprennent tard. Entre les deux, derrière les volets fermés, les siestes alanguies bercent les après-midi.

Pour Antoine, ce sont les premières vendanges. Il récolte les grappes une à une, les coupe délicatement et les dépose dans la hotte qu'on lui a attachée sur le dos. Il n'imaginait pas à quel point ce serait éprouvant. Chaque pied est au fond d'un trou de plusieurs mètres dans lequel il faut descendre et d'où il faut remonter avant de passer au suivant. La terre a la consistance du sable, les mouvements sont difficiles, ceux qui n'ont pas l'habitude enchaînent les chutes et progressent lentement. Même s'il fait moins chaud à l'aube, on sue toutes l'eau de son corps et on meurt de soif. Puis on se mouche pour extraire tout le sable. Le malvoisie se mérite ! Et la configuration de sa culture rend chacun de ses grains précieux, presque indispensable. Aucune goutte extraite ne doit être gâchée. Les productions baissent avec le dérèglement climatique ; la demande, elle, ne diminue pas. Les vendanges n'en sont donc que plus exigeantes et plus ardues.

Antoine s'assied un instant sur un des murets. Il retire ses gants et ses bottes, remonte ses chaussettes, s'éponge le front et demande une nouvelle bouteille d'eau. Il suffoque. Son frère, qui est l'intendant de la propriété et qui l'a engagé, lui demande s'il veut arrêter là. Il peut comprendre qu'un citadin, ancien vendeur de voitures, ait surestimé sa capacité à effectuer un tel travail. Antoine fait signe que non, qu'il n'abandonnera pas. Il ne réclame que l'indulgence accordée aux débutants. Il veut aller jusqu'au bout. C'est plus qu'un job, c'est une mission. Non : une pénitence. Une pénitence qu'il a acceptée et qu'il doit accomplir coûte que coûte.

Son frère s'appelle Romain. Il a cinq ans de plus que lui et ne lui ressemble pas, sauf au niveau des yeux et du nez. Ses cheveux sont clairs, il est grand, costaud. Sa peau est marquée par le climat, sa voix est teintée d'accents du Sud. Antoine ne se souvenait pas à quel point ils étaient différents. Avant de le revoir, il l'imaginait rebelle et paresseux. Ce n'est pas le cas. Romain travaille sans relâche, le jour dans une propriété viticole, le soir dans une exploitation d'aloe vera. La flore insulaire le passionne. Il en parlerait des heures. Tout ce qu'il y a à savoir sur ce sujet, il le sait. Il est marié, il a deux enfants, son énergie paraît inépuisable. Sa femme est mexicaine. Elle aussi a quitté son pays pour venir s'installer ici. Elle est petite et robuste, institutrice et occasionnellement infirmière. Du sang maya coule dans ses veines.

Dès qu'il s'est épongé et a avalé assez de gorgées d'eau tiède, Antoine se remet au travail. Ils sont cinq pour vendanger toute cette parcelle et ils ne doivent pas tarder. Le raisin mûrit vite. Dans une semaine, son goût sera altéré. Chaque heure compte. Les quatre autres, bien sûr, sont plus efficaces. Mais ils ne lui reprochent pas sa lenteur, au contraire, ils l'encouragent. Toutes les mains sont les bienvenues. À l'heure du déjeuner, leur récolte est emmenée à la bodega où elle s'empile dans de grands silos jusqu'à ce qu'elle soit pressée.

Ensuite, pendant que ses collègues se reposent à l'ombre, il va courir. La chaleur ne l'effraie pas. Ce n'est qu'une épreuve de plus. Le soir, il consacre une heure à apprendre l'espagnol, une autre à lire, plutôt qu'à jouer à des jeux vidéo ou à regarder la télé. Il a voulu changer de vie, il s'en donne les moyens. Il a aussi changé de numéro de téléphone et d'e-mail, et il n'a pas rouvert d'autres comptes sociaux. Il n'en consulte d'ailleurs plus aucun.

Finalement, il a trouvé le courage d'avouer la destruction de la Bentley à son père. Il a évoqué un accident malheureux. Sinistre total. L'assurance ne lui remboursera pas assez pour racheter une voiture. Tant pis. Il voulait de toute façon faire autre chose. Son père est passé par toutes les émotions : la colère, le dépit, l'incompréhension, la consternation enfin quand il a appris que, en plus, Antoine avait rejoint sa mère et son frère aux Canaries.

Chapitre 30

Vers 18 heures, son travail terminé, fourbu, il retrouve Marie sur la place de Yaiza, en face de l'église. Il l'embrasse, ils se promènent un peu, avant de rentrer chez eux. Ils ont trouvé un appartement à la sortie du village. Bientôt, ils auront des vélos et ils iront à Arrecife. Ils ne sont pas pressés, tout leur plaît, ils ont l'impression qu'ils pourraient mettre des mois à découvrir les environs. Régulièrement, ils vont dans le parc national marcher sur les sentiers de lave séchée. Leur fascination est infinie.

Marie ne participe pas aux vendanges, ni aux travaux physiques en général. Elle évite les efforts intenses, car elle continue d'avoir mal aux poumons. La balle a laissé des séquelles sous forme de douleurs chroniques. Les médecins n'ont pas pu lui assurer qu'elles finiraient par disparaître. Il y a des blessures qui ne guérissent jamais. Elle ne prend des médicaments que si elle souffre trop. Le moins possible. Heureusement, les gestes du violon ne lui font pas mal. Elle a réappris à jouer suffisamment bien pour prendre du plaisir et le partager. C'est ainsi qu'elle est devenue, à temps partiel, professeure de musique dans une école. Elle initie les enfants et les parents qui le souhaitent aux partitions et aux instruments classiques. Les émotions des mélodies sont universelles…

Elle ne retrouvera jamais son niveau. Quelque chose s'est cassé en elle. Tout compte fait, ce n'est pas grave. Elle est davantage épanouie ainsi, débarrassée des contraintes de l'ambition. Peut-être que cette vie-là n'était pas faite pour elle.

Lorsqu'elle n'enseigne pas, elle aide la mère d'Antoine. Celle-ci gère une auberge à Teguise, au centre de l'île. C'est elle qui a convaincu Antoine et Marie de venir. Plusieurs fois, elle l'avait proposé à Antoine, qui avait fini par la prendre au sérieux. Que feraient-ils là, de quoi vivraient-ils ? Sa maman avait besoin d'aide, son frère aussi. Et l'espagnol ? Oh, sur une île fréquentée par tant de touristes, un peu d'anglais et de français suffisent. L'envie importe plus que les mots.

Antoine a vidé son épargne pour payer le voyage. Ils sont venus dès qu'ils ont pu. Ils ont rempli un conteneur, donné ce qui ne rentrait pas dedans. Marie a quitté son studio, Antoine, son appartement. À part les formalités, tout a été rapide. Voilà ! Ils n'ont plus rien en France. Que des comptes vides et des assurances impayées. Le frère d'Antoine leur a prêté une chambre le temps qu'ils s'installent et reçoivent leurs meubles. C'était parfait.

Marie avait quelques appréhensions ; elles n'ont pas duré. Elle a facilement trouvé ses repères et noué des amitiés. Elle qui était si réservée... Même la langue n'est pas une barrière. Bientôt, elle est invitée chez les uns et les autres. Rien à voir avec ce qu'elle vivait avant.

Elle rapporte du poisson et des légumes du marché, elle apprend à cuisiner, sert, nettoie, participe. Elle mange bien, elle s'occupe d'elle, elle dort, rit, fait l'amour et du yoga. Son violon n'est plus une obsession, l'idée d'une carrière non plus. Le travail que lui a confié la mère d'Antoine lui plaît. Elle entretient les plantes de l'auberge, elle sert les petits déjeuners, nettoie les décorations et fait les lessives... C'est simple, répétitif, pareil à un mantra. Exactement ce dont elle a besoin. À 14 heures, elle est libre et peut aller se promener ou mener d'autres activités, comme donner ses cours de musique.

L'île n'est pas très grande. Soixante kilomètres par vingt-cinq. En un mois, ils ont visité tous les lieux connus et se sont arrêtés dans tous les villages. Leur endroit préféré est le Mirador del Rio, un point de vue qui porte les traces des grands voyageurs. Les flancs de ses falaises abruptes les étourdissent et les côtes désertiques de La Graciosa, sous l'horizon, les emportent. Parfois, ils marchent de là jusqu'au petit port d'Orzola.

Le samedi, veille de congé, ils participent à des barbecues ou des pique-niques. Il y en a chaque semaine. Les plus animés sont ceux de Raúl, le meilleur ami de Romain, à El Golfo. L'océan y est tumultueux et les chocs du ressac masquent les bruits des fêtes les plus animées. Les rires peuvent se prolonger toute la nuit sans qu'aucun voisin ne se plaigne. C'est là, en se promenant sur le rivage, qu'Antoine a demandé pour la première fois à Marie si elle voulait des enfants. Elle a répondu oui.

Dépôt légal : juillet 2022

Achevé d'imprimer par Dupliprint
en juin 2022.
N° d'impression : 2022061559

Imprimé en France